Petit arrangement privé

Du même auteur
aux Éditions J'ai lu

Liaison à durée déterminée
Semi-poche

JENNIFER

PROBST

Petit arrangement privé

Traduit de l'anglais (États-Unis)
par Patricia Lavigne

J'AI LU

Titre original
THE MARRIAGE TRAP

Éditeur original
Gallery Books, a division of Simon & Schuster, Inc., New York

À mon mari.
Finalement, on dirait que les sortilèges d'amour
sont efficaces et qu'il existe des fins heureuses.
Merci d'être toujours là, aussi bien dans les moments
de frénésie que dans les moments de chaos.
Merci de me préserver de la folie,
d'être un père fantastique,
et par-dessus tout, merci de préparer le dîner.
Je t'aime.

Et à mes fabuleuses, merveilleuses, éditrices,
Liz Pelletier et Libby Murphy.
Sans vous, tout cela n'aurait simplement jamais existé.

Remerciements

J'ai été profondément touchée par les nombreux témoignages de soutien que j'ai reçus de la part des lecteurs et de mes confrères auteurs le jour où *The Marriage Bargain* est apparu sur la liste des best-sellers du *New York Times* et de *USA Today*. Même s'il m'est impossible de vous remercier tous nommément, je sais que je peux compter sur vous chaque fois que j'ai besoin de rire ou de partager un bon ou un mauvais moment. Voici donc la liste non exhaustive de ceux à qui j'exprime toute ma gratitude : Wendy S. Marcuys, Aimee Carson, Megan Mulry, Janet Lane Walters, Liz Matis, Barbara T. Wallace, Abbi Wilder et Julia Brooks. Reconnaissance particulière à Tiffany Reisz qui a tenu le rôle de gardienne des délais.

Au groupe fabuleux que j'ai rencontré lors de la remise des trophées RT et RWA 2012. Tous les auteurs Harlequin sont merveilleux et pleins d'humour, et trop nombreux pour que je mentionne ici leurs noms. Petit clin d'œil à Megan Mulry en souvenir de la bouteille de champagne que nous avons partagée quand j'ai découvert que je faisais partie de la liste des meilleures ventes du *Times*. Merci à Cat Schield et Barbara Longley pour leur compagnie au Gangster Ball ; à

Katee Roberts pour son énergie et son humour ; à Caridad Pinerio pour sa gentillesse lors de la séance de signatures ; et à Catherine Bybee pour nos discussions boutique. J'ai hâte de recommencer !

Enfin, je remercie l'équipe formidable de Entangled dont les talents et l'efficacité m'ont stupéfiée, et celle de Gallery Books, aussi accueillante que talentueuse – vous assurez !

1

Maggie Ryan porta son verre à ses lèvres et avala une longue goulée de margarita. L'acidité et le sel explosèrent sur sa langue avant de se répandre dans ses veines. Pas assez vite, malheureusement. Il lui restait toujours assez de lucidité pour s'interroger sur ce qu'elle envisageait de faire.

La couverture violette du livre l'attirait et se moquait d'elle en même temps. Elle attrapa une fois encore l'ouvrage, le feuilleta et le rejeta sur la table en verre. *Sortilèges d'amour*... N'importe quoi ! Elle n'allait quand même pas tomber aussi bas. D'accord, quand sa meilleure amie Alexa avait lancé son propre sortilège, elle l'avait encouragée et soutenue dans son action pour trouver l'âme sœur.

Mais là, c'était complètement différent.

Jurant entre ses dents, elle se tourna vers la fenêtre. Un fin croissant de lune brillait à travers les déchirures du store en bambou. Encore une soirée de finie. Et un autre dîner en tête à tête désastreux. Ses vieux démons la menaçaient, et il n'y avait personne pour l'aider à les repousser avant le lever du soleil.

Pourquoi ne ressentait-elle jamais de déclic ? Le type de ce soir était pourtant charmant, intelligent et très sympathique. Elle s'était attendue à un élan de désir quand ils s'étaient enfin touchés, au moins un frisson d'anticipation. Au lieu de quoi, rien. *Nada*. Gelée de la tête aux pieds. Juste une inconfortable sensation de vide et l'envie de... plus.

Le désespoir déferla sur elle comme une vague. Un sentiment de panique familier lui serra la poitrine, mais elle parvint à le chasser avant qu'il la submerge. Merde, elle n'allait quand même pas perdre le contrôle sur son propre terrain ! S'agrippant à sa colère comme à une bouée de sauvetage, elle s'obligea à respirer lentement en profondeur.

Saleté d'angoisse ! Elle détestait les cachets et refusait d'en prendre, certaine que ces bouffées d'anxiété prendraient fin par la seule force de sa volonté. Il devait juste s'agir d'une crise de la quarantaine prématurée. Après tout, sa vie était presque parfaite.

N'avait-elle pas tout ce dont chacun rêvait ? Elle voyageait dans le monde entier pour photographier des types en sous-vêtement tous plus sexy les uns que les autres et vivait dans un appart *hype* et luxueux dont elle avait délégué l'entretien à une femme de ménage. La cuisine en inox et céramique étincelait, et les machines à expresso et à margaritas attestaient de son statut digne d'une héroïne de *Sex and the City*. Quant aux tapis moelleux et au mobilier de cuir blanc, ils révélaient à la fois un goût très sûr et un monde où les enfants n'existaient pas. Elle faisait ce qu'elle voulait quand elle voulait sans avoir de comptes à rendre à qui que ce soit ; elle était séduisante, à l'aise financièrement et en parfaite santé, si l'on exceptait ces crises d'angoisse occasionnelles. Pourtant, la même question revenait la tarauder soir après soir, un peu plus intense et irritante chaque jour :

N'y a-t-il vraiment rien d'autre ?

Maggie se leva. Elle enfila un peignoir en soie rouge et ses chaussons assortis avec des cornes de diable sur le dessus. Même si personne n'aurait pu le déceler, elle était passablement éméchée. Peut-être que l'exercice la calmerait...

Elle prit la feuille sur la table et commença à lister toutes les qualités qu'elle recherchait chez un homme.

Elle alluma un feu.

Récita le mantra.

Des ricanements moqueurs résonnaient dans son crâne devant tant de sottises, mais elle les étouffa sous une autre gorgée de tequila et regarda le papier brûler.

Après tout, elle n'avait rien à perdre.

Le soleil semblait furieux.

Debout devant les immeubles du front de mer, Michael Conti regarda le cercle orangé se hisser au-dessus des montagnes, tuant les derniers pans d'obscurité de ses rayons étincelants. Tandis que le roi de l'aube célébrait avec fierté sa victoire temporaire, Michael se demanda un bref instant s'il serait un jour capable, lui aussi, de se sentir ainsi.

Vivant.

Il secoua la tête devant l'inanité de ses pensées. De quoi se plaignait-il ? Sa vie était simplement parfaite. Le projet du front de mer touchait à sa fin, et l'ouverture de la première succursale américaine de la chaîne familiale de boulangeries-pâtisseries allait faire un tabac. En tout cas, il l'espérait.

Il embrassa les alentours du regard. Autrefois malfamée et laissée à l'abandon, la marina s'était transformée, telle Cendrillon, en un quartier plaisant et plein de vie – le domaine de l'Hudson Valley –, et cela en partie grâce à lui. Si, aux côtés de ses deux partenaires, il avait investi beaucoup d'argent dans le projet, c'était parce qu'il croyait à ce rêve. Et aujourd'hui, des sentiers pavés traversaient les buissons de rosiers, et les bateaux, de majestueuses goélettes et le fameux ferry, étaient enfin de retour.

Près de la boulangerie, un spa et un restaurant japonais attiraient une clientèle éclectique. L'inauguration devait avoir lieu quelques semaines plus tard, après une longue année de construction et d'efforts.

Alors, enfin, *La Dolce Famiglia* s'établirait à New York.

Une vague de satisfaction monta en lui, parallèlement à une étrange sensation de vide. Que lui arrivait-il, ces derniers temps ? Il avait du mal à dormir et, loin de le réconforter, ses aventures occasionnelles avec des femmes le laissaient un peu plus abattu au petit matin. De l'extérieur, il avait ce dont tout homme rêvait : la fortune, un travail qu'il aimait, une famille, des amis, une santé de fer et à peu près toutes les femmes qu'il désirait. Mais l'Italien au fond de son cœur aspirait à quelque chose de plus profond que le sexe, quelque chose qui, peut-être, n'existait pas.

Ou n'était pas pour lui. Comme si, enfouie en lui, se cachait une brisure.

Agacé par ses jérémiades intérieures, il se détourna pour rentrer. À cet instant, son portable sonna. Il le sortit de son manteau en cachemire et jeta un coup d'œil au numéro.

Merde.

Il prit l'appel avec un soupir résigné.

— Oui, Venezia. Que se passe-t-il encore ?

— Michael, il m'arrive une chose affreuse...

Une logorrhée italienne se déversa à toute allure dans son oreille.

Michael se concentra sur la tirade, s'efforçant de comprendre le sens des mots entrecoupés de sanglots.

— Quoi ? Tu viens de dire que tu vas te marier ?

— Tu m'écoutes ou pas, Michael ? lança son interlocutrice en passant brusquement de l'italien à l'anglais. Tu dois m'aider !

— Doucement. Reprends ta respiration et explique-moi tout.

— *Mama* ne veut pas que je me marie ! À cause de toi ! Tu sais que Domenico et moi sommes ensemble depuis des années, et j'espérais - j'ai prié même pour qu'il se décide à me demander en mariage. Et, enfin, il l'a fait. Oh, Michael, il m'a emmenée à la Piazza Vecchia et a mis un genou à terre, et la bague est magnifique, sublime ! J'ai répondu oui, bien sûr, et nous sommes vite allés annoncer la nouvelle à *mama* et à toute la famille, et...

— Attends un peu. Domenico ne m'a jamais demandé ta main, coupa Michael, contrarié. Comment se fait-il que je n'aie pas été au courant ?

Sa sœur poussa un long soupir.

— Tu te moques de moi, là ? Cette coutume date de Mathusalem, et en plus, tu n'es même pas là. D'ailleurs, tout le monde était au courant que nous voulions nous marier, c'était juste une question de temps. De toute façon, tout ça n'a aucune importance parce que je vais finir vieille fille et perdre Domenico pour toujours. Il ne m'attendra jamais, et tout ça, par ta faute !

— Comment ça, par ma faute ?

— *Mama* m'a dit que je ne pourrai pas me marier tant que tu ne le seras pas toi-même. Tu te rappelles cette tradition ridicule à laquelle papa tenait tant ?

À ces paroles, Michael sentit ses entrailles se serrer. Impossible ! Les vieilles mœurs familiales étaient totalement déplacées dans la société d'aujourd'hui. D'accord, l'usage selon lequel l'aîné de la famille devait être le premier à se marier avait encore cours à Bergame et, en tant que comte, il était un peu le garant des anciens rites. Pour autant, toute cette histoire semblait issue d'un autre âge.

— Je suis sûr que vous vous êtes mal comprises avec *mama*, assura-t-il d'un ton apaisant. Je vais arranger ça.

— Elle a dit à Domenico que je pouvais porter sa bague, mais qu'il n'y aurait pas d'union tant que toi, tu ne serais pas marié. Du coup, Domenico s'est fâché et lui a répondu qu'il ne savait pas combien de temps il pourrait encore attendre, et *mama* s'est mise en colère en l'accusant de lui manquer de respect. Finalement, il y a eu une énorme dispute entre nous tous, et maintenant, ma vie est fichue ! Tout est fichu ! Mon Dieu, comment peut-elle me faire une chose pareille ?

Des sanglots résonnèrent dans le téléphone.

Michael ferma les yeux. Le sang battait douloureusement à ses tempes.

Il interrompit les gémissements de Venezia sans même tenter de dissimuler son agacement :

— Calme-toi, ordonna-t-il.

Elle cessa aussitôt de pleurer, habituée à l'autorité de son frère aîné sur le reste de la famille.

— Tout le monde sait que Domenico et toi êtes faits l'un pour l'autre. Tu n'as aucune raison de t'inquiéter. Je te promets de parler à *mama* aujourd'hui même.

— Et si elle ne t'écoute pas ? Si elle me renie parce que j'épouse Domenico sans son accord ? Je perdrais tout, alors. Mais je ne peux pas renoncer à l'homme que j'aime !

Le cœur de Michael s'arrêta un instant. Bon sang, il n'était pas question qu'il mette un pied dans ce nid de serpents ! Un drame familial l'obligerait à rentrer en Italie, sans compter qu'avec les problèmes cardiaques de sa mère il n'était pas rassuré. Ses deux autres sœurs, Julietta et Carina, n'arriveraient peut-être pas à gérer le problème. Bon, dans un premier temps, il devait calmer Venezia. Il crispa les doigts autour du téléphone.

— Promets-moi de ne rien faire tant que je n'aurai pas parlé à *mama*. Compris, Venezia ? Je m'occupe de tout. Dis à Domenico de rester patient jusqu'à ce que j'aie arrangé les choses.

— D'accord, accepta-t-elle avec un tremblement dans la voix.

Même si sa sœur avait un goût certain pour le drame, Michael savait qu'elle aimait son fiancé et était réellement impatiente de vivre avec lui. À vingt-six ans, elle avait déjà assisté au mariage de la plupart de ses amies, y compris les plus jeunes, et son tour était venu. D'autant que Michael appréciait l'homme qu'elle voulait épouser.

Mettant rapidement fin à la communication, il se dirigea vers sa voiture. Il réglerait tout ça au bureau. Et s'il fallait pour cela que lui-même se marie… ? À cette idée, ses mains devinrent moites. Son travail l'occupait beaucoup trop pour qu'il ait songé à trouver l'âme sœur. Même si cela ne l'empêchait pas de savoir quelles qualités devrait posséder sa future épouse. Elle devrait être facile à vivre, douce, et avoir de l'humour. Être intelligente, également. Et fidèle. Vouloir des enfants, bien s'occuper de la maison, tout en ayant un travail à l'extérieur pour garder son indépendance. Bref, elle devrait trouver naturellement sa place dans sa famille.

Il se glissa dans le fauteuil en cuir de son Alfa Romeo et démarra. Que se passerait-il si la conversation avec sa mère n'aboutissait à rien ? S'il n'avait pas le temps de trouver la femme parfaite ? Serait-il obligé de conclure un arrangement temporaire avec une inconnue, histoire de donner satisfaction à la mère et de permettre à Venezia d'épouser l'homme de sa vie ? Mais même dans ce cas, où la trouverait-il ?

La sonnerie de son mobile coupa court à ses réflexions. Un rapide coup d'œil au numéro lui confirma que Domenico refusait d'attendre et comptait bien se battre pour obtenir la main de sa sœur.

La tête douloureuse, il décrocha.

La journée promettait d'être longue.

2

— Tiens, prends-la.

Sans réfléchir, Maggie accueillit dans ses bras le petit paquet gigotant que lui tendait son frère. *Typique*, songea-t-elle en le regardant s'éloigner. Elle commençait à connaître son petit jeu : généralement, il faisait ça quand...

— Et merde !

Des relents de couche pleine assaillirent ses narines. Avec trois touffes de cheveux hérissées sur la tête comme de la luzerne, sa nièce souriait fièrement, le menton ruisselant de bave. Maggie regarda d'un œil impuissant la tache d'humidité qui s'élargissait sur son corsage en soie.

— Désolée, Lily, tata Maggie ne change pas les couches. Plus tard, je t'apprendrai à conduire une moto, ferrer un mec canon pour le bal de promo et te procurer de faux papiers, mais en attendant, je suis hors du coup.

En guise de réponse, Lily fourra son poing dans sa bouche et le mordilla avec extase.

Maggie réprima un rire. Elle jeta un coup d'œil autour d'elle pour voir à qui elle pourrait refiler sa nièce, mais la majorité des gens se trouvaient dans la cuisine ou agglutinés près du buffet dans le salon. Avec un soupir, elle se leva du canapé, plaça Lily sur sa hanche et entra en collision avec l'homme qui l'insupportait le plus.

Michael Conti.

Il lui saisit fermement le poignet pour la maintenir en équilibre. Un courant électrique la parcourut des pieds à la tête, mais elle resta de marbre. Il était hors de question qu'il devine à quel point ce contact la troublait. Ce type lui avait pratiquement volé sa belle-sœur et meilleure amie en usant de son charme pour s'insinuer dans leur famille. Depuis que son frère avait dessiné le projet du front de mer, il n'y avait pas une seule réunion familiale où elle ne tombait pas sur lui, ce qui réveillait aussitôt en elle l'humiliation générée par leur unique et désastreuse soirée en tête à tête.

— Ça va, *cara* ?

La caresse de sa voix la fit frissonner. Lily le gratifia d'un grand sourire édenté et émit un petit son ressemblant étrangement à un soupir. Quelle femme n'aurait pas soupiré ? Michael Conti était simplement à tomber.

Elle l'examina avec cette distance et cette rigueur implacable qui faisaient d'elle l'une des photographes de mode les plus recherchées. Ses cheveux noir de jais noués en catogan mettaient en valeur les traits fermes et élégants de son visage. Le teint mat, les pommettes hautes, le menton volontaire et le nez légèrement busqué, il incarnait à lui seul tout le charme italien de ses ancêtres.

Mais c'était son regard qui la terrassait.

Un regard sombre en amande frangé de longs cils bruns qui révélait une nature malicieuse et passionnée sous la surface policée.

Maggie se tança intérieurement. Où était le problème ? Dans son job, elle passait la majeure partie du temps en compagnie d'hommes à demi nus encore plus beaux que Conti. Ils lui faisaient à peu près autant d'effet que des statues, et il était extrêmement rare qu'elle ressente la moindre vibration en les touchant pour modifier la pose. Il lui était bien arrivé de sortir avec un ou deux d'entre eux, mais toujours avec assez de distance pour les quitter au petit matin sans se retourner. Alors pourquoi Michael Conti lui faisait-il cette impression ? Il éveillait en elle un instinct purement féminin dont elle ignorait l'existence même avant de le rencontrer.

Repoussant cette pensée dérangeante, elle remonta Lily sur sa hanche. Puis, prenant soin de parler d'un ton détaché, elle lança :

— Bonjour, comte. Qu'est-ce qui nous vaut ta présence ?

Ses yeux s'agrandirent.

— Je n'aurais jamais manqué l'anniversaire d'Alexa.

— Bien sûr que non. Tu ne manques jamais rien en rapport avec Alexa, pas vrai ?

— Mettrais-tu en doute mes motivations, *cara* ? parut-il s'étonner, les sourcils froncés.

Maggie ne supportait pas cet accent rauque qui coulait dans ses oreilles comme du miel et répandait en elle une troublante chaleur. Mais ce qu'elle supportait encore moins, c'était le corps de Conti, ses muscles fermes qui soulevaient le cuir souple de sa veste Armani. Sa chemise bleu roi, son jean et ses bottes noires en crocodile ne se contentaient pas de lui donner un look à tomber, ils mettaient en valeur sa virilité et son charme naturels. Derrière la désinvolture apparente, Maggie discernait une intelligence aiguisée et une certaine gravité.

Ne dissimulait-elle pas la même chose derrière son apparence superficielle ?

Elle le gratifia d'un sourire étudié.

— Bien sûr que non. Je me contente de remarquer combien tu es proche de la femme de mon frère.

Michael eut un petit rire et chatouilla Lily sous le menton. La petite gazouilla de plaisir. Même sa nièce la trahissait dès qu'il s'agissait de Conti, nota Maggie avec une pointe d'agacement.

— Alexa et moi sommes amis, non ? Et sans ton frère, ma première succursale américaine n'aurait jamais vu le jour. Il a fait un boulot de conception formidable dans le projet du front de mer.

— Pratique, pas vrai ? ironisa-t-elle.

Comme s'il sentait qu'il l'énervait, il se pencha vers elle. Un riche parfum de café, de savon et d'eau de toilette Christian Dior l'enveloppa. Elle fixa malgré elle ses lèvres pleines et dessinées emplies de promesses.

— Chercherais-tu à me dire quelque chose, Maggie ? demanda-t-il d'une voix de velours. J'avais gardé de notre dîner en tête à tête l'impression que tu étais plus directe.

Comment osait-il mentionner ce fiasco ? S'efforçant de rester impassible, elle répliqua du tac au tac :

— Et moi, celle que tu étais plus franc.

Il se redressa.

— Oui. Peut-être avons-nous fait tous les deux une erreur, ce soir-là.

Elle préféra ne pas répondre. Au lieu de quoi, elle lui plaça d'office Lily dans les bras… et regretta immédiatement sa décision en le voyant la serrer tendrement contre lui.

— Je dois parler à Alexa. La couche de Lily est sale, il faut la changer. Tu peux t'en charger, s'il te plaît ? lança-t-elle avec un sourire doucereux. Après tout, tu fais presque partie de la famille. Tu connais le chemin de la salle de bains.

Sur ces mots, elle pivota sur ses talons aiguilles et s'éloigna.

Maggie pénétra dans la vaste cuisine à l'ancienne, en quête d'un verre de vin. Pourquoi était-elle la seule à se rendre compte que Conti avait des vues sur Alexa ? Même son frère, qui pourtant le détestait au départ, l'appréciait aujourd'hui au point de l'inviter à toutes les fêtes de famille, lui offrant ainsi l'occasion de voir un peu plus sa femme. Chaque fois qu'elle avait fait part de son ressenti à Alexa, celle-ci s'était contentée d'en rire, arguant qu'il n'y avait aucune attirance entre Conti et elle.

Foutaises !

La vérité, c'était qu'Alexa était trop amoureuse de Nick pour imaginer que Conti puisse avoir des vues sur elle et qu'elle avait tendance à ne voir que le bon côté des gens. Bien sûr, Maggie avait totalement confiance en elle. En revanche, elle n'en avait aucune en cet Italien charmeur qui s'était peu à peu introduit dans leur clan.

Elle s'était renseignée sur lui et l'avait épié durant toute cette année, à la recherche d'une faiblesse qu'elle pourrait utiliser contre lui pour le maintenir à l'écart d'Alexa et de son frère.

Mais elle n'avait rien trouvé hormis ce qui n'était un secret pour personne : son goût pour les femmes.

Il était de notoriété publique que Michael était un séducteur. Il avait sûrement fait des ravages en Italie, et cela n'avait pas changé en Amérique, où il était devenu l'un des célibataires les plus recherchés de New York et de l'Hudson Valley. Quoi qu'il en soit, elle n'avait jamais trouvé d'histoire sordide le concernant, y compris dans les journaux à scandale. La seule chose qu'on pouvait lui reprocher, c'était de ne jamais s'engager.

Sa plus longue relation au cours de l'année précédente avait duré quinze jours. Maggie réprima un rire sans joie. D'une certaine façon, Conti était son double masculin. En tout cas, elle ne voyait qu'une seule explication à son manque d'entreprise.

Alexa.

Il était trop amoureux de sa meilleure amie pour se lancer dans quelque chose de durable avec une autre. Dieu merci, il ne lui avait jamais proposé une autre soirée en tête à tête ! Le souvenir de la première était déjà suffisamment embarrassant. C'était la seule fois où un homme, qui plus est un homme qui lui plaisait, l'avait repoussée.

Maggie se servit un verre de cabernet et rejoignit le salon. Elle remarqua que plusieurs objets fragiles avaient disparu ainsi que les meubles à angles droits, signes révélateurs de la présence d'un enfant dans la maison.

Alexa fondit sur elle, une assiette bien pleine dans les mains.

— Pourquoi tu ne manges pas ? J'ai besoin qu'on me soutienne. J'essaie de perdre les kilos que j'ai pris pendant la grossesse, mais ces amuse-bouches sont trop bons !

Maggie regarda ses courbes appétissantes soulignées par sa robe noire décolletée et lui adressa un sourire.

— Tu es superbe. Bon sang, tu as de ces seins ! Je suis morte de jalousie.

— Il faut bien qu'allaiter ait des avantages. J'espère juste que le lait ne va pas se mettre à couler, ça gâcherait tout l'effet sexy. Où est passée Lily ?

Maggie réprima un sourire de satisfaction.

— Avec Michael. Il est en train de la changer.

Alexa grimaça.

— Pourquoi lui as-tu fait ça ? Tu n'arrêtes pas de l'embêter. Il faut que j'aille à son secours.

Au moment où elle posait son assiette, Maggie lui saisit le bras.

— C'est bon, je vais voir s'il s'en sort. Même si je suis sûre qu'il a confié Lily à ta mère. Il n'est pas idiot, Al, et c'est un homme. Les hommes ne changent pas les couches.

— Nick le fait.

Maggie leva les yeux au ciel.

— Exceptionnellement, peut-être. Je suis certaine qu'il m'a passé Lily parce qu'il savait qu'il fallait la changer.

Alexa jeta un œil en direction de son mari à l'autre bout de la pièce.

— C'est drôle, ça me rappelle avant-hier soir quand il m'a demandé de la prendre juste deux minutes et, quand je l'ai cherché, il était déjà dans sa voiture. Franchement, tu crois qu'il le fait exprès ?

Maggie acquiesça.

— T'inquiète, on va se prévoir une sortie entre filles et lui faire payer ça. Littéralement.

Alexa eut un petit rire et déclara :

— Va à la rescousse de Michael. Et pour une fois, sois sympa avec lui. Je ne sais pas ce qui cloche entre vous deux. Cela fait presque un an que vous êtes sortis dîner ensemble. Est-ce qu'il se serait passé autre chose dont tu ne m'aurais pas parlé ?

— Non, assura Maggie avec un haussement d'épaules. Je te l'ai dit : je le soupçonne d'être amoureux de toi. Mais personne ne me prend au sérieux.

— Encore cette histoire ! Maggs, je te l'ai répété mille fois : Michael et moi sommes juste amis. Il fait quasiment partie de la famille. Crois-moi, même Nick a fini par comprendre qu'il n'y avait rien et n'avait jamais rien eu entre Michael et moi.

— Si tu le dis, concéda Maggie en dévisageant son amie qu'elle aimait comme une sœur.

Alexa n'avait jamais eu conscience de sa beauté, aussi bien intérieure qu'extérieure. Nick avait fini par gagner son cœur, et Maggie tenait à ce qu'ils n'oublient jamais combien ils comptaient l'un pour l'autre. Même si le début de leur relation avait été houleux, elle n'avait jamais vu de couple aussi heureux que le leur. Son frère avait osé sauter le pas, et elle était fière qu'il ait finalement eu le courage de ne pas laisser leur passé sordide gâcher son bonheur.

Au moins, l'un d'entre eux avait-il trouvé la paix.

Elle enlaça son amie.

— Profite de ta fête d'anniversaire et ne t'inquiète pas. Je vole à son secours.

Maggie prit son temps, certaine de trouver Michael en train de boire tranquillement un whisky. Elle monta l'escalier et s'avança à pas de loup dans le couloir. Un rire grave puis un air chantonné parvinrent à ses oreilles. Elle passa la tête par la porte entrebâillée de la nursery et écarquilla les yeux devant le spectacle qui s'offrait à elle.

Tout en berçant Lily, Michael lui chantait une berceuse en italien. L'enfant le contemplait avec adoration en gazouillant au rythme de la mélodie. La lune et les étoiles phosphorescentes qui décoraient le plafond donnaient un caractère presque féerique à la scène.

Son cœur fit un bond dans sa poitrine. Une bouffée de désir la traversa, et elle ferma brièvement les paupières pour tenter de reprendre ses esprits. Il s'était débarrassé de sa veste qui était soigneusement accrochée au dossier d'une chaise. Lily portait une nouvelle robe en coton imprimé de roses du même jaune que ses chaussettes. Un parfum de vanille emplissait l'air.

Maggie prit une inspiration et serra les poings.

Il leva les yeux.

Leurs regards se verrouillèrent. Un courant électrique grésilla entre eux, avant de disparaître aussi rapidement qu'il était venu. Avait-elle vraiment décelé du désir sur les traits de Michael ou était-ce un effet de son imagination ? Se reprenant, elle lança d'un ton sec :

— Qu'est-ce que tu fais ?

— Comme tu le vois, je chante.

Avec un soupir d'impatience, elle s'avança vers la table à langer.

— Je te parle de la couche, tu l'as changée ? Pourquoi elle porte cette robe ?

Il eut un sourire amusé.

— Évidemment que je l'ai changée. N'est-ce pas ce que tu m'avais demandé, *cara* ? Et comme sa robe était sale, je lui en ai mis une propre. Qu'y a-t-il de si surprenant ?

— J'imaginais que tu avais reçu une éducation à l'ancienne. Tu sais, celle où les garçons ne cuisinent pas, ne font pas le ménage et ne changent pas les couches.

À ces mots, Michael partit d'un grand rire. Lily cilla et, comme pour lui répondre, se mit à gazouiller.

— On voit que tu ne connais pas ma mère. J'ai trois sœurs plus jeunes que moi. Quand il fallait changer une couche, c'était sur moi que ça retombait, et il n'était pas question de passer le bébé à quelqu'un d'autre. La fois où j'ai tenté le coup, ça m'a coûté trop cher pour que l'on m'y reprenne.

— Oh, fit-elle en s'appuyant contre la table à langer. Ta famille vit en Italie ?

— Oui. La première boulangerie de *La Dolce Famiglia* a vu le jour à Bergame, là où nous vivons. Puis des succursales ont suivi à Milan avec beaucoup de succès. Ma sœur gère la maison mère, et j'ai décidé de poursuivre la tradition en Amérique.

— Et ton père ?

Une profonde tristesse glissa sur les traits de Michael.

— Il est mort il y a plusieurs années.

— Je suis désolée. On dirait que vous êtes tous très proches.

— *Si*. Je pense à lui tous les jours. (Il l'étudia un instant avant de demander :) Et toi ? J'imagine que tu n'as jamais eu à changer la moindre couche ?

Ignorant le creux dans son estomac, elle sourit.

— On s'en occupait pour moi. Nous n'étions que deux avec Nick, et c'est moi la dernière. De toute façon, la maison était remplie de domestiques. Je suis une enfant gâtée.

Un ange passa. Elle se dandina d'une jambe sur l'autre, mal à l'aise sous le regard inquisiteur de Michael. Il l'examinait comme s'il cherchait à percer un mystère. Finalement, il assena :

— Non, *cara*. Je crois au contraire que tu as eu une enfance plus dure que beaucoup d'entre nous.

Elle ne répondit pas tout de suite. Elle détestait la façon dont il essayait de deviner ses secrets.

— Pense ce que tu veux, répliqua-t-elle finalement, mais arrête de m'appeler « chérie ».

En guise d'acquiescement, il lui adressa un clin d'œil, puis baissa les yeux sur son débardeur moulant en lamé. Quand il s'arrêta sur ses seins, ceux-ci durcirent aussitôt. Bon sang, pourquoi lui faisait-il autant d'effet ?

— Très bien, *tigrotta mia*.

Son accent chantant l'enveloppa telle une cape de velours.

— Très drôle, railla-t-elle.

Il haussa un sourcil.

— Ça ne se voulait pas drôle. Tu m'as fait penser à une petite tigresse dès notre première rencontre.

Préférant ne pas rentrer dans une discussion aussi stupide, Maggie balaya la remarque d'un geste de la main et pivota vers la porte.

— On ferait mieux de descendre. Alexa se demandait où était passée Lily.

La fillette dans les bras, il lui emboîta le pas. Ils se retrouvèrent face à face avec la mère d'Alexa.

— Maggie, ma chérie. Je te cherchais !

Maria McKenzie l'embrassa sur les deux joues et la contempla avec ce sourire bienveillant qui lui réchauffait le cœur.

— Et voici mon adorable petite-fille. Viens voir mamie, ma belle.

Elle prit Lily dans les bras et distribua deux autres bises à Michael.

— J'ai entendu dire qu'il fallait la changer, mais apparemment, vous vous êtes très bien débrouillés tous les deux. Vous faites une bonne équipe.

Maggie réprima un soupir agacé. Par quel mystère la famille d'Alexa persistait-elle à les imaginer faits l'un pour l'autre ? Michael s'esclaffa.

— Ah, madame McKenzie, vous savez comment Maggie s'occupe bien de sa nièce. Personnellement, je n'ai eu qu'à m'asseoir et la regarder faire.

Maggie ressentit un pincement de culpabilité. Elle sourit, mais jeta un œil noir à Michael. C'était tellement son genre de jouer les chevaliers au grand cœur !

— J'ai invité toute la famille à dîner vendredi soir, annonça Maria. Bien sûr, je compte sur votre présence à tous les deux.

Autrefois elle était la seule « étrangère » à participer à ces repas de famille, songea Maggie avec amertume. Heureusement, elle avait une bonne excuse pour ne pas se retrouver une nouvelle fois avec Michael.

— Désolée, madame McKenzie, mais je pars dans deux jours à Milan pour une séance photo.

— Dans ce cas, je repousserai le dîner à la date de ton retour. Maintenant, passez-moi cette adorable petite, que je la ramène à la fête. À tout à l'heure.

La mère d'Alexa s'éloigna avec Lily, et Maggie remarqua l'étrange manière dont la fixait Conti.

— Tu pars à Milan ? Pour combien de temps ?

— Je ne sais pas exactement, répondit-elle en haussant les épaules. Une semaine, sans doute. Je compte en profiter pour établir de nouveaux contacts et faire du shopping.

— Mmm...

Bizarrement, ce commentaire évasif avait quelque chose d'inquiétant. Il l'étudiait comme s'il venait soudain de découvrir un détail nouveau chez elle, comme s'il l'évaluait... D'abord son visage, puis son corps.

— Que se passe-t-il ? Pourquoi me regardes-tu ainsi ?

Mal à l'aise, elle prit appui sur son autre jambe, consciente de la vague de chaleur qui montait entre ses cuisses. Mais il était hors de question qu'elle succombe au petit jeu de séduction de Conti. Même s'il était le dernier homme vivant sur une terre envahie par les zombis, elle ne céderait pas.

— J'ai peut-être une proposition à te faire, murmura-t-il.

Elle repoussa le souvenir de leur premier rendez-vous et se força à sourire.

— Désolée, chéri, mais c'est trop tard.

Sur quoi elle pivota et s'éloigna.

Debout dans un coin, Michael sirotait son cognac en regardant la fête toucher sa fin. On en était au café – un bon et vrai café à l'italienne – et au moelleux au chocolat. Les premiers au revoir avaient commencé, et il régnait une atmosphère plus calme et décontractée.

Lui, en revanche, se sentait tendu, anxieux. Cette fois, il était vraiment dans de sales draps. Après ses conversations au téléphone avec Venezia puis Domenico, il avait prévu d'appeler sa mère. Mais pas sans avoir imaginé un plan auparavant.

Conscient à la fois du caractère archaïque de la tradition et de la personnalité de sa mère pour qui les coutumes étaient sacrées, il avait conçu un stratagème qui, sur le coup, lui avait paru brillant. Il pensait s'inventer une petite amie qu'il comptait épouser, et s'en tirer en promettant de l'amener bientôt en Italie tout en insistant pour que Venezia se marie en premier étant donné l'ancienneté de sa relation avec Domenico. Il avait même songé, si nécessaire, à ajouter qu'il avait vu papa en rêve bénir leur union.

Donc, tout allait bien, jusqu'à ce que son autre sœur Julietta réduise son plan à néant en une seule phrase.

Il se remémora leur brève conversation.

— Michael, j'ignore ce qu'on t'a dit, mais tu n'as pas l'air de te rendre compte de la gravité de la situation. Non seulement le torchon brûle, mais l'incendie menace de gagner toute la maison.

Peu portée à la grandiloquence et la dramatisation, Julietta agissait toujours avec calme et stratégie, ce qui faisait d'elle la personne idéale pour diriger *La Dolce Famiglia*.

— *Mama* a promis à papa sur son lit de mort qu'elle veillerait à la pérennité de la tradition familiale. Manque de chance, cela inclut que tu te maries le premier, aussi ridicule que cela paraisse.

— Je suis sûr que je peux la convaincre, avait-il insisté en ignorant les doutes qui lui tordaient le ventre.

— Aucune chance. Je crois que Venezia a prévu de s'enfuir. Si c'est le cas, ce sera la catastrophe. On sera en guerre avec la famille de Domenico, et *mama*, si elle met sa menace à exécution, la reniera à jamais. Carina n'arrête pas de pleurer en répétant que c'est la fin de la famille. *Mama* a appelé le médecin en urgence sous prétexte qu'elle faisait une crise cardiaque, mais il a juste diagnostiqué une indigestion et lui a conseillé de rester couchée. *Dio*, je t'en prie, dis-moi que tu as une relation sérieuse avec quelqu'un et que tu vas mettre un terme à tout ça. Fichue société patriarcale ! Je n'arrive pas à croire que papa nous ait mis dans ce bazar.

La vérité s'était alors imposée à lui : il ne gagnerait jamais contre une promesse à un défunt. Son père l'avait attiré dans un piège, et sa mère refermait la porte de la cage derrière lui. Il lui fallait une épouse, et rapidement, s'il voulait mettre un terme à ce carnage. Du moins, une épouse intérimaire.

Quelles solutions avait-il ? Il avait eu beau se creuser les méninges, il n'en avait trouvé qu'une : convaincre sa mère qu'il était légalement uni à une femme, veiller à ce que le mariage de Venezia ait lieu dans les semaines à venir, et annoncer quelques mois plus tard que, malheureusement, son couple n'avait pas tenu. Évidemment, il y aurait des conséquences, mais peu importait. Dans l'immédiat, il fallait régler la situation. N'était-ce pas son boulot de gérer les drames familiaux ?

— Je serai marié à la fin de la semaine, avait-il alors assuré à sa sœur.

Un hoquet de surprise s'était élevé dans le combiné.

— Dis à Venezia de ne surtout pas faire de bêtise. J'appellerai *mama* pour lui annoncer la nouvelle plus tard.

— Tu es sérieux ? Tu vas vraiment te marier ou c'est une supercherie ?

Michael avait fermé les yeux. Pour que son plan fonctionne, tout le monde devait y croire. Y compris Julietta.

— Je suis avec quelqu'un depuis un bon moment et je pensais vous en parler bientôt. En revanche, elle n'est pas du genre à aimer les grandes cérémonies, nous nous contenterons donc probablement de passer devant le maire. Après quoi, j'informerai tout le monde.

— Tu n'es pas en train de me raconter des craques, Michael ? Écoute, c'est vrai que la situation est explosive, mais pas au point que tu précipites ton mariage pour calmer Venezia. Tu n'es pas obligé de régler tous les problèmes de la famille tout le temps.

— Si.

Avec cette affirmation, il avait senti tout le poids de la responsabilité qui pesait sur ses épaules. Un poids qu'il acceptait totalement.

— Je te donnerai plus d'infos après avoir parlé à mon amie.

— *Mama* voudra la rencontrer. Elle ne te croira pas sur parole.

Les propos de sa sœur verrouillèrent la cage à double tour.

— Je sais. Je viendrai en Italie à la fin de l'été.

— Vraiment ? Qui est-ce ? Comment s'appelle-t-elle ?

— Je dois y aller. Je te rappelle plus tard.

Michael avait coupé la communication, l'estomac noué. Il y avait à la fois si peu de solutions et si peu de temps. Son intention était de faire appel aux services d'une escort girl de grande classe et de la faire passer pour son épouse aux yeux de toute la famille.

À moins que...

Ses yeux parcoururent la pièce à la recherche de Maggie. Quand il croisa son regard émeraude, une flamme de désir s'alluma dans son bas-ventre à l'idée du défi qui l'attendait. Elle haussa un sourcil et secoua la tête avant de lui tourner le dos. Il sourit intérieurement. Une rose couverte de piquants, voilà ce qu'était Maggie. Une femme diablement sexy qui, par ses sarcasmes, faisait savoir à tout prince charmant qu'il serait plus avisé de garder ses distances.

Maggie Ryan était idéale pour le job.

Comment réagirait-elle s'il lui parlait de son plan maintenant ? Quelles étaient ses chances de trouver une autre femme, parmi ses connaissances, ayant prévu de se rendre à Milan la semaine prochaine ? Il avait confiance en elle. Enfin, un peu. Si elle était d'accord, il pourrait organiser la rencontre avec sa famille rapidement, repartir tout aussi prestement sous prétexte qu'il avait du travail, et permettre à Venezia de se marier cet été. L'animosité dont Maggie faisait preuve à son égard était la garantie qu'elle ne se prendrait pas au jeu et n'irait pas imaginer on ne sait quelle folie après avoir été présentée à sa mère. À ce propos, celle-ci serait probablement horrifiée par son choix. Elle devait rêver pour lui d'une épouse plus classique, moins effrayante. Peu importe, l'essentiel était que ça marche. Et ça marcherait.

À condition que Maggie accepte.

Il avait connu beaucoup de très belles femmes au cours de sa vie, mais Maggie avait quelque chose en plus, une aura de mystère qui rendait les hommes fous. Ses cheveux châtain clair coupés en carré long et stylé brillaient sous la lumière. Sa frange droite soulignait la forme allongée de ses yeux en amande, dont la couleur lui évoquait la brume du petit matin sur les plaines toscanes. Une brume où il rêvait de se perdre. Elle avait des traits fins et fermes : des mâchoires dessinées, des pommettes hautes et un nez élégant. Ses épaules graciles étaient dénudées et ses seins hauts et pointus, moulés par le tissu élastique de son bustier en lamé. Son pantalon de soie chatoyait à chacun de ses pas, soulignant ses fesses rondes et ses longues jambes fuselées faites pour enserrer la taille d'un homme. Elle sentait l'ambre et le bois de santal, le parfum du plaisir et de la volupté.

Maggie n'était pas du genre à se faire discrète. Elle n'avait pas froid aux yeux et affirmait haut et fort ce qu'elle pensait et qui elle était. Sa façon de se déplacer, de respirer, de parler : tout en elle était teinté de sexualité, et les hommes autour d'elle le percevaient. Michael la regarda rire, la tête légèrement renversée. Son visage reflétait une joie et une ouverture qu'il ne lui connaissait que dans les moments où elle se trouvait en compagnie de son frère ou d'Alexa. Même lors de leur premier et unique dîner en tête à tête, avant que les choses ne dégénèrent, il avait perçu sa réserve et sa méfiance derrière son humour caustique, son look sexy et son comportement distant.

Elle était exactement ce qu'elle voulait être sans chercher à s'excuser ou se justifier. Michael admirait d'autant plus ce genre de femmes qu'il en rencontrait rarement. Mais quelque chose de plus chez Maggie l'attirait et l'intriguait. Comme une douleur ou un manque diffus qui assombrissait parfois son regard et lui donnait envie de tuer le dragon pour libérer la princesse.

Cette pensée le sortit brusquement de sa contemplation. *Quelle image ridicule*, se tança-t-il... sans parvenir pour autant à diminuer le renflement au niveau de son entrejambe. Bon sang, où était-il allé chercher ce fantasme de noble damoiselle en détresse ? Il n'était pas un prince charmant et n'avait aucune envie de le devenir. Surtout avec une femme qui serait capable de lui voler son cheval et de filer au galop.

N'empêche, pour le moment, il avait besoin d'elle. Et devait la convaincre d'endosser le rôle.

— J'aimerais bien savoir ce qui te donne cette expression. Ou plutôt qui ? lança soudain quelqu'un au-dessus de lui.

Levant brusquement la tête, il découvrit deux yeux bleus qui le fixaient d'un regard rieur. Le cœur réchauffé par le sourire d'Alexa, il se leva pour déposer un petit baiser sur sa joue.

— *Buongiorno, bella signora*. Alors, contente de ton anniversaire ?

Une boucle échappée de sa queue-de-cheval retombait sur son front. Son visage rayonnait de joie.

— J'adore. J'avais dit à Nick que je ne voulais rien de spécial, mais tu sais comment il est.

— C'est cette perfection qui le rend irremplaçable dans son boulot.

Elle leva les yeux au ciel.

— Oui, et pénible à la maison. Enfin, ça dépend pour quoi, ajouta-t-elle avec un sourire entendu.

Michael lâcha un rire.

— Arrête. Je ne veux pas en savoir plus, plaisanta-t-il. Tiens, j'ai un cadeau pour toi.

— Michael, le gâteau suffisait ! Il était tellement bon que j'ai cru que je ne m'arrêterais jamais.

— Ce n'est rien. Tu sais, je suis vraiment content de te connaître, et j'adore te voir heureuse. (Il sortit le présent de sa poche.) Ouvre-le.

Elle poussa un soupir, l'air hésitante. Puis la curiosité fut la plus forte : elle déchira l'emballage et ouvrit le coffret. Posé sur du coton, un pendentif pour enfant orné d'une petite émeraude étincelait. Elle retint sa respiration, une expression ravie sur les traits.

— C'est une pierre porte-bonheur pour Lily. Nick m'a dit qu'il lui avait acheté une chaîne en or, ça ira parfaitement avec, tu ne trouves pas ?

— C'est magnifique, répondit Alexa d'une voix voilée par l'émotion.

Elle l'embrassa sur la joue et prit ses mains dans les siennes.

— C'est adorable. Merci.

— *Prego, cara.*

Un élan d'affection mêlée d'admiration l'envahit. À l'instant où il avait rencontré Alexa lors d'un cocktail professionnel, il avait senti qu'elle était une femme exceptionnelle. Heureusement, depuis qu'il avait découvert qu'elle était mariée, il n'y avait jamais eu la moindre attirance entre eux. Nick était son autre moitié. Ce qui ne l'empêchait pas d'être convaincu qu'Alexa et lui étaient des âmes sœurs, mais des âmes sœurs faites pour être amies, pas amantes. Même Nick qui, au début, s'était inquiété de leur amitié, avait fini par le comprendre et était devenu à la fois un partenaire en affaires et un camarade. Et c'était tout naturellement qu'à la naissance de Lily Michael s'était transformé en une sorte d'oncle, statut qui atténuait un peu la douleur causée par l'éloignement de sa propre famille.

La seule à ne l'avoir jamais accepté était Maggie.

Comme par magie, celle-ci se matérialisa soudain à côté d'eux. À croire qu'elle avait des antennes pour détecter quand il se trouvait seul en compagnie d'Alexa. Après lui avoir jeté un regard noir, elle baissa les yeux sur le bijou dans la main d'Alexa.

— Un nouveau cadeau, Al ? Michael est tellement attentionné !

La froideur de son ton contredisait ses paroles. Michael était fasciné par la façon dont elle protégeait son amie et sa loyauté envers elle. Comment une personne qui avait tant d'amour à donner pouvait-elle être seule ? À moins qu'elle n'ait une relation cachée ? Il ne l'avait jamais vue en compagnie d'un homme, mais cela ne signifiait pas qu'il n'y en avait aucun dans sa vie. Il étudia son visage, à la recherche d'une trace de douceur ou de satisfaction qui aurait pu trahir la présence d'un amant dans son existence, mais à part l'énergie qui émanait d'elle, il ne décela rien de particulier.

Ses pensées le ramenèrent à leur premier rendez-vous. Environ un an plus tôt, Alexa l'avait supplié de rencontrer Maggie sous prétexte qu'elle les sentait faits l'un pour l'autre. Il est vrai qu'au moment où il avait posé les yeux sur Maggie il avait compris que leur amie avait raison au moins sur un point : l'attirance sexuelle. Une attirance si puissante que même Maggie n'avait pas réussi à la dissimuler sur l'instant. Ce qui ne l'avait pas empêchée de reprendre ses esprits avec une rapidité déconcertante. La vivacité et l'audace de leur conversation avaient encore accru son désir, mais il avait rapidement compris que, même si Maggie faisait tout son possible pour prétendre qu'il ne pourrait rien y avoir de sérieux entre eux, leur relation ne se limiterait jamais à une aventure sans lendemain.

L'espace d'un instant, il avait eu envie d'être celui qui relèverait le défi et lui offrirait plus. Cependant, la crainte des répercussions d'une rupture avec Maggie sur son amitié avec Alexa l'en avait dissuadé et, finalement, il ne lui avait même pas proposé de la revoir. D'ailleurs, ne se situait-elle pas à l'opposé de ce qu'il recherchait ? Il voulait une femme qui se glisserait sans problème au sein de sa famille et ne se protégerait pas derrière des barrières. Certes, Maggie était attirante, vivante, pleine d'esprit, mais elle était aussi emplie de contradictions, traversée d'émotions complexes et totalement dévouée à son travail. S'ils se déchiraient, Alexa et Nick en paieraient le prix, et il les aimait trop pour leur faire courir ce risque. Leur bien-être passait avant ses besoins.

Il avait toujours agi ainsi et ne comptait pas changer son fonctionnement.

N'empêche, il avait merdé. Quand Maggie lui avait subtilement laissé entendre qu'elle n'aurait rien contre un deuxième rendez-vous, il avait éprouvé une peur panique. Une peur qu'il n'avait jamais ressentie face à une autre femme.

Et la vulnérabilité qu'il avait lue sur ses traits lorsqu'il l'avait repoussée l'avait pris totalement au dépourvu. Dommage, car il n'y aurait pas de seconde chance avec Maggie Ryan. Jamais elle ne se replacerait dans une telle situation, ce qu'elle prenait d'ailleurs soin de lui rappeler à chacune de leurs rencontres.

Alexa contempla le pendentif.

— Il est magnifique, n'est-ce pas, Maggie ?

— Irrésistible.

Michael réprima un rire devant le regard lourd de menaces d'Alexa. Telle une enfant obéissante, Maggie n'insista pas.

— Je dois y aller, ma belle, annonça-t-elle. Je pars pour Milan bientôt et j'ai encore une tonne de choses à régler.

Alexa poussa un soupir.

— Qu'est-ce que je ne donnerais pas pour aller refaire ma garde-robe à Milan ! commenta-t-elle en baissant les yeux sur sa tenue avec une grimace.

— Lily vaut bien deux ou trois kilos de plus, la réconforta Maggie. Promis, je te rapporterai une paire de chaussures qui rendra Nick fou. Même si vous n'avez pas besoin de ça entre vous, ajouta-t-elle avec un regard éloquent en direction de Michael.

— Pas besoin de quoi ?

Nick venait de les rejoindre. Il enlaça sa femme par la taille.

— Laisse tomber, décréta Alexa d'un ton ferme.

— D'aphrodisiaques, répondit Maggie. Je promettais à Maggie de lui rapporter des chaussures hyper sexy de Milan.

— Pas de nuisette en dentelle ? s'enquit Nick, intéressé.

— Nick !

Ignorant les joues roses de son épouse, il poursuivit :

— Quoi ? Elle se rend dans la capitale mondiale de la mode et tu ne veux pas qu'elle te rapporte de la lingerie ? Moi, si. Tu es tellement... délicieuse.

Maggie s'esclaffa.

— OK. Tu as raison, elle sera magnifique en rouge.

— Je vous déteste l'un et l'autre.

Nick embrassa son épouse dans le cou. Détournant légèrement la tête, Michael capta l'expression fugace sur le visage de Maggie.

De l'envie.

Il sentit sa gorge se nouer devant la mélancolie de la jeune femme tandis qu'elle observait son frère. Puis la fenêtre se referma et elle recouvra son assurance habituelle.

Michael se redressa. C'était maintenant ou jamais.

— Maggie ? Je peux te parler deux secondes avant que tu partes ?

— Bien sûr, répondit-elle en haussant les épaules. Qu'est-ce qu'il y a ?

— En privé, s'il te plaît.

Nick et Alexa échangèrent un regard. Maggie les considéra avec agacement.

— Vous pouvez me lâcher, tous les deux ? Qu'est-ce que vous croyez ? Qu'il va me demander en mariage ?

Michael grimaça. Nick leva les yeux au ciel d'un air désabusé, mais Maggie se contenta de lui tirer la langue avant de se détourner en direction d'une des chambres d'amis. Elle s'assit sur le lit, les jambes allongées devant elle, appuyée en arrière sur ses bras. Dans cette position, ses seins poussaient sur son bustier comme pour se libérer. Bon sang, elle semblait ne pas porter de soutien-gorge !

S'efforçant de rester naturel, Michael s'assit à son tour, le dos contre la tête de lit en bois naturel. Son intuition lui fut confirmée par la vision très nette de deux mamelons dressés sous le tissu de soie. Il changea de position, regrettant qu'elle n'ait pas choisi un lieu plus formel pour cette conversation. C'était tellement facile de l'imaginer étendue sur le couvre-lit couleur champagne pendant qu'il mordillerait la pointe de ses seins. Ses tétons devaient être très sensibles pour réagir au simple contact d'un vêtement. Ignorant le frémissement qui le parcourait, Michael s'obligea à se concentrer sur son objectif.

— J'ai une proposition à te faire.

À ces mots, elle rejeta la tête en arrière en s'esclaffant. Son rire rauque résonna à ses oreilles comme le chant des sirènes.

— Tu ne t'es pas adressé à la bonne personne. C'est non.

Réprimant un juron, il opta pour une approche plus directe.

— J'ai besoin d'une femme qui se fasse passer pour mon épouse.

Elle cilla.

— Pardon ?

— Tu as bien compris. (Malgré le sentiment de ridicule qui le tenaillait, il poursuivit :) Des difficultés familiales m'obligent à faire croire que je suis marié. Il me faut une épouse pour une semaine, le temps de m'accompagner en Italie et passer du temps avec moi dans ma famille. C'est tout.

— C'est *tout* ! Je rêve ou je suis tombée au beau milieu d'un épisode de *Mistresses* ?

— *Mistresses* ?

— Peu importe, c'est un truc de filles, décréta-t-elle en balayant l'air d'un geste de la main. Donc, si je récapitule, tu voudrais que je fasse semblant d'être ta femme, que je sois reçue dans ta famille et me rapproche des tiens pendant une semaine, puis que je rentre sagement chez moi comme si rien ne s'était passé ?

— C'est ça.

— Non, merci.

Elle sauta du lit avec grâce et s'apprêta à sortir. Michael se plaça entre elle et la porte.

— Désolée, mais la version mâle dominant, ça ne marche pas avec moi, prévint-elle.

— Maggie, je t'en prie, écoute-moi.

— J'en ai déjà assez entendu. Primo, je vais à Milan pour travailler, pas pour jouer les fausses épouses. Secundo, toi et moi ne sommes pas spécialement proches et je ne donne pas plus de deux minutes à ta famille pour s'en rendre compte. Et tertio, nous ne sommes pas amis, ce qui fait que je ne te dois rien. Je suis certaine que tu as dans ton entourage un tas de filles magnifiques qui seront ravies de jouer ce rôle.

Michael réprima un grognement de frustration. Mais bon, il n'avait jamais pensé que ce serait facile.

— La vérité, c'est que tu es la personne idéale. Il me faut une femme qui n'aura aucune arrière-pensée. De toute façon, je ne sors avec personne en ce moment.

— Qu'est-ce qui te prouve que je n'ai pas d'arrière-pensées ?

— Tu en as ?

À cette question, son regard se fit plus lointain, comme si elle hésitait à mentir. Finalement, elle déclara :

— Non. Mais je ne le ferai pas quand même.

— Je te paierai.

— Je n'ai pas besoin de votre argent, monsieur le comte, répliqua-t-elle avec hauteur. Je gagne suffisamment bien ma vie, merci.

— Il y a certainement quelque chose que je pourrais t'offrir en échange. Une chose que tu désires particulièrement.

— Désolée, mais je ne manque de rien. Quoi qu'il en soit, merci pour la proposition.

Elle tendit le bras vers la poignée de la porte.

Elle était sa seule candidate possible, et il ne connaissait aucun endroit en Amérique proposant des fausses épouses. L'unique solution s'imposa alors à lui. C'était impossible, bien sûr. D'ailleurs, Nick n'accepterait jamais. Mais avec un peu de chance, il suffirait à Maggie de l'envisager pour changer d'avis. Ignorant la voix de sa conscience, il joua sa dernière carte.

— Très bien. Dans ce cas, il ne me reste plus qu'à demander à Alexa.

Maggie se figea sur place.

— Pardon ?

Il soupira avec un air faussement affligé.

— Ça m'ennuie de lui demander ça avec Lily encore si petite, mais je suis sûr qu'elle dira oui.

Maggie s'empourpra sous l'effet de la colère. Les mâchoires serrées, elle lança entre ses dents :

— N'y pense même pas, Conti. Laisse Alexa et mon frère tranquilles, et résous toi-même tes foutus problèmes.

— C'est ce que j'essaie de faire.

Elle se redressa sur la pointe des pieds pour le regarder bien en face. Son souffle caressa ses lèvres, l'enveloppant d'un enivrant parfum de café et de cognac.

— Je jure devant Dieu que si tu oses leur proposer ton idée ridicule, je...

— Quoi ? coupa-t-il. Une fois que je leur aurai expliqué toute la situation, je suis certain que Nick comprendra. En plus, Alexa rêve d'aller en Italie, et il ne s'agit que de quelques jours. C'est une urgence familiale.

— Tu ne fais pas partie de la famille ! affirma-t-elle avec hargne. Arrête de t'immiscer dans leur vie et occupe-toi de vivre la tienne !

Il eut une moue moqueuse.

— *Tigrotta mia* a l'air très en colère. Serais-tu jalouse ?

Elle le saisit par les épaules. Le contact de ses ongles dans sa chair accrut encore la tension sexuelle qu'il percevait entre eux.

— Non. J'en ai juste marre de te voir tourner autour d'Alexa sans que mon frère s'en rende compte. Si seulement il y avait un moyen de se débarrasser de toi. J'aimerais pouvoir...

Elle se tut subitement. Puis, très lentement, elle le lâcha et recula d'un pas. Regrettant la chaleur de son corps tout près du sien, Michael la dévisagea, intrigué. De toute évidence, elle venait d'avoir une idée. De toute évidence, une idée qui n'allait pas lui plaire.

— Si j'accepte de jouer un rôle dans ton plan stupide, tu me donneras ce que je veux ?

Son brusque revirement avait quelque chose d'inquiétant. L'estomac noué, il acquiesça :

— Oui.

Elle sourit. Les yeux fixés sur ses lèvres pleines et sensuelles, il attendit. *Dio*, les réactions incontrôlées de son corps l'empêchaient de se concentrer parfaitement sur la conversation. Il repensa aux nonnes de l'école catholique de son enfance pour retrouver un peu de sang-froid.

— Je suis d'accord.

Loin de sauter de joie, il la considéra avec suspicion.

— Que veux-tu en échange ?

— Que tu ne t'approches plus d'Alexa, répondit-elle, une lueur de triomphe dans les prunelles.

Michael accusa le coup. D'une certaine façon, son stratagème venait de se retourner contre lui. Il se maudit intérieurement de son imprudence. Jusqu'à aujourd'hui, il avait toujours considéré la croyance de Maggie concernant sa prétendue attirance pour Alexa d'un œil amusé, mais là, ce n'était plus drôle du tout. Il décida de faire celui qui ne comprenait pas.

— OK. Je garderai mes distances.

Elle plissa les yeux.

— Je ne suis pas sûre que tu aies compris le contrat, comte. Quand elle t'invitera à un repas familial le dimanche, tu ne seras pas libre. Terminés les petites visites à Lily et les appels juste pour prendre des nouvelles. Tu pourras continuer à travailler avec Nick, mais à partir de maintenant, tu arrêtes de te considérer comme un ami proche d'Alexa. *Capisce ?*

Oh oui, il comprenait ! Et sa façon de l'appeler « comte » ne faisait que renforcer sa rage. L'intonation moqueuse avec laquelle elle articulait son titre de noblesse lui donnait envie de la saisir par les épaules pour la contraindre à prononcer son prénom. En particulier pendant qu'elle serait allongée, les jambes écartées, ruisselante de désir pour lui. Il s'abrita derrière une façade d'impassibilité, priant pour qu'elle ne remarque pas la protubérance au niveau de son entrejambe.

— Qu'est-ce qui t'effraie tant, *cara* ? Que crains-tu qu'il se passe entre Alexa et moi ?

Elle redressa le menton.

— Je sais combien il est facile de gâcher ce qui est beau, répondit-elle, une pointe d'amertume dans la voix. Alexa et Nick sont heureux. Elle n'a pas besoin qu'un homme lui tourne autour. Elle a peut-être confiance en tes intentions, mais pas moi. (Maggie marqua une pause avant de lâcher avec dureté :) Je vois comment tu la regardes.

Michael eut le souffle coupé par cette accusation. Avait-elle vraiment une aussi mauvaise image de lui ? Au point de le soupçonner de chercher à briser un mariage et trahir ses amis ? Pourtant, malgré la colère et la douleur, il ne pouvait s'empêcher d'admirer l'audace de Maggie. De toute évidence, une fois qu'elle avait accordé sa confiance à quelqu'un, c'était pour la vie. Ce qui expliquait peut-être pourquoi elle ne s'engageait pas sentimentalement.

Elle vibrait de tension et d'émotion.

— J'en ai marre que tout le monde me dise que je suis folle. Juste une fois, reconnais que tu es amoureux d'elle. Si tu me dis la vérité et me promets de garder tes distances avec Alexa, je ferai semblant d'être ta femme.

Il l'étudia d'un air sombre. Discuter ne servirait à rien. Il appréciait Alexa parce qu'elle lui rappelait ses sœurs et lui apportait du réconfort dans un monde où il se sentait somme toute assez seul. Elle avait l'impulsivité de Venezia, le sens du devoir de Julietta et la douceur de Carina. Manifestement, la chaleur qu'elle lui inspirait quand il la contemplait prêtait à confusion. Du moins pour sa meilleure amie.

Et c'était peut-être aussi bien ainsi.

Vu l'effet qu'avaient sur lui le corps et la vivacité d'esprit de Maggie, mieux valait traiter à la source tout risque de se retrouver au lit ensemble et finir empêtré dans une histoire d'autant plus compliquée que sa famille les croirait mariés. Tant qu'elle continuerait à l'imaginer amoureux de sa meilleure amie, il y aurait une barrière supplémentaire entre eux. Évidemment, le prix à payer était beaucoup plus important qu'il l'avait pensé au départ. Outre le fait de perdre une amie merveilleuse, il risquait de blesser Alexa.

Il avait le choix. Il s'imagina ne pouvant plus jamais prendre Lily dans les bras et ne plus la voir grandir. Puis il pensa à Venezia, son chagrin, ses pleurs hystériques et son envie de commencer à vivre sa vie. Il était de son devoir de protéger sa famille à tout prix. Il l'avait appris tout petit et comptait bien ne jamais l'oublier. Non, d'une certaine manière, il n'avait pas le choix.

Maggie cilla, mais continua à le fixer droit dans les yeux quand il hocha la tête en signe d'acquiescement. Il vit une ombre inquiète voiler un bref instant son regard puis disparaître. Quelque chose lui suggéra qu'elle avait été victime au cours de sa vie d'une trahison si profonde qu'aucun homme n'avait pu réparer la blessure. Était-ce un ancien amant ? Un ex-fiancé ? Intrigué, il mourait d'envie de creuser un peu plus, mais elle s'était déjà ressaisie.

— Parfait. Donne-moi ta parole que tu resteras à l'écart d'Alexa après notre retour. Qu'il n'y aura aucune exception.

— À ton avis, je vais faire comment pour disparaître sans la blesser ?

Elle haussa les épaules.

— Nous serons en Italie pendant une semaine et, à ton retour, tu seras très occupé. Tu n'auras qu'à prétendre que tu as une nouvelle compagne. Au bout d'un moment, Alexa arrêtera de t'appeler.

Il en doutait, mais songea que Maggie aiderait sans doute son amie à l'oublier. Le cœur serré, il approuva.

— J'accepte tes conditions. Maintenant, je te donne les miennes.

Une certaine satisfaction monta en lui en la voyant écarquiller les yeux quand il se rapprocha. Pourtant, en dépit de la tension sexuelle qui les reliait l'un à l'autre, elle retrouva rapidement son sang-froid et l'arrêta :

— Attends. Comment puis-je être certaine que tu tiendras ta promesse ?

Il lui prit le menton. Heurté par la question, il répondit d'un ton glacé :

— Parce que je tiens toujours mes promesses. *Capisce ?*

Il la lâcha, mais ne put résister à l'envie de lui caresser la joue au passage. Sa peau était douce, veloutée. S'éclaircissant la gorge, il s'obligea à revenir à leur discussion.

— Les choses sont très simples. Je vais appeler ma mère ce soir pour lui annoncer la nouvelle, mais je sais déjà que je ne réussirai à la convaincre que si j'accepte un second mariage en Italie.

— Quoi ?! Certainement pas. Il est hors de question que je t'épouse.

Il balaya ses protestations d'un geste de la main.

— Je m'en doute. Nous ne nous marierons pas pour de vrai, mais nous devrons la persuader que nous en avons l'intention. Ma mère est très fine. Si nous n'avons pas l'air disposés à prêter serment devant elle et un prêtre, elle aura des soupçons. Je lui expliquerai que nous nous sommes mariés légalement aux États-Unis, mais qu'il nous faut une autorisation pour recommencer en Italie.

— Que se passera-t-il quand le prêtre viendra pour nous unir ?

Michael sourit devant sa mine paniquée.

— Il faut du temps avant qu'un prêtre accepte d'unir un couple quand il ne connaît pas la mariée. Surtout si celle-ci n'est pas catholique. Cela ne pourra pas se faire durant notre séjour. D'autant que je prétexterai un problème au travail pour rentrer au bout d'une semaine.

À ces paroles, elle se détendit, retrouvant son ton confiant et sarcastique.

— Tu ne m'as pas précisé pourquoi tu avais soudain besoin d'une épouse. Roméo n'a pas réussi à trouver la bonne Juliette ?

Michael lui donna un aperçu rapide de la tradition familiale et la situation de sa sœur. Il s'attendait à une remarque caustique à propos de coutumes dépassées, au lieu de quoi, elle hocha la tête comme si elle comprenait totalement.

— J'admire ta mère. Ce n'est pas facile de s'accrocher à ses valeurs quand tout le monde se moque de vous. Au moins, ta famille croit en quelque chose. La tradition, la parole donnée, le sens de la responsabilité.

Fasciné, Michael regarda l'émotion se peindre sur ses traits, avant qu'elle rejette ses souvenirs d'un mouvement de tête.

— J'espère juste que tout ton plan ne tombera pas à l'eau.

— Pourquoi ?

Elle haussa les épaules.

— Imagine que je ne plaise pas à ta famille. Je te rappelle que je gagne ma vie en photographiant des hommes en sous-vêtements. Et je n'ai pas l'intention de jouer les fiancées soumises et silencieuses.

— Je ne t'ai pas dit que chez nous les femmes obéissent en tout à leur mari ? répliqua-t-il avec un sourire. Notre contrat implique que tu me traites comme un roi. Tu devras me préparer mes repas et t'efforcer d'exaucer tous mes désirs. Mais ne t'inquiète pas, ce n'est que pour une semaine.

Il fut incapable de réprimer un rire devant son expression horrifiée. Un peu plus et il se serait retrouvé avec un œil au beurre noir. Montrait-elle autant de tempérament au lit ? s'interrogea-t-il malgré lui. Si c'était le cas, passer une nuit avec elle devait être risqué. Du genre à émerger au petit matin avec un sourire idiot et l'envie de plus.

— Très drôle, commenta-t-elle avec une moue. Je suis heureuse de constater que tu as le sens de l'humour, comte, au moins le temps passera plus vite.

— Ravi que tu sois d'accord. Je m'occupe de tout dès maintenant. Nous partirons demain soir. Je te donnerai les infos essentielles sur ma famille pendant le voyage, et tu en feras autant sur la tienne.

Elle acquiesça d'un signe de tête et se dirigea rapidement vers la porte. De toute évidence, leur proximité physique la mettait mal à l'aise. Tant mieux ! Ainsi, il savait qu'il n'était pas le seul à percevoir la tension sexuelle entre eux, et que les efforts de sa complice pour l'ignorer l'aideraient lui-même à y résister pendant la semaine.

D'accord, Maggie Ryan était canon, mais il était capable de tenir sept jours.

No problemo.

3

Maggie jeta un coup d'œil à son prétendu mari en s'efforçant de gérer la panique qui l'envahissait.

Sa respiration saccadée et l'accélération de son cœur indiquaient une crise proche. La bouche sèche, elle se dissimula derrière son magazine *Vogue* en italien en priant pour échapper au pire. Elle ne voulait surtout pas que quelqu'un, et encore moins Michael Conti, découvre ce qu'elle considérait comme une faiblesse. Toute l'ampleur de la folie du plan du comte lui avait sauté aux yeux à l'instant où elle était montée à bord de son avion privé. Elle joua nerveusement avec son alliance en platine incrustée d'un diamant de deux carats. Hier, chez Alexa, l'idée lui avait paru jouable. Mais aujourd'hui, avec une bague au doigt, un mari de pacotille et une famille entière à tromper, elle se jugeait totalement stupide.

Pourquoi diable avait-elle accepté ?

Par quel mystère la famille Ryan se retrouvait-elle dans des situations impliquant de faux mariages ? Elle s'était copieusement moquée de Nick quand il lui avait expliqué qu'il n'avait pas d'autre choix que de trouver une épouse s'il voulait hériter de Dreamscape, la société de son oncle. Dieu merci, lui proposer Alexa avait été la meilleure idée qu'elle avait jamais eue, surtout à partir du moment où ils étaient tombés amoureux.

Sauf qu'Alexa n'aurait jamais toléré cette mascarade si la survie financière de son entreprise n'en avait pas dépendu. Alors qu'elle-même n'avait rien ni personne à sauver. *Mais tu as eu l'occasion de protéger une famille du désastre*, se rappela-t-elle. Alexa et Nick formaient un couple merveilleux pour qui Michael représentait une menace constante : avec son sourire sensuel, sa voix chantante et son regard enjôleur, il enveloppait son amie d'une illusion d'attention et de protection, telle une araignée tissant sa toile. Au moins, songea Maggie avec satisfaction, elle avait à présent la confirmation de son intuition : Conti avait admis qu'il aimait Alexa.

Après cet aveu, elle avait éprouvé une sensation désagréable au niveau du plexus, presque de la douleur. Ridicule, bien sûr, et elle s'était empressée de repousser cette émotion gênante. Évidemment, Conti avait essayé de donner à son sentiment pour Alexa l'image de l'amitié, mais elle n'était pas dupe. Un homme tel que lui n'accepterait jamais de rester longtemps sur la touche, encore moins face à la femme dont il était amoureux. Maggie ne pourrait plus jamais se regarder dans une glace si elle n'utilisait pas la seule arme à sa disposition pour protéger ses proches.

Mais à quel prix ! Rencontrer les sœurs et la mère de Conti. Dormir dans sa chambre. Se faire passer pour autre chose que ce qu'elle était.

Les doigts crispés sur le magazine, elle inspira profondément par le nez et expira lentement par la bouche. Le psy qu'elle était allée voir lui avait conseillé de faire du yoga et des exercices pour réduire le stress. Elle refusait tout autant de prendre des médicaments que de se laisser contrôler par l'angoisse. Décomptant à partir de cent, elle réprima ce besoin stupide d'aspirer l'air à grandes goulées, visualisa son cœur en train de ralentir et respira posément.

Quatre-vingt-dix-huit.

Quatre-vingt-dix-sept.

Quatre-vingt-seize.

Quatre-vingt-quinze.

— Tu étudies pour tes futures prises de vue ?

Elle attendit encore deux respirations, puis une fois certaine d'avoir retrouvé suffisamment de calme, elle leva les yeux. Adossé à son siège, la jambe droite repliée sur sa cuisse gauche, il la contemplait en souriant. Avec sa veste, son jean, ses bottes noires et ses cheveux longs, il ressemblait à une sorte de pirate des temps modernes – un look pour lequel elle avait toujours eu un faible. Une lueur narquoise brilla dans ses prunelles quand il désigna le magazine qu'elle tenait dans les mains.

Dissimulant son agacement, elle prit un air faussement niais pour répondre :

— Désolée, mais je ne comprends que les images. Trop de mots sur une page, ça me rend nerveuse.

Pourquoi tout le monde semblait-il la croire incapable de lire autre chose qu'un magazine de mode ? En même temps, elle devait reconnaître qu'elle ne faisait rien pour convaincre les gens du contraire. Elle se vantait d'avoir quitté l'école tôt pour se faire un nom toute seule dans le monde de la photo. Dissimuler certains aspects d'elle-même lui donnait l'impression de rester maîtresse de la relation. D'où son silence habituel concernant son goût pour les mots croisés ou sa passion pour la littérature relative à la guerre de Sécession. Si ses petits copains savaient qu'elle regardait plus souvent la chaîne Histoire que *Project Runway* !

Michael prit une bouteille dans le minibar et se servit un whisky.

— Je n'ai rien contre *Vogue*. C'était la bible de ma sœur.

— Ça m'arrive de lire parfois, fit-elle valoir. Les articles de *Playgirl*, par exemple, sont très amusants.

Il eut un petit rire de gorge qui la fit frissonner.

— Si tu me parlais de ton travail. Comment es-tu devenue photographe ?

La véritable réponse lui vint à l'esprit. *Parce que la photo est une forme de voyeurisme légal. Une manière d'être en contact avec les autres tout en conservant mes distances*. Mais elle préféra la garder pour elle. Le monde n'était-il pas plus beau vu à travers un filtre ?

Elle but une gorgée de chianti.

— Un Noël, j'ai reçu un Nikon et tout le matériel qui allait avec en cadeau. On m'a dit que je partais la semaine suivante en colonie avec pour thème central du séjour la photographie. Notre gouvernante avait posé des congés, il fallait bien me caser quelque part. Il se trouve que l'animateur était extra et qu'il m'a énormément appris. Je suis devenue passionnée.

Michael scrutait son visage, comme s'il cherchait à découvrir la vérité derrière ses protections. Par chance, elle avait mis un écran entre elle et ses émotions depuis tant d'années que plus rien ne dépassait.

— Apparemment, tes parents compensaient leur manque de temps par de l'argent. La mode est un monde très compétitif. Tu dois être talentueuse pour qu'on te réclame autant.

Elle haussa les épaules.

— Disons que j'ai un œil pour la mode. Surtout lorsqu'elle concerne des hommes musclés et à moitié nus, ajouta-t-elle avec un petit rire.

Elle s'était attendue à ce qu'il s'esclaffe à son tour, mais il se contenta de la fixer en demandant :

— As-tu déjà essayé de changer de domaine ?

Elle étendit les jambes et s'enfonça dans son siège moelleux.

— Bien sûr. J'ai travaillé pour Gap et Victoria's Secret dans des moments un peu difficiles.

— Tu n'aimes pas parler de toi, n'est-ce pas, *cara* ?

L'intimité et la chaleur de la voix de Michael semblaient agir directement sur ses terminaisons nerveuses et lui donnaient envie de choses inavouables. Comme de sentir sa langue s'enfoncer dans sa bouche et ses mains partout sur son corps. Oh, cet homme était très fort. Un concentré de charme, d'humour et de sensualité mortel pour les femmes. Un regard magnétique qui poussait à avouer presque malgré soi ses plus profonds secrets.

— Pas du tout. Demande-moi ce que tu veux. Si je préfère les slips ou les caleçons, les Mets ou les Yankees, le disco ou le hip-hop... Vas-y, je t'écoute.

— Parle-moi de tes parents.

Elle bannit toute trace d'hésitation.

— Mon père en est à son quatrième mariage. Il adore l'argent, déteste le travail et ne me voit que lorsqu'il a besoin de faire bonne impression auprès de sa dernière épouse. Apparemment, elle est assez famille et il essaie de lui faire plaisir. Pour l'instant. Il est séduisant, charmeur et totalement creux. Quant à ma mère, elle se prend pour une vedette et ne supporte pas l'idée de vieillir et d'avoir deux enfants adultes. En ce moment, elle vit avec un acteur auquel elle mendie de l'attention.

— Et toi, comment se passent tes relations ? As-tu renoncé à tout engagement sérieux à cause de tes parents, *tigrotta mia* ?

Voilà ce qui s'appelait une question directe. Sur le coup, Maggie eut le souffle coupé. Mais elle se ressaisit rapidement.

— Mes relations sentimentales sont très saines et me conviennent parfaitement, mentit-elle sans la moindre gêne. Est-ce que je crois au grand et véritable amour ? Non. Et il suffit de regarder autour de soi pour se rendre compte que j'ai raison. Mais quelle importance ? Je ne vois vraiment pas pourquoi je devrais souffrir et me prendre la tête sous prétexte que je n'ai pas trouvé « l'homme de ma vie ». D'autant que je ne crois pas que cet homme existe. En revanche, je m'éclate sacrément à chercher « l'homme du moment présent ».

Pendant un instant, on n'entendit plus que le ronronnement du moteur de l'avion.

— Je suis désolé, déclara finalement Michael avec douceur.

— Pourquoi ? répliqua-t-elle, sur la défensive. J'ai toujours mangé à ma faim et personne ne m'a jamais battue ni violée. J'ai grandi dans une immense demeure avec des gouvernantes, des cuisinières et plus de jouets que j'aurais pu en rêver. Je fais ce qui me plaît quand ça me plaît et ne dois rien à personne. Je ne vois vraiment pas pourquoi tu es désolé. La plupart des gens m'envieraient au contraire.

Il hocha la tête, mais, de toute évidence, il n'était pas convaincu.

— C'est plutôt moi qui devrais être désolé pour toi, lança-t-elle alors.

Il tressaillit.

— Pour moi ?

— Oui. N'oublie pas que je connais tes secrets, à présent.

Elle avait fait mouche. Michael se raidit et avala une longue gorgée de whisky.

— Ah, mais ça ne me dérange pas, affirma-t-il finalement. Je suis ce que vous, les Américains, appelez « un livre ouvert ».

Elle réprima un soupir de soulagement. Enfin, elle n'était plus au centre de la conversation ! Poussant son avantage, elle expliqua :

— Tu as une famille soudée qui te soutient, de l'argent et du succès sur le plan professionnel, et tu n'arrives même pas à trouver une femme qui accepte de faire semblant de t'aimer pour une semaine. Pas étonnant que ta mère tienne tant à poursuivre la tradition. As-tu déjà eu une seule relation sérieuse dans ta vie ?

Un éclair de colère brilla dans son regard noir.

— Je sors avec des femmes, répondit-il avec froideur. Le fait que je n'aie pas encore trouvé la bonne ne signifie pas que j'ai peur de m'engager.

— Bravo, joli rétablissement. Alors, que cherchez-vous exactement, monsieur le comte ? Quel genre de femme vous excite et vous donne envie de vous poser ?

Il marmonna quelque chose d'incompréhensible, et elle s'adossa à son siège, se réjouissant d'avance du spectacle.

— J'aimerais me poser, comme tu dis, et faire plaisir à ma mère, admit-il enfin, mais pas à mes dépens. Contrairement à toi, *cara*, je crois au grand amour. Mais je crois aussi qu'il se trouve difficilement et me refuse à la moindre concession.

— Alors, toutes ces femmes avec qui tu as des aventures, tu les séduis pour quoi ? Par défi ? Pour le plaisir ? Ou dans l'espoir que ce sera la bonne ?

Elle avait voulu le provoquer, s'attendant à ce qu'il s'en tire par une pirouette. Mais une fois encore, il l'impressionna par sa capacité à laisser tomber son personnage charmeur et désinvolte et à ne pas entrer dans le jeu.

— L'espoir. Je couche avec elles et me concentre sur leur plaisir en espérant qu'au réveil j'aurai envie de plus.

Maggie sentit le souffle lui manquer. Le monde vacilla autour d'elle tandis que les paroles de Michael résonnaient dans son esprit, comme un écho à sa propre quête : celle d'un être capable de chasser ses démons nocturnes et de lui donner envie d'aller plus loin au petit matin. Cette fois, ce n'était pas la panique qui accélérait son cœur.

C'était Michael Conti.

Elle crispa les doigts autour de son verre. La sensualité qui émanait de lui l'attirait ; elle se sentit prise au piège de sa toile en percevant l'éclair de clairvoyance dans son regard.

— Tu sais de quoi je parle, pas vrai ?

Elle cilla.

— Toi aussi, tu couches avec eux pour échapper à la solitude en espérant que ça se terminera par autre chose ? Est-ce que tu te réveilles le matin en ayant envie de vomir à l'idée qu'une fois encore tu t'es menti à toi-même ? Est-ce que tu te demandes si tu es destinée à rester seule toute ta vie ? Si quelque chose tout au fond de toi t'empêche d'aller plus loin ?

Seigneur, oui !

Maggie sentit ses yeux s'embuer. Horrifiée à la perspective de succomber à l'émotion, elle s'empressa de remettre sa carapace. Il était hors de question qu'elle laisse cet homme voir l'ampleur de sa faiblesse et de son manque. Il l'utiliserait contre elle, creuserait plus profondément et découvrirait ses secrets. Elle savait pourquoi elle agissait ainsi, connaissait par cœur ce vide qui avait grandi en elle à l'âge de seize ans après que le garçon auquel elle s'était donnée corps et âme avait trahi sa confiance, piétinant ce qu'il y avait de plus beau en elle. Heureusement, elle était devenue forte et avait pris sa revanche à sa façon. Jamais plus elle ne laisserait la possibilité à un homme de prendre le contrôle sur elle, y compris sexuellement.

Si Michael perçait ses défenses, elle serait nue.

Aussi leva-t-elle son verre en souriant avant de lancer :

— Désolé, comte. Je couche avec eux parce qu'ils sont canons. Mais merci pour ce partage.

La rebuffade fit mouche. Il se referma aussi rapidement qu'une trouée de ciel bleu derrière un nuage noir. Elle sentit son estomac se serrer face à la déception mêlée de regret qui voila le regard de Michael. L'espace d'un instant, elle eut l'impression d'être plus proche de lui qu'elle ne l'avait jamais été d'aucun homme, parties de jambes en l'air incluses.

— Je vois, commenta-t-il. On s'en tient aux règles, c'est ça ?

Elle ne répondit pas. D'un geste délibéré, elle reprit son magazine et se plongea dedans. Michael n'insista pas, et ils passèrent les heures suivantes en silence. Enfin, la voix du pilote s'éleva dans le haut-parleur :

— Monsieur, nous atterrirons à Orio al Serio dans quinze minutes. Merci d'attacher vos ceintures.

Michael appuya sur le bouton de l'interphone.

— Merci, Richard.

Toujours silencieuse, Maggie termina son verre en ignorant la sensation de vide au creux de son estomac.

Michael jeta un coup d'œil à la femme calmement assise sur le siège à côté de lui. Le vent faisait voler ses cheveux tandis que la décapotable grimpait souplement les collines en direction de la propriété familiale. À en juger par ses lèvres serrées, elle était en pleine réflexion, se mettant probablement en condition pour rencontrer sa mère et ses sœurs. Durant ces dernières vingt-quatre heures, il avait appris beaucoup de choses sur Maggie Ryan.

Manque de chance, cet aperçu n'avait fait qu'accroître son attirance pour elle.

Un élan de joie l'envahit à la vue des teintes qui avaient bercé toute son enfance : vert foncé et brun, la couleur des arbres et de la terre de sa maison. Les siens possédaient ces parcelles depuis des générations, et désormais tout cela lui appartenait. Pourtant, le jour où il avait découvert New York, il avait compris que c'était là et nulle part ailleurs qu'il pourrait vraiment donner forme à son goût du défi. Il était allé rendre visite à son oncle avec son père et avait été immédiatement séduit par l'activité et la créativité bouillonnantes de Manhattan. Malheureusement, la foule et le chaos correspondaient mal à son besoin de nature et de calme. C'est pourquoi il avait cherché pour l'extension de *La Dolce Famiglia* un lieu offrant l'excitation de Manhattan dans une atmosphère plus tranquille. Et il avait découvert ce joyau un peu plus au nord dans les majestueuses montagnes de l'Hudson Valley.

Malgré tout, retrouver sa terre natale lui procurait chaque fois un regain de force. Ici, il se rappelait l'homme qu'il était et d'où il venait, sans artifices ni faux-semblants. Dans l'univers de l'argent, du business et de la technologie, il était bon de se souvenir régulièrement de ce qui comptait vraiment.

La cité fortifiée de Bergame ressemblait à un trésor entouré de remparts. Située au pied des Alpes, l'ancienne cité avait su conserver sa beauté médiévale tout en s'ouvrant avec grâce à la modernité. Michael monta les rues sinueuses qui unissaient la ville basse à la ville haute, appréciant la souplesse de sa voiture de sport et le léger bourdonnement qui remplaçait peu à peu le vacarme citadin. À chaque mètre qui le rapprochait de chez lui, il se sentait un peu plus paisible et heureux.

Un effluve de bois de santal le détourna brusquement de ses pensées. Tout ce qui concernait Maggie offrait un contraste sexuel. Le chasseur en lui mourait d'envie de plonger sous la surface pour trouver ce qui la faisait avancer.

L'effarement qu'il avait lu dans ses yeux quand il lui avait confié son secret lui avait fait l'effet d'un coup de poing dont il sentait encore l'impact dans sa poitrine. C'était la première fois qu'il avouait à quelqu'un son besoin inassouvi de trouver l'âme sœur. Après tout, la plupart des hommes se seraient moqués de lui, et les femmes se seraient empressées de relever le défi en tentant de forcer les barrières de son cœur. Mais elle l'avait tellement agacé que les mots étaient sortis sans qu'il s'en rende compte. Et au vu de sa réaction, Maggie connaissait parfaitement le manque dont il parlait.

Au sommet de la colline, il s'arrêta devant la longue bâtisse en *terracotta* et coupa le moteur.

— Nous avons à peu près une minute avant que tout le monde accoure.

— C'est magnifique, même si ça ne ressemble pas à l'image que je me faisais d'une maison de millionnaire.

Il soupira.

— *Mama* refuse de partir d'ici. Je voulais lui faire construire une demeure à la hauteur de ses mérites, mais elle s'est moquée de moi et m'a dit qu'elle ne quitterait jamais la terre familiale et la maison où a vécu mon père.

— Je sens que je l'aime déjà.

— Elle ne veut même pas d'aides. Ni femme de ménage ni cuisinière. Ce qui ne m'empêche pas de payer quelqu'un pour nettoyer la maison en profondeur pendant qu'elle est à la messe. (Il secoua la tête en soupirant.) Enfin... Bon, tu es prête ?

Bien qu'elle acquiesçât d'un air impassible, il perçut une lueur d'incertitude dans ses prunelles vertes. Il lui prit la main et entrecroisa ses doigts aux siens. L'exclamation de surprise qu'elle poussa le ravit et se répercuta aussitôt au niveau de son entrejambe. Seigneur, la façon dont elle réagissait au moindre de ses effleurements le rendait fou ! Le courant qui passait entre eux était comme un appel, la promesse de plaisirs dont il brûlait de faire l'expérience tout en sachant que cela n'arriverait jamais. Ses ongles rose vif s'enfonçaient dans sa paume, et il plaça le pouce sur son pouls pour vérifier qu'il ne se trompait pas. Oui, il la troublait. Mais refusant de le montrer, elle redressa le menton dans une attitude de défi.

— Allons-y ! lança-t-elle.

À l'instant où elle sortait de la voiture, la porte d'entrée s'ouvrit à la volée, et Michael vit ses trois sœurs surgir en trombe dans l'allée.

Elles atterrirent ensemble dans ses bras. Une bouffée de joie le submergea tandis qu'il les serrait contre lui, incapable de comprendre un seul mot dans le flot ininterrompu de paroles qui se déversait dans ses oreilles. Après avoir embrassé chacune sur le front, il les examina.

— Vous êtes encore plus belles que dans mon souvenir, déclara-t-il.

Brunes, le teint mat et les yeux noirs, elles avaient toutes trois les mêmes traits aristocratiques. Les courbes généreuses de Venezia l'avaient plus d'une fois poussé à s'interroger sur les intentions de ses petits amis, et le caractère bien trempé de Julietta lui avait fait passer plus d'une nuit blanche. Mais aussi têtues et effrontées soient-elles, ses deux sœurs finissaient toujours par lui obéir, comme l'exigeait la tradition familiale. Carina, elle, était très différente. À vingt-six ans, elle était une fleur tardive, et Michael reconnut aussitôt sa posture légèrement courbée et ses vêtements amples visant à dissimuler sa taille et ses formes. Manifestement, elle avait toujours du mal à devenir femme. Avec un pincement au cœur, il songea qu'il n'était pas là pour veiller sur elle en cette période délicate.

Le compliment lui valut un petit rire de sa part tandis que ses deux autres sœurs levaient les yeux au ciel.

— C'est comme ça que tu as conquis ta fiancée ? railla Venezia. En l'amadouant avec des flatteries et des sourires mièvres ? À moins que tu ne cherches à te faire pardonner pour nous sortir une épouse de ton chapeau alors que tu n'es pas venu nous voir pendant des mois et ne nous a jamais parlé d'elle.

Carina regarda tour à tour ses sœurs et Maggie en se mordant les lèvres d'un air gêné.

— Calme-toi, Venezia, prévint-il. Contrairement à toi, ma femme comprend sûrement que j'ai agi au mieux pour la famille.

Maggie sortit de la voiture telle Vénus des flots. D'un mouvement de tête, elle rejeta sa longue chevelure soyeuse derrière ses épaules, s'avança d'une démarche ondulante et s'arrêta à côté de lui comme pour le soutenir.

— Je m'appelle Maggie, annonça-t-elle. C'est moi, la femme de votre frère. Et pour répondre à votre question, non, il ne m'a pas conquise avec des flatteries. Il m'a accrochée par une méthode bien plus ancienne et plus efficace : le sexe.

Soudain on n'entendit plus que le pépiement des oiseaux. Michael ferma un instant les yeux, horrifié. Il allait la tuer ! Ses plus grandes sœurs le fixaient avec un air incrédule. Carina poussa une exclamation.

Comment avait-il pu imaginer qu'il parviendrait à la contrôler ?

Puis Venezia lâcha un rire, Julietta posa sur Maggie un regard admiratif, et Carina sourit comme si elle venait de rencontrer sa nouvelle héroïne.

— Il n'y a rien de mal à tenir un homme par le sexe, lança soudain une voix familière depuis le seuil de la maison. Mais ce qui compte vraiment, c'est ce qu'on fait de lui après. Au moins, vous en avez fait un mari et un homme honnête.

— *Mama ?*

Tout le monde pivota vers la petite femme qui s'avançait dans l'allée. À chaque pas, sa canne en bois sculpté frappait le sol avec autorité. Comme à leur habitude ses cheveux gris étaient rassemblés en un chignon bas et son visage tanné par le soleil sillonné de rides rieuses. Aujourd'hui, ses quatre enfants la dépassaient d'au moins une tête, mais pour autant, ils n'avaient pas cessé de craindre son ton cinglant quand ils la décevaient ou la contrariaient. En sandales, simplement vêtue d'un pantalon et d'un corsage en coton, elle s'arrêta face à eux. Elle sourit, mais aucune trace d'humour n'apparut sur ses traits tandis qu'elle examinait Maggie de son regard perçant. Un long moment s'écoula.

Finalement, Maggie rompit le silence.

— *Signora* Conti, je suis très honorée de faire votre connaissance enfin. Votre fils a agi comme un idiot en ne vous prévenant pas plus tôt de notre mariage. Je vous prie à sa place de l'excuser.

Son ton exprimait le plus profond respect. Michael vit sa mère hocher la tête.

— J'accepte vos excuses. Bienvenue dans la famille.

Sur quoi, elle embrassa Maggie sur les deux joues, avant de reprendre, les sourcils froncés :

— Vous n'avez que la peau sur les os. Toutes les jeunes femmes d'aujourd'hui sont trop maigres. Mais on va arranger ça. (Elle tourna vivement la tête.) Alors, les filles ? Vous ne dites pas bonjour à votre nouvelle sœur ?

Il n'en fallut pas plus pour dissiper la tension. Soulagé, Michael regarda sa fratrie embrasser à leur tour Maggie, puis prit sa mère dans ses bras. Le contact de son corps frêle contrastait étonnamment avec la fermeté de son regard.

— Bonjour, *mama*.

— Michael. Je suis en colère contre toi, mais je te ferai payer ça plus tard.

Il s'esclaffa et caressa sa joue ridée.

— *Mi dispiace*. Je te promets de me faire pardonner.

— *Si*. Rentrez vous mettre à l'aise à l'intérieur.

Tout était toujours tel qu'il l'avait connu. Les mêmes odeurs, le même décor : le toit pentu couvert de tuiles, les balcons en fer forgé et les colonnes qui encadraient la porte d'entrée. Feuillages et fleurs sauvages se détachaient sur les murs rouge brique et orangés. Du haut de ses trois étages, la maison dominait la colline et ses quatre hectares de terre grasse telle une reine ses sujets. Les allées carrelées menaient à une terrasse et une piscine bordée d'un jardin luxuriant. Au loin, on apercevait les pics majestueux des Alpes.

Tandis que ses sœurs s'extasiaient sur l'alliance de Maggie, Michael pénétra dans la maison, où il fut assailli par le parfum familier de l'ail, du citron et du basilic. Comme toujours, le carrelage de la cuisine étincelait, immaculé. Autour de la longue table en pin massif, buffets et plans de travail disparaissaient sous les herbes fraîches, les tomates et une batterie de casseroles et cocottes. C'était le royaume de sa mère, et un avant-goût du paradis, en particulier à l'heure du dessert. Bien qu'ils sachent tous cuisiner, aucun n'avait le talent de leur mère, ce qui expliquait pourquoi ils avaient préféré confier la direction de leur chaîne de boulangeries-pâtisseries à des chefs de renom. Bizarrement, ils semblaient avoir surtout hérité du gène du business de leur père. Et comme *mama* n'était pas du genre à les forcer à devenir ce qu'ils n'étaient pas…

Le souvenir de ses propres rêves le titilla un instant. Mais il était trop tard pour les regrets. Pas maintenant.

Ni un autre jour.

Il jeta un coup d'œil en direction de Maggie. En grande discussion avec ses sœurs, elle paraissait parfaitement à l'aise et très contente d'elle après son entrée fracassante. Sans doute pensait-elle qu'il avait sagement accepté sa remarque déplacée par gratitude pour sa participation à cette mascarade.

— Maggie, j'aimerais te parler un instant.

Au regard qu'elle lui lança, il comprit qu'elle avait perçu son agacement.

— Montez vos bagages dans ta chambre, lança *mama*. Tout est prêt. Quand vous serez installés, rejoignez-nous dans le jardin pour manger un morceau.

— *Si*.

Le temps de prendre les valises dans le coffre, et il fit signe à Maggie de le suivre à l'étage. Dans la chambre, il posa les bagages au sol, referma la porte avec le pied et se tourna face à elle.

— Très amusante, ton entrée en matière, *tigrotta mia*. Mais je pense qu'il est temps que tu comprennes qui fixe les règles ici.

Il fit un pas vers elle.

— Dès maintenant.

4

En voyant plus d'un mètre quatre-vingts de muscles et de colère fondre sur elle, Maggie se figea, comme paralysée. Michael ne la toucha pas, mais son charme et sa décontraction habituels s'étaient totalement évanouis, laissant place à une aura menaçante qui fit grésiller l'air autour d'eux. Elle l'avait manifestement mis hors de lui. Malheureusement, les frissons qui la parcouraient face à ce nouveau visage du comte étaient moins causés par l'effroi que par l'excitation. Que pouvait donner une pareille puissance dans un lit ? Elle l'imaginait nu, musclé et empli de désir.

En général, elle fuyait les hommes dominateurs ou autoritaires, mais Michael ne lui faisait pas peur. En tout cas, pas de façon négative. Ses lèvres s'entrouvrirent presque malgré elle, comme pour l'inviter à se rapprocher. Il posa les yeux sur elles, et son regard d'onyx s'assombrit encore. Seigneur, ce qu'elle aurait aimé découvrir le goût de sa bouche, sentir sa langue se mêler à la sienne, ses hanches s'écraser sur les siennes…

Le temps s'arrêta.

Puis les mots franchirent ses lèvres avant qu'elle puisse les arrêter.

— Que se passe-t-il, comte ? On a perdu sa langue ?

Il se détourna, et un chapelet de jurons très fleuris s'éleva dans l'air. Elle sentit son corps se détendre, mais elle frémit une nouvelle fois face à la menace à laquelle elle venait d'échapper. Ce qui ne l'empêcha pas d'éprouver une pointe de déception.

— Attention, *cara*. Tu trouves peut-être amusant de jouer avec moi, mais je risque de me lasser et de reprendre la main.

— On se croirait dans un de ces romans érotiques que j'adore, railla-t-elle. Sauf que je ne suis pas soumise et que tu n'es pas mon maître. Mon pari a fonctionné : j'ai pensé qu'en provoquant ta famille dès le départ je n'aurais pas à jouer un rôle qui ne me convenait pas. Maintenant, ils savent que je ne suis ni du genre à mentir pour faire plaisir ni l'épouse italienne traditionnelle. (Elle sourit pour ajouter :) Ta mère est géniale.

— Elle est malade. Alors, s'il te plaît, fais attention.

— Oh non, Michael. Qu'est-ce qu'elle a ?

Il se passa les mains sur le visage en soupirant.

— De l'arthrose dans un genou, mais surtout un cœur fragile. Elle doit se ménager physiquement et émotionnellement. C'est pourquoi je tiens à ce que ce séjour se passe bien. J'espère que tu m'y aideras, ajouta-t-il en fronçant les sourcils.

— Je suis tout à fait capable de me montrer adorable pendant une semaine.

— Je le croirai quand je le verrai, murmura-t-il. Essaie quand même de ne pas me frapper quand je t'embrasserai.

Soudain, une idée sembla le traverser. Il prit un air pensif qui la mit mal à l'aise.

— En fait, je devrais peut-être t'embrasser tout de suite, suggéra-t-il. En guise de répétition, bien sûr.

— Qu'est-ce que tu crois ? se cabra-t-elle, outrée. Que je bondis chaque fois qu'un homme m'embrasse ?

— Ce serait possible, non ? En tout cas, j'ai des doutes sur la question. (Il s'approcha, s'arrêtant à quelques centimètres d'elle pour poursuivre :) Un seul faux pas et c'est tout mon plan qui tombe à l'eau. Je ne veux pas prendre ce risque. Surtout lorsqu'un seul essai peut faire toute la différence.

— Je sais très bien simuler, assura-t-elle avec un sourire moqueur.

De délicieux effluves de musc et de virilité l'incitaient à céder et à accepter cet avant-goût. Mais qu'il ose l'imaginer incapable de faire semblant la poussa à ajouter d'un ton méprisant :

— Ne t'inquiète pas, personne ne soupçonnera que tes baisers me laissent froide.

Il l'examina un instant en silence. Puis, au moment où elle commençait à se détendre, il la saisit par les épaules et l'attira à lui.

— Mettons la théorie en pratique, d'accord ?

En sentant le torse musclé de Michael se rapprocher du sien, elle pressa automatiquement les mains contre lui pour le repousser. Mais il tint bon, et elle dut s'agripper à son tee-shirt pour ne pas perdre l'équilibre. Leurs bouches n'étaient plus qu'à quelques centimètres l'une de l'autre.

— Lâche-moi ! ordonna-t-elle.

Son front était trempé de sueur. Mon Dieu, que se passerait-il si elle se laissait aller ? Si elle gémissait sous ses baisers ? Il ne fallait pas qu'elle craque. Surtout pas.

— Qu'est-ce qui te rend si nerveuse ? interrogea Michael, le regard pétillant d'humour. Tu as fait ça des milliers de fois, rappelle-toi.

— Je déteste qu'on me touche sans me demander mon avis.

Il sourit. Sa voix se fit caressante, porteuse de promesses enivrantes.

— Peut-être parce qu'aucun homme n'a encore su parler directement à ton corps.

— Oh, arrête tes sornettes, tu veux ? Tu trouves vraiment des femmes pour succomber à ce genre de cliché ? Elles doivent être stupides. Ôte tes mains...

Il posa ses lèvres sur les siennes.

La moiteur tiède de sa bouche mit un terme au flux colérique de ses paroles et chassa toute pensée. Seule demeurait la sensation affolante de leur baiser.

Il y eut comme un court-circuit dans son cerveau. Elle avait embrassé beaucoup d'hommes dans sa vie, en y prenant généralement du plaisir, mais avec Michael, l'expérience était totalement différente. Son corps puissant lui faisait penser à celui d'un loup-garou de *Twilight*, la saga dont elle était secrètement fan. Il caressa ses lèvres du bout de la langue, avant de s'immiscer entre elles. Elle aurait pu réagir s'il s'était montré trop pressé, au lieu de quoi, il prit le temps d'explorer, de jouer, l'invitant à se joindre à lui. Elle sentait sa barbe naissante frotter contre sa joue. Quand il referma un bras autour de ses hanches pour la presser contre le renflement dur de son entrejambe, elle poussa un gémissement. Comme pour répliquer, il accentua encore la pression, et elle capitula.

Dès qu'elle répondit à son baiser, il se fit plus audacieux, lui montrant comment il s'emparerait de son corps si elle lui en offrait l'occasion. Elle s'efforça de reprendre le contrôle, de maîtriser la situation, mais sa volonté s'amenuisait à mesure que le plaisir la submergeait. Ses jambes semblèrent se dérober sous elle quand il murmura son prénom et, sans même s'en rendre compte, elle se retrouva agrippée à lui, répondant avec fougue à son baiser.

Combien de temps s'était-il écoulé ? Quelques minutes ? Une heure ? Finalement, Michael relâcha son étreinte et se redressa lentement, comme à regret. Alors, à cet instant, Maggie se détesta. Car au lieu de le gifler ou de lancer une remarque cinglante, elle se contenta de le regarder, impuissante, en passant la langue sur ses lèvres gonflées.

La poitrine de Michael se levait et s'abaissait rapidement. Un grondement sourd s'en échappa.

— Tu as raison, déclara-t-il finalement. Tu sais très bien faire semblant.

Elle recula, priant intérieurement pour que son expression ne la trahisse pas.

— Je te l'avais dit, parvint-elle à articuler.

Michael se détourna, poussa les bagages dans un coin de la pièce et ouvrit la porte de l'armoire.

— Il y a largement de la place pour nous deux. Ce sera notre chambre pour la semaine.

À ces mots, la réalité s'imposa à elle dans toute sa force. Richement décorée et confortable, la pièce possédait néanmoins un caractère masculin très prononcé avec ses descentes de lit bleu roi, ses meubles sobres en merisier et son absence totale de désordre ou de fanfreluches. Recouvert d'un dessus-de-lit grenat, le lit trônait au centre, un peu plus étroit que ce que Maggie avait escompté. Elle s'aperçut avec effroi qu'il n'y avait ni canapé ni tapis moelleux. Mon Dieu, comment allait-elle dormir si près de lui alors qu'un simple baiser l'avait mise dans tous ses états ? Que se passerait-il si elle tombait sur lui pendant son sommeil ? Si ses doigts effleuraient accidentellement son torse musclé et qu'elle se comportait comme la dernière des imbéciles ?

Agacée par le ridicule de la situation, elle agit comme elle avait appris à le faire dans ces cas-là : en attaquant la première.

— Joli lit.

Il s'éclaircit la gorge.

— Ça te convient ? Autrement, je peux dormir sur une couverture sur le sol.

— Je ne suis plus une gamine, comte, répliqua-t-elle en levant les yeux au ciel. Veille juste à rester de ton côté. Je me mets à gauche.

— Comme tu veux.

— Tu ne ronfles pas, j'espère ?

Une lueur d'amusement dansa dans les yeux de Michael.

— Je n'ai jamais eu de plaintes jusqu'ici.

— Eh bien, je te préviendrai pour les premières si nécessaire.

Il désigna la salle de bains et les portes vitrées qui ouvraient sur un balcon.

— Tu peux te rafraîchir et te détendre un peu avant de nous rejoindre en bas, si tu veux. Ensuite, je te ferai visiter la propriété. Quand sont prévues tes séances photo à Milan ?

— Demain. Je resterai quasiment toute la journée sur place.

— Parfait. Je te retrouverai là-bas en fin d'après-midi et nous passerons au consulat pour l'acte notarié et le visa. J'ai déjà tout arrangé pour les témoins. N'oublie pas de prendre tes papiers. J'ai dû tirer quelques ficelles pour que *mama* ne me soupçonne pas de chercher à gagner du temps.

Maggie déglutit.

— Tu n'avais pas dit qu'aucun prêtre n'accepterait de nous marier à la dernière minute ?

— En effet. Et *mama* n'acceptera jamais un mariage sans passer à l'église. C'est impossible que cela se fasse en une semaine.

— D'accord.

Ils se regardèrent un moment en silence. Il changea de position, et le tissu de son jean s'étira, révélant la protubérance de son sexe. Son tee-shirt noir soulignait ses épaules larges et laissait voir les muscles de ses bras hâlés. Maggie sentit son corps la trahir à cette vision, une tiédeur moite se répandre dans son entrejambe et la pointe de ses seins durcir presque douloureusement.

Quand avait-elle été ainsi troublée par un homme pour la dernière fois ? Peut-être était-ce l'attrait du défi ? Les femmes étaient toujours attirées par les hommes hors de leur portée. Encore plus s'ils étaient amoureux d'une autre.

Pas vrai ?

— Maggie ? Ça va ?

Elle décida d'oublier sa réaction, la mettant sur le compte du décalage horaire.

— Oui. Le temps de prendre une douche et je te rejoins en bas.

Il hocha la tête et sortit.

Avec un soupir, Maggie se dirigea vers sa valise pour prendre des vêtements de rechange. Tout ce qu'elle avait à faire, c'était garder son sang-froid pendant sept jours ; ensuite, elle serait débarrassée pour de bon de Michael Conti. Elle n'aurait plus à s'inquiéter de le croiser chez Alexa et aurait de nouveau sa famille rien que pour elle.

L'amertume qui la gagna à cette idée lui ôta tout sentiment de satisfaction, lui prouvant à quel point elle se mentait à elle-même. Au cours de l'année, elle avait fini par s'habituer à lui. Trop, sans doute. Même si chaque fois qu'elle plongeait dans son regard noir et malicieux, la honte l'envahissait et lui donnait envie de hurler.

Bien qu'elle fût assez petite, la salle de bains possédait une belle baignoire en marbre et une douche à l'italienne. Préférant ne pas perdre de temps, Maggie opta pour la seconde, et laissa la chaleur dénouer ses muscles tendus. Habituée à ce que ses collègues lui organisent des rendez-vous avec des inconnus, elle n'avait pas hésité un instant quand Alexa avait assuré lui avoir trouvé l'homme idéal. En pénétrant dans l'intimité de la salle du grand restaurant italien, elle s'était attendue à un certain genre d'homme : un peu trop sûr de lui, un peu trop aimable, un peu trop séduisant.

Elle se trompait totalement.

Sauf pour le côté séduisant.

Maggie se frotta vigoureusement, espérant chasser ce souvenir de sa mémoire. Mais images et sensations refusaient de s'effacer. En particulier, cette connexion instantanée au moment où leurs doigts s'étaient touchés, comme si la foudre l'avait traversée de la tête aux pieds, marquant son corps de sa trace brûlante. Sur le coup, elle avait failli s'enfuir en courant. Failli seulement. La cuirasse qu'elle s'était forgée lui avait permis de résister, mais la conversation de Michael l'avait charmée et enveloppée comme une couverture moelleuse. Oui, il était aimable, charmant et drôle, mais il y avait aussi chez lui un côté solide et pragmatique qui résonnait en elle.

Au moment du dessert, pour la première fois depuis une éternité, elle n'avait pas eu envie que la soirée finisse. Lui non plus, elle l'avait senti.

« Rester maîtresse de la situation jusqu'au bout » : tel était le mot d'ordre qu'elle s'était donné très jeune. Mais pour une raison inexplicable, ce soir-là, elle s'était ouverte et avait laissé Michael entrevoir son moi profond. Comme si le magnétisme et la sensualité qui régnaient entre eux avaient répandu une légèreté nouvelle en elle. Peut-être qu'Alexa avait raison. Peut-être découvrirait-elle sur ce chemin inconnu un arc-en-ciel, une source, ou quelque chose qui la surprendrait et remplirait enfin ce vide douloureux en elle.

— J'ai passé une très bonne soirée, avait-elle avoué. Nous pourrions peut-être nous revoir.

Elle s'était presque mordu la langue d'horreur en prenant conscience de ce qu'elle venait de dire, mais il était trop tard.

Michael l'avait considérée en silence, puis il avait répondu :

— Je ne pense pas que ce soit une bonne idée, Maggie.

La façon dont il avait prononcé son prénom avait sonné à ses oreilles comme une caresse, mais les mots l'avaient rongée comme une pluie acide. Pas un instant, elle n'avait imaginé qu'il pourrait la rejeter.

— Je regrette, *cara*. Tu es une très belle femme, et tu me plais énormément. Mais je crains que tout cela ne nous entraîne dans de terribles complications.

Son euphorie s'était volatilisée. Certes, la situation était délicate, mais pour la première fois, elle s'était sentie prête à courir le risque. Manifestement, elle avait commis une erreur de jugement. Elle avait failli faire semblant de le prendre à la légère quand elle avait perçu une drôle d'expression dans les yeux de Michael. Il souriait, mais la façon dont il avait saisi son verre de vin en s'agitant sur son siège laissait deviner un profond malaise. Comme s'il avait peur.

Comme si quelque chose l'empêchait de l'inviter à finir la soirée chez lui...

Alors, les pièces du puzzle s'étaient brusquement assemblées et, en un éclair, elle avait compris la vérité. Une douleur fulgurante l'avait traversée, et c'est presque en haletant qu'elle avait murmuré :

— C'est à cause d'Alexa, pas vrai ? Tu as des sentiments pour elle.

— Non ! s'était-il aussitôt récrié. Alexa est une amie, rien de plus.

La manière dont il avait détourné le regard en parlant prouvait qu'il mentait. Quelle humiliation ! Si elle l'avait pu, elle serait partie en courant. Pas étonnant qu'Alexa ait eu du mal à le convaincre de venir à ce rendez-vous. Subitement, toutes les remarques qu'il avait faites sur son amie durant la soirée lui étaient revenues en mémoire. Combien Alexa était merveilleuse, attentionnée, intelligente... Il lui avait même demandé comment elles s'étaient connues et s'était régalé de l'histoire de leur première rencontre dans le bus de ramassage scolaire où elles s'étaient disputées, avant de devenir les meilleures amies du monde. En réalité, ce n'était pas à elle qu'il s'intéressait, mais à une autre femme.

Il était amoureux d'Alexa.

— Je vois, avait-elle alors déclaré, glaciale.

Dissimulant sa honte, elle avait repoussé fermement son assiette et s'était levée.

— Maggie, tu te trompes totalement. Ne pars pas sans qu'on discute.

— Ne sois pas ridicule, comte. Je ne vais pas m'effondrer pour si peu. En revanche, souviens-toi que, désormais, je t'aurai à l'œil quand tu tourneras autour d'Alexa.

— Je t'ai dit que...

— Ne te fatigue pas, l'avait-elle interrompu en s'emparant de son sac. À plus, comte.

Ignorant ses protestations, elle était sortie du restaurant.

Maggie arrêta la douche et saisit une serviette. Aujourd'hui encore, ce souvenir lui faisait mal. Il réveillait le cauchemar de sa jeunesse.

Jamais assez bien.

En colère contre elle-même, elle enfila un jean, un débardeur vert et des sandales. Cela ne servait à rien de remuer le passé. Aujourd'hui, elle était maîtresse de ses relations, maîtresse de sa sexualité et maîtresse de ses choix, cela seul comptait. Jamais plus elle ne jouerait les seconds rôles.

Surtout pas auprès de Michael Conti.

Elle se brossa rapidement les cheveux et appliqua du brillant sur ses lèvres. Puis, repoussant ces pensées dérangeantes, elle descendit rejoindre les autres.

Elle les trouva dans la véranda à l'arrière de la maison, installés autour d'une table en fer forgé. La verrière donnait sur un charmant jardin de curé empli de fleurs multicolores. Au centre, une fontaine surmontée d'un ange de pierre déversait son eau dans un bassin couvert de mousse. Maggie inspira les délicieux parfums portés par la brise, se laissant envahir par cette atmosphère paisible. Elle regrettait de ne pas avoir pris son appareil pour immortaliser ce calme presque sacré en dépit de la conversation animée autour de la table.

— Margherita, venez vous joindre à nous.

Elle tressaillit en s'entendant appeler par son prénom entier, mais la tonalité chantante de la voix de la mère de Michael l'empêcha de s'en offusquer.

D'ailleurs, la règle numéro un d'une jeune épouse n'était-elle pas de ne jamais critiquer la matriarche de sa nouvelle famille ?

— *Grazie.*

Il lui versa un verre de vin rouge, puis lui prit la main et entrecroisa leurs doigts. Son cœur fit un bond, mais elle lui rendit son sourire avec chaleur. Les sœurs de Michael semblaient impatientes d'en apprendre plus sur eux deux. Pragmatique, Maggie décida de les satisfaire : plus vite elle raconterait l'histoire, plus vite on passerait au mariage de Venezia.

Elle but une gorgée.

— Vous avez envie de savoir comment on s'est rencontrés ?

Michael haussa un sourcil surpris. Un chœur de voix féminines enthousiastes répondit à sa question. Maggie réprima un sourire. Cette partie-là ne serait pas trop difficile.

— Ma meilleure amie nous avait organisé un dîner en tête à tête. Alexa – c'est son nom – est mariée à mon frère, et ils sont très heureux. Quand elle a rencontré Michael lors d'un dîner d'affaires, elle a immédiatement pensé que nous étions faits l'un pour l'autre.

Maggie adressa un sourire mièvre à Michael, qui lui lança un regard lourd de menaces.

— Il m'a tout de suite déclaré que j'étais celle qu'il cherchait. Mais comme je ne suis pas du genre à croire ce que dit un homme lors d'un premier rendez-vous, j'ai attendu qu'il me fasse un peu la cour avant de céder.

Carina posa le menton sur ses mains croisées en soupirant.

— Comme c'est romantique ! La destinée, quoi.

— La destinée, c'est ça, approuva Maggie en serrant les doigts de Michael. Nous cherchions une date pour le mariage, mais en apprenant que Venezia était elle aussi fiancée, nous avons décidé de précipiter un peu les choses. J'espère que vous ne nous en voulez pas de ne pas avoir organisé de grande fête, mais comme je déteste être le centre de l'attention, nous avons pensé que c'était mieux ainsi.

Michael porta sa main à ses lèvres et lui embrassa la paume. Un frémissement la parcourut.

— *Si*. Maggie est quelqu'un de très discret.

Le regard perçant de la mère de Michael offrait un contraste saisissant avec son corps frêle. Maggie se sentit mal à l'aise. On n'éduquait pas quatre enfants en dirigeant une entreprise familiale sans développer un minimum d'intuition. Elle aurait intérêt à faire très attention quand elles se retrouveraient seules toutes les deux. Parce qu'elle savait ce qui comptait vraiment dans la vie, Maggie avait toujours mis un point d'honneur à ne pas raconter n'importe quoi. Mentir n'était donc pas son fort, et l'exercice risquait de lui être aussi pénible que difficile.

— Que fais-tu dans la vie ? interrogea Julietta.

Elle tenait son verre de vin avec une délicatesse qui, là aussi, contrastait avec la fermeté du regard. Maggie se rappela alors que c'était elle qui dirigeait désormais *La Dolce Famiglia*. Affable et raffinée, Julietta était bien celle que lui avait dépeinte son frère : une femme rationnelle qui avait les pieds sur terre.

— Je suis photographe. D'ailleurs, j'ai une séance de prises de vue à Milan demain ; je serai absente une bonne partie de la journée.

— Photographe ? Super ! commenta Julietta. Et qu'est-ce que tu photographies ?

— Des hommes. En sous-vêtements.

Le silence tomba sur l'assemblée. Maggie haussa les épaules.

— Des sous-vêtements de grands couturiers, bien sûr, reprit-elle. Par exemple, demain, je travaille pour Roberto Cavalli.

Venezia éclata de rire.

— C'est génial ! Tu peux avoir des prix ? Domenico serait ravi que je lui offre de nouveaux slips Cavalli.

Carina eut un ricanement mi-amusé, mi-embarrassé. *Mama* poussa un long soupir agacé.

— Venezia, ce que porte Domenico sous ses vêtements ne nous regarde pas. D'ailleurs, tu ne devrais pas le savoir tant que vous n'êtes pas mariés. *Capisce* ?

— Maggie est une photographe très douée, intervint Michael. Je suis certain qu'elle élargira rapidement son champ d'action. Surtout avec tout ce qu'il y a à voir en Italie.

Maggie fronça les sourcils. Derrière l'éloge, la remarque sonnait comme une excuse. Qu'elle ne photographie pas des chiots ou des bébés ne rendait pas son métier moins artistique, eut-elle envie de rétorquer. Mais elle s'en empêcha avec la désagréable impression que Michael avait deviné qu'au fond d'elle-même elle mourait d'envie d'explorer d'autres sujets.

Venezia monopolisait la conversation, accompagnant chacune de ses paroles d'amples gestes de ses mains. Elle était manifestement la diva de la famille, enveloppant le moindre événement d'une aura d'émotion. Ses beaux yeux bruns brillaient de passion et d'enthousiasme, et il suffisait de voir ce qu'elle portait : un jean moulant, un débardeur à fleurs et des chaussures Jimmy Choo, pour comprendre qu'elle adorait la mode. Même si Michael semblait désapprouver sa décision de ne pas travailler dans l'entreprise familiale, elle avait sûrement fait le bon choix en préférant satisfaire sa créativité en tant qu'assistante d'un styliste. Maggie l'imaginait mal en train de glacer des gâteaux, d'acheter des encarts publicitaires ou de faire de la comptabilité.

— Nous aimerions nous marier ici, sur la propriété, poursuivit Venezia. Bien sûr, tous les gâteaux et les confiseries viendront de chez nous. Septembre sera idéal, il fait tellement bon !

— Mais c'est dans trois mois ! fit observer Julietta d'un air choqué.

Sa sœur lui jeta un œil noir.

— Je refuse d'attendre une minute de plus pour vivre avec Domenico. Maintenant que Michael est marié, nous pouvons enfin avancer. Nous nous sommes déjà décidés pour le 15. C'est possible pour toi, Maggie ? Bien sûr, tu seras l'une de mes demoiselles d'honneur.

Maggie sentit la culpabilité lui nouer la gorge. Elle but une gorgée de vin pour cacher son malaise.

— Bien sûr. Je m'organiserai en conséquence.

Venezia poussa une exclamation ravie et serra ses mains l'une contre l'autre dans un geste grandiloquent.

— Magnifique ! Oh, et on pourrait profiter de ta présence ici cette semaine pour aller acheter les robes !

Julietta leva les yeux au ciel.

— Je déteste faire les magasins.

— Eh bien, tu n'as pas le choix ! Tu es mon témoin et si tu gâches tout en gémissant, je ne t'adresserai plus jamais la parole de ma vie.

— Si seulement c'était vrai !

Maggie joua avec son alliance qui, brusquement, lui brûlait le doigt. Elle s'efforça de réprimer la panique qui la gagnait face à la tournure inattendue de la situation.

— Euh, je risque d'être pas mal prise par mon travail, et Michael m'a promis de m'emmener visiter la région pendant que nous serons ici. (Elle força un sourire qui devait ressembler à une grimace avant d'ajouter :) Le mieux serait que vous y alliez sans moi. Si vous trouvez quelque chose, je te donnerai ma taille et tu pourras le commander plus tard. Je verrai les robes la prochaine fois que nous viendrons avec Michael.

— C'est hors de question, protesta Venezia avec véhémence. Tu es ma sœur maintenant, tu dois venir avec nous. En plus, je n'ai aucune envie de prendre le risque de te faire porter une tenue qui te va mal. Ça ruinerait ma réputation de styliste.

Michael se gratta la gorge.

— Maggie et moi venons de nous marier, nous avons envie d'avoir un peu de temps à nous, fit-il valoir. Faire les magasins à la recherche d'une robe ne correspond pas à mon idée de lune de miel.

Face au sourire qu'il lui adressa, Maggie sentit une troublante chaleur l'envahir.

Carina l'implora du regard.

— Oh, s'il te plaît, viens avec nous. Nous sommes de la même famille à présent. Et nous avons manqué toute l'excitation de votre mariage. Cela ne prendra qu'un après-midi.

Maggie eut l'impression que les parois de la véranda se rapprochaient les unes des autres. Comment pourrait elle essayer une robe de demoiselle d'honneur et faire comme si elle avait l'intention de participer au mariage de Venezia ? Michael ouvrit la bouche pour intervenir, et elle surprit l'expression soupçonneuse de sa mère.

Son malaise était visible et, de toute évidence, la vieille dame sentait que quelque chose clochait. Si elle voulait tenir sa promesse, elle devait immédiatement dissiper ses doutes.

Elle posa donc la main sur les lèvres de Michael pour le faire taire. Le contact suave sous ses doigts réveilla l'envie de sentir sa bouche sur la sienne, gourmande et impérieuse.

— Non, Michael, tes sœurs ont raison, affirma-t-elle, faussement enthousiaste. Ce serait vraiment dommage de rater cette occasion de faire les boutiques toutes les quatre. Je suis sûre qu'on va beaucoup s'amuser.

La mère de Michael s'adossa à son fauteuil, croisant les bras d'un air satisfait. La conversation se poursuivit, mais Maggie n'entendit quasiment rien, comptant mentalement le nombre d'heures qui lui restaient encore à tenir. Un dîner tranquille, l'excuse de la fatigue du voyage pour se coucher tôt, et elle en aurait fini pour aujourd'hui. Demain, elle aurait sa prise de vue à Milan, passerait remplir les papiers au consulat, puis... Qu'est-ce que Julietta était en train de dire ?

— Une fête ? demanda-t-elle.

Le mot clignotait dans sa tête comme un signal d'avertissement. Michael aussi semblait pris de court.

Mama Conti se leva et s'appuya sur sa canne.

— *Si*. Un grand repas pour votre mariage. Michael, tu ne croyais quand même pas que je n'allais rien organiser pour la venue de mon fils et de son épouse ? À ce propos, il serait temps de commencer à se préparer avant l'arrivée des premiers invités.

— Max sera là ? s'enquit Carina dans un souffle.

— *Si*, bien sûr. Ainsi que tes cousins.

Michael fronça les sourcils. Maggie lui jeta un regard, auquel il répondit par un sourire qui se voulait rassurant. Bon sang, elle était en train de se noyer et son prétendu mari lui jetait une bouée crevée. Les robes de demoiselle d'honneur, et maintenant, un repas de noces !

— *Mama*, ce n'est vraiment pas le meilleur moment pour un dîner. Nous venons d'effectuer un long voyage, et Maggie doit travailler demain matin.

Mama Conti balaya ses objections d'un geste de la main.

— Ce n'est rien. Juste quelques personnes qui meurent d'envie de vous féliciter. Va donc chercher du vin à la cave, du blanc et du rouge. Tu pourras aussi passer jeter un coup d'œil aux nouveaux aménagements de la boulangerie et rapporter du tiramisu et des gressins. Julietta va te conduire.

Maggie sentit sa bouche s'assécher.

— Euh, je devrais peut-être...

Mama Conti lui posa la main sur l'avant-bras avec une force surprenante par rapport à la finesse de ses bras.

— *Niente*. Tu restes avec moi, Margherita. Tu m'aideras à préparer le dîner.

— *Mama*, Maggie ne sait pas cuisiner, intervint Michael en secouant la tête. Aux États-Unis, la plupart des femmes travaillent et ne font jamais la cuisine.

Maggie pivota vers lui, piquée au vif.

— Bien sûr que je sais cuisiner, comte ! répliqua-t-elle sans réfléchir. (Avant de préciser, prenant soudain conscience de ce que sous-entendaient ses paroles :) J'ai juste prétendu le contraire pour que tu m'invites souvent au restaurant.

Ce qui lui valut un petit rire approbateur de Mama Conti.

Laissant derrière elles un Michael abasourdi, elles se dirigèrent ensemble vers la maison.

En pénétrant dans l'immense cuisine, Maggie eut une nouvelle bouffée d'angoisse. Si elle sortait vivante de cette histoire, elle tuerait Conti.

Maggie devait faire appel à toute sa volonté pour ne pas s'enfuir en hurlant. Elle détestait les cuisines. Quand elle était enfant, la plupart des cuisinières employées par ses parents devenaient méchantes dès qu'elle avait le malheur de franchir le seuil de leur sanctuaire. À tel point que la simple vue de ces plans de travail et ces ustensiles rutilants lui donnait des frissons. Malgré tout, elle conserva la tête haute et une attitude positive. Elle était suffisamment intelligente pour réussir à suivre une recette. Avec un peu de chance, le repas ne serait pas trop élaboré et elle pourrait moucher Michael en lui montrant ses incroyables talents culinaires.

Dans le plus grand calme, Mama Conti avait disposé sur le plan de travail des plats de différentes tailles, deux ou trois verres doseurs et plusieurs récipients emplis de poudres et farines diverses, le tout dans un alignement bien net. Rien à voir avec le chaos de *Iron Chef*, cette stupide émission culinaire où la préparation du moindre mets se traduisait par un désordre et une agitation de dément.

Pour Maggie, cuisiner avait toujours été une question de survie, pas de plaisir. Depuis qu'elle gagnait bien sa vie, elle s'approvisionnait le plus souvent chez un traiteur ou mangeait à l'extérieur. Malgré tout, elle afficha une expression enjouée, regrettant de ne pas avoir un verre de vin à sa portée. Un peu plus d'alcool l'aurait détendue et lui aurait peut-être permis de mieux supporter la torture à venir.

— Que préparons-nous ? s'enquit-elle, faussement enthousiaste.

— Des pâtes. Nous allons manger rapidement avant que le reste de la famille arrive, puis nous servirons les pâtisseries et le café. Tu sais faire les pâtes, Margherita ?

Maggie réprima un soupir de soulagement. Merci, mon Dieu ! Mama Conti avait choisi le seul plat dont la préparation n'avait aucun secret pour elle. Le seul qu'elle se mitonnait parfois au milieu de la nuit, prenant soin de toujours cuire les pâtes jusqu'à ce qu'elles aient la consistance parfaite, c'est-à-dire *al dente*.

Elle hocha la tête.

— Bien sûr.

— Parfait, approuva son interlocutrice, manifestement satisfaite. J'ai déjà sorti les ingrédients.

Maggie contempla le pot de farine, les gros œufs, l'huile, les rouleaux à pâtisserie et autres ustensiles posés devant elle. Elle jeta un coup d'œil à l'entour à la recherche du paquet de pâtes et d'une grande casserole pour faire bouillir l'eau. Mama Conti lui tendit un tablier. Un peu exagéré pour jeter quelques nouilles dans l'eau chaude, estima Maggie, mais bon, on était en Italie...

— Je suppose que vous les préparez différemment en Amérique. Le mieux est donc que tu me regardes faire avant de préparer ta pâte.

Confuse, Maggie sentit la panique pointer de nouveau son nez. Où était le paquet bleu ? De quoi parlait Mama Conti ? Horrifiée, elle regarda les mains ridées verser la farine, casser les œufs au centre d'un mouvement vif et battre l'ensemble, avant de délayer le tout aussi cérémonieusement que s'il s'était agi d'un rituel religieux. Comme par magie, une boule se forma, que la *mama* malaxa et étira pendant un temps interminable. Maggie l'observait, totalement fascinée, se demandant comment cette pâte élastique pourrait se transformer en un aliment comestible. Sans s'interrompre, Mama Conti lui jeta un coup d'œil.

— Tu peux commencer quand tu veux.

Et merde.

Soudain, elle venait de comprendre : des pâtes fraîches maison ! Était-elle vraiment censée les réaliser elle-même ? De toute évidence, puisqu'il n'y avait ni paquet à ouvrir ni sauce à réchauffer. Devant l'ampleur du défi, elle perçut les prémisses d'une nouvelle crise. Elle inspira profondément. Elle pouvait le faire. Elle n'allait tout de même pas se laisser impressionner par une boule de pâte et une *mama* italienne ! Elle leur montrerait de quoi elle était capable.

Elle approcha le plat creux devant elle. Pas de problème avec la farine, en revanche, elle n'avait aucune confiance dans les œufs. Voyons... un coup sec au milieu, séparer la coquille, et le jaune et le blanc sortent naturellement. D'un geste faussement assuré, elle brisa l'œuf sur le bord du plat.

La substance gluante lui coula dans les mains, parsemée de morceaux de coquille. Maggie jeta un rapide coup d'œil en direction de Mama Conti. Par chance, celle-ci semblait lui faire totalement confiance et continuait à malaxer sa propre pâte en chantonnant en italien.

Maggie récupéra un maximum d'éclats solides, laissant les autres dans le mélange. Quelques œufs et morceaux de coquilles plus tard, elle avait une mixture humide d'une allure acceptable. À peu près. Tu parles, elle avait intérêt à se dépêcher avant que la mère de Michael s'intéresse à ce qu'elle faisait ! D'un coup, elle renversa la farine dans la mixture, puis versa l'eau au-dessus.

Une bonne partie coula sur le côté du plat. S'efforçant de rester calme, elle s'essuya le front avec l'avant-bras et absorba le liquide sur le comptoir avec le bas de son tablier. Ce fichu fouet s'engluait dans la matière grumeleuse qui refusait de s'homogénéiser.

Prenant une profonde inspiration, Maggie décida d'essayer avec les mains.

Beurk !

La matière visqueuse s'insinua sous ses ongles. Elle pressa encore et encore, priant pour un miracle qui transformerait cette espèce de bouillie molle en pâte. Un nuage de farine s'élevait à présent autour d'elle. Peut-être devrait-elle ajouter un œuf ou deux ? Ou plus de fécule ? Elle était au bord de la panique quand, brusquement, deux mains fermes l'immobilisèrent. Elle ferma un instant les yeux sous l'humiliation de sa défaite, puis les rouvrit lentement.

Mama Conti contemplait la bouillie devant elle. Des débris de coquille parsemaient la pâte grumeleuse qui coulait sur le plan de travail et gouttait sur le sol. Maggie en avait partout : sur son tablier, sur les mains et sur les bras jusqu'aux coudes.

Cette fois, la comédie était terminée, elle en était sûre : Michael n'aurait jamais épousé une femme incapable de préparer des pâtes fraîches. En tout cas, il ne faisait aucun doute que Mama Conti désapprouverait une telle union. Peut-être même refuserait-elle d'y croire. Rassemblant ce qui lui restait de fierté, Maggie regarda la mère de Michael droit dans les yeux.

— J'ai menti, annonça-t-elle.

Comme Mama Conti haussait un sourcil interrogateur, elle se hâta d'enchaîner :

— Je n'ai jamais cuisiné de pâtes fraîches de ma vie. Tout ce que je sais faire, c'est jeter un paquet de nouilles dans de l'eau bouillante et réchauffer un bocal de sauce aux micro-ondes. J'achète presque tout le temps des plats préparés.

Voilà, c'était fait. Elle se raidit, prête pour le ridicule et les accusations. Au lieu de quoi, la mère de Michael lui sourit.

— Je m'en doutais.

Maggie tressaillit.

— Pardon ?

— Je voulais voir jusqu'où tu irais. Je suis impressionnée, Margherita. Tu ne montres jamais ta peur. Une fois que tu t'es engagée, tu vas jusqu'au bout, même si tu es sûre d'échouer. Tu es vraiment faite pour mon fils.

En quelques gestes efficaces, Mama Conti jeta la mixture ratée dans la poubelle, nettoya le plan de travail et saupoudra un peu de farine à sa surface.

— On recommence. Regarde-moi bien.

Maggie suivit attentivement chaque étape. À présent qu'elle n'avait plus à faire croire qu'elle savait, elle pouvait se détendre et profiter pleinement de la leçon. Elle malaxa la pâte longuement avec une force qui se fit ressentir dans tous les muscles de ses doigts et ses bras. Cuisiner valait largement tous les appareils de gym, songea-t-elle face à Mama Conti dont les mains et les bras paraissaient infatigables. Tandis qu'elle continuait à pétrir la pâte au rythme de la mélodie italienne de sa professeur, elle sentit une douce paix l'envahir. C'était la première fois qu'elle cuisinait avec quelqu'un, la première fois qu'on l'accueillait dans l'espace domestique et chaleureux d'une cuisine. Mama Conti étala une boule de pâte au rouleau à pâtisserie, puis lui en tendit une autre.

— Il n'y a pas de bon plat sans des pâtes de qualité. Elles doivent être fines et délicates sans se casser. À ton tour.

Maggie se mordit les lèvres.

— Mama Conti, il vaudrait peut-être mieux que vous vous en chargiez.

— Non. Ce soir, Margherita, tu serviras à ton mari un dîner préparé par tes mains. Pas parce que tu es inférieure à lui ou crois valoir moins que lui, mais au contraire parce que tu as beaucoup de choses qu'il n'a pas. Énormément. *Capisce ?*

Émerveillée par la beauté et la vérité de cette affirmation, Maggie s'essuya le front et saisit le morceau de pâte.

— D'accord.

Elles travaillèrent côte à côte sans un mot, chantonnant des airs italiens ou écoutant le son apaisant du rouleau à pâtisserie et des piaillements d'oiseaux dans le jardin. Maggie recommença encore et encore jusqu'à ce qu'elle obtienne une longue bande de pâte, inégale mais transparente et sans le moindre trou.

Mama Conti souleva alors la pâte étalée du plan de travail et la posa sur un chiffon propre.

— *Perfetto*, commenta-t-elle après l'avoir examinée attentivement.

Maggie sourit, en proie à un curieux mélange de soulagement et d'exaltation. Un peu comme si elle venait de gravir l'Everest au beau milieu de l'hiver.

Quelques heures plus tard, Maggie était assise autour de la grande table de la cuisine sur laquelle étaient disposées les pâtes fraîches, un plat de sauce tomate fumante et trois bouteilles de vin. Un délicieux parfum d'ail et de basilic embaumait l'air. Elle jeta un coup d'œil inquiet en direction de Michael. Allait-il éclater de rire ? Se moquer de ses efforts pathétiques pour jouer les cuisinières ?

Tout le monde s'esclaffait et parlait fort dans une joyeuse cacophonie qui l'étourdissait un peu. Elle était tellement habituée à dîner sur le coin de son bar en regardant la télévision ou dans des restaurants où l'on n'entendait que le murmure des conversations. Enfant, elle mangeait seule ou avec son frère en silence. Mais Michael était différent.

Il plaisantait avec ses sœurs, les narguait gentiment, aussi tranquille qu'un poisson dans l'eau dans cette chaude ambiance familiale. En l'observant, Maggie comprit pourquoi il semblait aussi à l'aise dans toutes les situations : Michael savait simplement qui il était – une caractéristique qu'elle appréciait et trouvait rarement chez un homme. Il aimait la vie et avait le sens de l'humour, et elle se surprit à se demander comment ce serait de dîner chaque soir avec lui. Ouvrir une bonne bouteille de vin, cuisiner et manger ensemble en se racontant leur journée. Une vraie vie de couple.

Michael prit sa fourchette, enroula les pâtes autour et la porta à ses lèvres.

Maggie retint sa respiration.

Il poussa un gémissement de plaisir.

— Ah, *mama*, c'est un délice !

— C'est ton épouse que tu dois remercier, Michael, répondit Mama Conti avec un sourire. Elle a préparé de ses mains chaque pâte de ton assiette.

Il se redressa, une expression surprise sur les traits. Les sourcils légèrement froncés, il contempla le plat puis leva les yeux vers Maggie. Un curieux mélange d'émotions brillait dans ses prunelles : de la chaleur, une pointe de fierté et de la gratitude.

Il inclina la tête en souriant. Soudain légère, Maggie lui rendit son sourire avec l'impression que tout le bruit et l'agitation autour d'eux s'étaient brusquement évanouis.

— *Grazie, cara*. Je suis honoré de déguster ce repas que tu as préparé pour moi. C'est *delizioso*.

Elle accepta le compliment d'un hochement de tête. Venezia parlait de robes de mariée et de cérémonie, Carina d'une exposition d'art, et Julietta de la prochaine campagne de publicité de leur chaîne de boulangeries. Michael dégustait son plat, manifestement très fier des talents culinaires de sa prétendue épouse.

À cet instant, Maggie se sentit plus heureuse qu'elle ne l'avait jamais été.

5

C'était encore pire qu'il l'avait imaginé.

Debout près de la porte, Michael continuait à accueillir le défilé de tous les membres de sa famille qu'il n'avait pas revus depuis des mois. Comme il s'en doutait, personne n'avait voulu manquer la soirée et toute la *famiglia* avait fondu sur la pauvre Maggie avec cette affection bruyante réservée à ceux du même sang. Les cousins avaient amené leurs épouses, leurs petites amies et tous les *bambini*. Plusieurs voisins s'étaient également joints à la fête, parmi lesquels des femmes qui avaient jeté leur dévolu sur lui depuis des années et mouraient d'envie de voir à quoi ressemblait leur heureuse rivale. Pour lui, cela ressemblait à une soirée typique dans la maison familiale.

Pour Maggie, ce devait être l'enfer.

Il réprima une soudaine envie de rire en la voyant coincée dans un angle de la pièce au milieu de ses cousines. Avec ses cheveux blond vénitien et sa peau claire, on ne pouvait pas la rater dans toute cette marée de crinières brunes et de teints mats. Elle portait une robe rouge et jaune vifs au bustier serré et à la jupe ample qui ne dissimulait rien de ses longues jambes faites pour enserrer la taille d'un homme.

Plus grande que les autres femmes de la soirée, elle dépassait presque ses cousins avec ses sandales rouges à talons aiguilles. Son goût pour les chaussures sexy aux talons vertigineux avait toujours eu un effet détonant sur lui.

Tout en discutant avec de vieux amis, un bon verre de vin à la main, il conserva un œil sur Maggie. Il s'était attendu à ce qu'elle fasse preuve d'une retenue polie lui permettant de garder un minimum de distance avec les membres de sa famille, au lieu de quoi, chaque fois qu'il posait les yeux sur elle, elle riait ou écoutait avec attention les histoires qu'on lui racontait. Fasciné, Michael se dirigea vers sa fausse épouse.

Bien sûr, il savait qu'en tant que photographe de mode elle était habituée à rencontrer toutes sortes de gens à des soirées. Cependant, il n'avait pas pensé qu'elle se prêterait avec autant de bonne grâce à son stratagème. Elle avait grandi dans un milieu froid, qui avait laissé son empreinte sur elle : comme une distance, une réserve, qu'il avait immédiatement perçue le soir où il l'avait retrouvée au restaurant pour leur premier et unique dîner en tête à tête. Mais ce soir, il sentait quelque chose de différent.

Tout en écoutant vaguement son oncle Toni lui parler boutique – des problèmes de fournisseurs et de coûts croissants des loyers –, il tendit l'oreille vers la conversation entre sa prétendue femme et sa cousine Brianna.

— Comment as-tu fait ? demandait cette dernière en baissant la voix comme si elle abordait un sujet extrêmement délicat. Michael n'a jamais voulu se marier. On dit des choses à propos de lui, tu sais.

Maggie parut intéressée.

— Vraiment ? Quel genre de choses ?

En voyant Brianna vérifier si personne ne l'écoutait, Michael se dissimula derrière le corps trapu de l'oncle Toni.

— Qu'il aime séduire, expliqua sa cousine dans un chuchotement. Que plus une femme est difficile à avoir, plus il s'intéresse à elle. Et dès qu'il a réussi, paf !

— Paf ? répéta Maggie.

— Il la laisse tomber. Il l'abandonne en lui brisant le cœur.

Une bouffée de colère envahit Michael. *Dio,* est-ce qu'on lui ficherait la paix un jour ? Bien qu'il ne se soit jamais comporté ainsi, sa réputation de séducteur l'avait suivi jusqu'en Amérique. Nick l'avait informé plusieurs fois de différentes rumeurs concernant ses exploits féminins, lui avouant même avoir eu peur à une époque qu'Alexa succombe à son charme. Il se rapprocha un peu pour écouter la réponse de Maggie.

— Quelle horreur ! s'exclama-t-elle avec emphase. Cela explique peut-être pourquoi il m'a épousée, alors. Très étrange.

Brianna écarquilla les yeux.

— Qu'y a-t-il d'étrange ? Tu peux me le dire, nous sommes de la même famille maintenant. Je te promets de ne le répéter à personne.

Maggie prit une inspiration et regarda autour d'elle comme si elle craignait d'être entendue. Puis, murmurant à son tour, elle déclara :

— J'ai refusé de coucher avec lui avant qu'on soit mariés, évidemment.

Michael faillit s'étouffer avec une bouchée de bruschetta. Quand il releva les yeux, Maggie le regardait avec un sourire moqueur ; elle lui adressa un clin d'œil. Puis elle toucha l'avant-bras de Brianna et pivota sur ses talons hauts, sa robe fluide dansant sur ses fesses délicieusement rebondies. Michael serra les dents sous l'assaut d'une bouffée de désir. Il s'imagina mordre dans cette chair ferme, la déguster. La vision de Maggie criant de plaisir pendant qu'il lui faisait l'amour le transporta un instant hors de la réalité. Quand il refit surface, l'oncle Toni discutait de l'intérêt d'investir et Maggie se trouvait à l'autre extrémité de la pièce.

Que diable allait-il faire d'elle ?

Surtout, qu'allait-il faire de ce besoin soudain de posséder la femme qui n'était qu'une épouse officieuse ?

Quelque chose clochait.

Maggie avala une gorgée de vin en essayant de faire le point. En vingt-quatre heures, elle venait d'expérimenter quasiment tout ce qu'elle avait toujours détesté et pris soin d'éviter.

Les longues conversations de filles autour des cérémonies de mariage et des robes de mariée. *Fait*.

Cuisiner en fichant en l'air des heures de manucure. *Fait*.

Affronter les questions personnelles et les jugements d'une armée de belle-mère, belles-sœurs et cousines. *Fait*.

Alors pourquoi était-elle encore là au lieu de fuir en hurlant de terreur comme les personnages de *Scream* chaque fois qu'ils voyaient apparaître un masque obscène ?

Parce qu'elle savait que tout cela n'était qu'une mascarade ?

Probablement. Elle ne voyait pas d'autre explication. Hormis son frère et Alexa, elle ne fréquentait aucune famille. Elle cuisinait rarement et uniquement quand ça l'amusait. Et elle n'était jamais entourée de femmes qui pouffaient de rire en lui posant des milliers de questions. Elle était habituée au silence, passait le plus clair de son temps seule depuis toujours, et éprouvait une réserve certaine face aux démonstrations d'affection.

Pour autant, elle était sensible à la chaleur avec laquelle ils l'avaient tous accueillie parmi eux. Et, aussi différentes soient-elles, elle aimait bien les sœurs de Michael. Elles avaient une spontanéité, une authenticité qui la touchait. Quant à leur mère, elle n'avait pas émis la moindre critique ni moquerie en découvrant qu'elle n'avait jamais préparé de sauce tomate maison de sa vie. Une part d'elle-même s'éveillait, une toute petite partie qu'elle avait toujours refusé de reconnaître. Ce serait comment d'être aimé par autant de gens en dépit de ses défauts et de ses manques ?

Son regard se posa sur Venezia. Lovée dans les bras de son fiancé, la jeune femme riait à l'une de ses remarques. Leur complicité était si forte qu'elle pouvait la percevoir depuis l'autre bout de la pièce. Une brusque émotion lui tordit les entrailles devant l'expression d'adoration sur les traits de Domenico.

De l'envie.

Maggie déglutit. Certes, le stratagème auquel elle avait accepté de participer était détestable ; pourtant, en voyant Venezia et Domenico, elle ne pouvait s'empêcher de le trouver justifié. Rien ne devrait s'opposer à leur couple, surtout pas une coutume désuète. Quel effet cela faisait d'être regardée avec autant de désir et d'amour ? D'appartenir à quelqu'un pour qui on compte vraiment ?

Chassant cette question dérangeante de son esprit, elle se dirigea vers Michael. Assez de mièvreries, il était temps de reprendre son rôle en gardant la tête froide ! Elle trouva son prétendu mari en compagnie d'un homme extrêmement séduisant : le regard bleu intense, une crinière de boucles noir de jais qui retombaient sur son front, il aurait pu sans difficulté être mannequin. D'ailleurs, Carina, à côté d'eux, le contemplait comme s'il était le soleil en personne et son unique chance d'échapper à une mort glacée.

Curieuse, Maggie s'inséra dans le petit groupe.

— Ah, Maggie, tu tombes bien, déclara Michael. J'aimerais te présenter mon ami Max Gray. Il fait quasiment partie de la famille depuis toujours, et je le considère comme mon frère. Aujourd'hui, il est mon bras droit à *La Dolce Famiglia*.

Max le Dieu du Sexe posa son regard perçant sur elle et lui sourit. Des rides joyeuses plissaient le coin de ses yeux. Elle cilla, réceptive à l'intense sensualité qui émanait de lui. Mais, étrangement, elle n'éprouva pas à son contact ce trouble brûlant qui s'emparait d'elle chaque fois qu'elle s'approchait de Michael. Il s'agissait plutôt d'un plaisir esthétique face à la vision d'une créature aussi impressionnante. Elle lui tendit sa main, qu'il serra chaleureusement.

Non, décidément, pas d'étincelles. Dieu merci ! Maggie plaignit silencieusement la femme qui tomberait amoureuse de cet homme ; elle serait vouée à marcher dans son ombre jusqu'à la fin de ses jours.

Puis elle se tourna vers la sœur cadette de Michael et s'aperçut que celle-ci avait déjà succombé au charme de Max.

Aïe !

Carina était encore trop jeune pour savoir dissimuler ses émotions. Maggie eut mal pour elle en voyant la façon dont elle le dévorait des yeux. Le mélange d'espoir et de désir qu'elle lisait sur son visage fit remonter en elle les sombres souvenirs du jour où elle avait perdu son innocence et définitivement cessé de croire au grand amour.

Pauvre Carina. Si elle était vraiment éprise de Max, elle finirait avec le cœur brisé.

— Où la cachais-tu, Michael ? demanda son acolyte en les examinant tour à tour avec une curiosité teintée de perplexité.

Se doutait-il de quelque chose ?

— Je t'ai toujours considéré comme mon meilleur ami, et pourtant je n'ai pas soupçonné un instant ce qui se passait dans ta vie. Comment se fait-il que je n'ai rien lu dans la presse sur le mariage d'un des plus riches et séduisants célibataires de New York ?

Super ! À tous les coups, Max estimait qu'elle en avait après l'argent de Michael.

Ce dernier haussa les épaules.

— Il faut croire que les magazines s'intéressent plus à toi qu'à moi, camarade. D'ailleurs, si je me souviens bien, la dernière fois que nous avons comparé nos fortunes, tu me battais de presque un million.

— Deux.

— Exact. En revanche, tu n'es pas comte.

— Mon sang suisse me met hors jeu sur ce plan-là, j'imagine. Mais je possède quand même plus de terres que toi.

Maggie leva les yeux au ciel.

— Pourquoi vous ne les sortez pas pour qu'on voie tout de suite qui a la plus grande ? ironisa-t-elle.

Effarée par tant d'audace, Carina porta une main à sa bouche. Michael, lui, se contenta de lui jeter un regard noir avant de poursuivre comme s'il n'avait rien entendu :

— Si mes renseignements sont justes, tu as toi aussi tes petits secrets. Est-ce vrai, ce que racontent les journaux à propos de cette princesse ? L'aristocratie italienne n'est pas assez bien pour toi, il te faut du sang royal ?

— Serena a accompagné son père en voyage et elle me tient simplement compagnie, répondit Max. Et c'est une très riche héritière mais pas une princesse. D'ailleurs, son père me mettrait en pièces s'il y avait quelque chose entre nous : ma fortune est bien trop modeste pour leur rang.

— C'est ridicule ! s'exclama Carina avec fureur. Tous ceux qui se marient pour l'argent plutôt que par amour méritent d'être malheureux ! Tu vaux bien mieux que ça.

Max posa la main sur son cœur.

— Ah, *cara*, veux-tu m'épouser ? Tu es la femme de mon cœur.

À ces paroles, Carina devint écarlate. Ses lèvres se mirent à trembler tandis qu'elle cherchait désespérément ses mots. Quelle horreur ! Tomber amoureuse du meilleur ami de son frère plus âgé qu'elle et se retrouver coincée dans un corps de femme-enfant en rêvant d'un homme hors de sa portée. Du moins pour le moment...

Maggie ouvrit la bouche pour changer de conversation, mais Michael fut plus rapide. Il saisit sa petite sœur par le menton comme s'il s'était agi d'une fillette de dix ans et déclara avec un sourire indulgent :

— Carina est bien trop jeune pour penser à sortir avec un homme, et encore moins à se marier. Elle doit d'abord terminer ses études et prendre la place qui l'attend dans l'entreprise familiale. En outre, c'est une gentille fille, et tu ne fréquentes que des friponnes.

Les deux hommes s'esclaffèrent sans se rendre compte que Carina avait blêmi.

Elle baissa un instant la tête, avant de la redresser, les yeux brillants.

— Je ne suis plus une enfant, Michael, protesta-t-elle rageusement. Comment se fait-il qu'aucun de vous deux ne soit capable de s'en rendre compte ?

Sur ces mots, elle tourna les talons et sortit en trombe de la pièce.

— Qu'est-ce que j'ai dit de mal ? s'étonna Michael. Je la taquinais, c'est tout.

Max semblait aussi désarçonné que lui.

Maggie poussa un soupir exaspéré et vida son verre de vin.

— Bravo ! Vous avez vraiment réussi votre coup, tous les deux !

— De quoi parles-tu ? Ce n'est tout de même pas de ma faute si elle prend la mouche pour un rien. Je n'avais absolument pas l'intention de la blesser.

Max dansait d'un pied sur l'autre, mal à l'aise.

— Je devrais peut-être aller lui parler, suggéra-t-il.

— Non, je suis son frère aîné, c'est à moi d'y aller.

Maggie plaça d'office son verre vide dans les mains de Michael.

— Par pitié, reste là. Tu en as déjà suffisamment fait comme ça. Je m'en occupe.

Michael lui jeta un regard sceptique.

— Chérie, tu n'as pas beaucoup d'expérience avec les jeunes filles. Parfois, ma sœur a besoin d'une main ferme pour revenir à la raison. Je devrais peut-être demander à Julietta de s'en charger.

Maggie avait du mal à croire que Julietta, avec son esprit pragmatique, soit la personne la mieux placée pour régler le problème actuel. D'autre part, cette façon qu'avait Michael de la considérer – une fois de plus – inapte à affronter la situation commençait à l'agacer sérieusement. Au cours des dernières vingt-quatre heures, il avait mis en doute ses capacités professionnelles, culinaires et, maintenant, relationnelles.

— Ne t'inquiète pas, *chéri*, lui répondit-elle avec un sourire mielleux dont le sens, elle en était sûre, ne lui échappa pas. Je vais lui faire une proposition qui la remettra tout de suite d'aplomb.

— Quelle proposition ?

Elle dévisagea les deux Apollons face à elle avec une mine satisfaite.

— De lui organiser un dîner en tête à tête avec un type canon.

Les traits de Michael se durcirent.

— Tu plaisantes, j'espère ? Ma petite sœur n'a aucune expérience de ce genre de choses.

— Justement, il est temps d'y remédier. À tout à l'heure, *chéri*.

Comme il s'apprêtait à répliquer, elle se dressa sur la pointe des pieds et déposa un petit baiser sur ses lèvres. Sa propre réaction à ce contact faillit la distraire un instant, mais elle se ressaisit et enchaîna :

— S'il te plaît, mon amour, évitons de nous disputer pendant notre lune de miel. Nous avons tellement de choses plus intéressantes à faire...

Le temps d'adresser un clin d'œil à Max, et elle s'éloigna en ondulant des hanches, consciente de leurs regards sur ses fesses.

Elle avait envie d'éclater de rire. Finalement, cette situation stupide avait un bon côté : elle s'amusait follement à défier Michael ! Elle monta à l'étage à la recherche de la chambre de Carina, contente de laisser son pseudo-mari mariner avec cette idée de dîner en tête à tête entre sa petite sœur et un bel inconnu. Il serait toujours temps de lui avouer plus tard qu'elle ne connaissait aucun homme en qui elle avait suffisamment confiance pour le présenter à Carina. En attendant, force lui était de reconnaître qu'elle ne se sentait pas vraiment la personne idéale pour parler à la jeune fille. Elle n'avait, de fait, aucune expérience de ce genre de choses et se demandait bien ce qu'elle pourrait dire pour lui remonter le moral.

Elle s'arrêta devant une porte close et poussa un soupir en entendant quelqu'un sangloter de l'autre côté. Elle essuya ses paumes moites sur sa robe. Quelle situation ridicule ! Si Carina refusait de lui ouvrir, elle attendrait quelques minutes sur le palier avant de redescendre, histoire de faire croire à Michael qu'elle avait eu une conversation avec sa sœur. Elle frappa.

— Carina ? C'est Maggie. Veux-tu que nous parlions un peu ou préfères-tu rester seule ?

OK, elle était lâche. Si elle avait vraiment été déterminée à aider Carina, elle lui aurait demandé de lui ouvrir, point. Il y eut un silence. Soulagée, Maggie se détourna pour s'éloigner.

— Très bien, je comprends. Je voulais juste…

La porte s'ouvrit.

Merde.

— Pourquoi personne ne se rend compte que j'ai grandi ! lança Carina en sanglotant.

Maggie la regarda depuis le seuil en proie à une envie irrépressible de fuir en courant. Mais Carina s'effaça sur le côté pour la laisser entrer.

— Parce que ton frère aîné ne veut pas l'accepter, répondit-elle alors avec une aisance qui la surprit elle-même.

En pénétrant dans la pièce, elle réprima une grimace devant le papier peint rose, les peluches sur le lit et les napperons en dentelle. Horrible. De toute évidence, Carina conservait ce décor pour faire plaisir aux autres, pas à elle. Même le grand lit à baldaquin avait un aspect enfantin avec ses tentures brodées de papillons multicolores.

Malgré ses vingt-six ans, Carina n'était manifestement pas encore sortie de l'adolescence. Maggie doutait qu'elle eût déjà eu un amoureux. Au fond de la pièce, quelques marches menaient à une alcôve qui semblait avoir servi de salle de jeux autrefois et était à présent remplie de toiles vierges et de matériel de peinture. Plusieurs aquarelles aux couleurs chatoyantes attirèrent son regard ainsi que des sculptures en argile de couples enlacés. Intéressant... Cet endroit ressemblait sans doute beaucoup plus à la véritable Carina que le reste de la chambre.

— Je déteste ma vie ! (Les traits de Carina exprimaient une détresse extrême. Elle s'affaissa sur son lit, les yeux emplis de larmes.) Personne ne me comprend. Je ne suis plus une enfant pourtant, mais tout le monde continue à agir comme si j'étais incapable de décider de quoi que ce soit toute seule. Ils ont déjà planifié toute ma vie.

Maggie se maudit intérieurement. Pourquoi était-elle allée fourrer son nez dans ce sac de nœuds alors qu'elle connaissait à peine Carina et se sentait totalement inapte à gérer ce genre de situation ?

— Euh, que veux-tu dire au juste ?

— Je n'ai pas le droit de fréquenter d'autres garçons que ceux qui plaisent à ma famille, gémit Carina. Même si, de toute façon, aucun ne m'a jamais proposé de sortir avec lui. Je suis trop moche et trop grosse.

— N'importe quoi ! protesta Maggie avec fougue. Tu as de très jolies formes, au contraire, et de vrais seins. Tu as regardé tes sœurs ? Elles sont peut-être minces, mais leur poitrine est plate comme une crêpe.

Sous la surprise, Carina écarquilla les yeux, puis un petit rire s'échappa de ses lèvres.

— Peut-être, concéda-t-elle. Mais les garçons aiment les filles minces. Et tu as vu mes cheveux ? On croirait que j'ai mis les doigts dans une prise tellement ils sont ébouriffés. Et j'ai une bouche énorme. (Elle s'interrompit un moment sous l'assaut de nouveaux sanglots, avant de poursuivre :) En plus, Michael n'arrête pas de répéter que je vais aider Julietta à *La Dolce Famiglia*, sauf qu'il ne m'a jamais demandé mon avis ! Il m'a obligée à faire un MBA[1] alors que je n'en avais pas envie, et maintenant je vais devoir rester à l'université pendant un temps interminable, tout ça pour aboutir à un stage qui, de toute façon, ne m'intéressera pas. Pourquoi est-ce que je ne peux pas aller travailler avec lui en Amérique ? Ce n'est pas juste.

Maggie secoua la tête. Décidément, les membres de cette famille avaient le don de tout dramatiser. Elle s'assit avec précaution sur le lit et laissa Carina pleurer tout son saoul, cherchant désespérément ce que dirait une mère, ou Alexa, ou Michael dans cette situation. Et puis zut ! Au point où en étaient les choses, elle ne pouvait pas vraiment faire pire.

— OK, ma belle, assieds-toi.

Carina s'essuya les joues et obéit. Une moue apparut sur ces lèvres qu'elle détestait tant, qui aurait sans doute permis à Max de se rendre compte que la petite sœur de Michael n'était plus une petite fille. Mais il était encore trop tôt, songea Maggie. D'abord, Carina devait apprendre à se sentir à l'aise dans sa peau.

— Je suis certaine que tu l'as entendu des milliers de fois, mais je le confirme : la vie n'est pas une partie de plaisir.

Nouveau sourire larmoyant. Au moins, son humour fonctionnait.

---

1. Le MBA (*Master of Business Administration*) est une formation de haut niveau en management. *(N.d.T.)*

— Écoute, je sais que nous ne nous connaissons pas très bien, mais j'aimerais te dire ce que je comprends. Max est canon et tu es dingue de lui.

Carina en resta bouche bée. Son visage s'empourpra.

— N... Non, je ne...

Maggie l'interrompit d'un geste de la main.

— Je ne te reproche rien. Le problème, c'est qu'il a trente et un ans et toi vingt-six. S'il se passait quelque chose entre vous, ce serait presque un détournement de mineure.

— Mais je ne suis plus...

— Je sais, coupa Maggie, mais tu es trop jeune pour qu'il te voie comme une femme. Ça changera peut-être, mais tu as beaucoup mieux à faire dans les années à venir que d'attendre qu'il remarque ta transformation. Il faut que tu sortes et que tu vives. Que tu te découvres toi-même. Alors, tout le monde te verra telle que tu es.

Maggie sentit son cœur se serrer devant l'expression désespérée de Carina. Mon Dieu, la sensation était encore tellement présente en elle : ce sentiment d'être inapte, totalement perdue face à la complexité de la vie. Sauf que Carina était entourée, se rappela-t-elle. Elle avait des gens qui l'aimaient et pouvaient la guider, et ça changeait tout.

— Je n'y arriverai jamais ! Regarde-moi. Je suis dans une impasse.

— Qu'est-ce qui te déplaît dans le MBA ? La durée des études ou le sujet ? Des études de commerce dans un cycle plus court, ça te plairait ?

— En vérité, ça ne me dérange pas d'étudier le commerce. Je me débrouille bien avec les chiffres, c'est même une des rares choses où je suis bonne. Mais ce que je voudrais, c'est qu'on me demande mon avis, ajouta Carina en relevant le menton.

Maggie s'esclaffa. Carina ne manquait pas d'humour. Tant mieux, parce qu'elle en aurait besoin.

— C'est plutôt bien de suivre une formation en business et en finances, assura-t-elle. Ça ouvre pas mal de portes et surtout, ça permet de rencontrer des gens nouveaux et intéressants.

Elle montra l'alcôve avec les toiles et le matériel de peinture.

— Ce sont tes peintures ?

Carina hocha la tête.

— Oui. J'aime peindre, mais je ne suis pas très douée.

Maggie contempla les différents portraits à l'attitude torturée. Les traits de pinceaux étaient assurés, les visages expressifs et saisissants. Son œil averti nota les défauts, le manque évident d'expérience, mais aussi un talent indéniable.

— Au contraire, objecta-t-elle. N'abandonne surtout pas la peinture. Inscris-toi à un cours pour continuer à travailler et te perfectionner, et ne laisse personne te dire que tu ne peux pas y arriver. D'accord ?

Carina hocha la tête, manifestement fascinée par sa nouvelle belle-sœur.

— Michael veut agir au mieux pour toi, mais comme tous les grands frères, il est souvent à côté de la plaque. Tu vas devoir te montrer ferme pour qu'il comprenne ce qui est acceptable et ce qui ne l'est pas.

Carina la dévisagea, effarée.

— Mais on ne discute pas ce que dit Michael. Il est le chef de la famille.

— Je ne te parle pas de lui manquer de respect. Juste d'être claire quand tu communiques avec lui. Essaie.

— D'accord.

— Quant à Max, peut-être qu'un jour les choses changeront. En attendant, concentre-toi sur les autres garçons.

— Je te l'ai dit, je ne plais pas aux garçons.

Maggie secoua la tête.

— Parce que tu ne tires pas parti de tes atouts. (Elle hésita un instant à poursuivre, mais les mots franchirent ses lèvres presque malgré elle et elle s'entendit sceller son sort en proposant :) Pourquoi ne m'accompagnerais-tu pas à Milan cette semaine pour ma prise de vue ?

Carina lui jeta un coup d'œil suspicieux.

— Pour quoi faire ?

— Une séance de relooking, par exemple, répondit Maggie. Et puis, tu découvriras le monde de la photo ; je te présenterai à quelques mannequins. Tes problèmes ne s'évanouiront pas pour autant, mais ça te permettra de voir comment on te perçoit ailleurs que dans ton cercle habituel. Tu es belle, Carina. À l'intérieur comme à l'extérieur. Il faut juste que tu le croies.

En prononçant ces paroles, Maggie sentit les larmes lui monter aux yeux. Si seulement quelqu'un, un jour, lui avait dit ces mots. Cela aurait-il changé le cours de sa vie ? Quoi qu'il en soit, elle était heureuse d'avoir pu le faire pour une autre, que cela porte ou non ses fruits. Agacée par l'émotivité inhabituelle dont elle était la proie depuis vingt-quatre heures, elle repoussa ces pensées stupides et se redressa.

— Tu viendras ?

— Bien sûr. Ça va être génial ! s'exclama Carina en la serrant brusquement dans ses bras.

Sa conseillère mit un quart de seconde avant de répondre à son étreinte, puis recula, gênée.

— Merci, Maggie. Tu es la meilleure des belles-sœurs !

— Je te rappelle que tu n'en as jamais eu d'autres, fit valoir Maggie, tiraillée par sa conscience.

Jouer à faire semblant d'être l'épouse de Michael était une chose, mais de là à tisser des liens avec les membres de sa famille... Malheureusement, il était trop tard pour revenir sur sa proposition. Elle se leva pour sortir.

— *Grazie !*

— *Prego.*

Elle ferma la porte derrière elle. Bon sang, Michael allait être fou de rage !

6

Seigneur, il allait la tuer !

Michael regarda sa prétendue épouse rassembler calmement son matériel photo pour Milan comme s'il n'était pas dans la pièce. Manque de chance, il s'y trouvait, et la voir agir en feignant d'ignorer la tension sexuelle qui régnait entre eux l'exaspérait.

Les choses commençaient à se compliquer sérieusement. Elle était censée ne pas se mêler de ses affaires, garder ses distances et sortir de scène sans laisser de traces. Au lieu de quoi, elle avait déclenché un tsunami dès son arrivée. Tout le monde semblait ravi de son impertinence et de son franc-parler. Et maintenant, elle emmenait sa petite sœur à une séance de prises de vue d'hommes à moitié nus en affirmant que cela lui ferait du bien.

— Tu ne m'as même pas demandé ma permission avant de l'inviter. Ne m'insulte pas en te mêlant d'affaires concernant ma famille, Maggie.

Elle continua à préparer son sac sans même lui jeter un regard. Son pyjama en satin noir ondulait sur son corps comme de l'eau, en soulignant chaque courbe. Ses cheveux soyeux glissaient d'avant en arrière sur ses épaules, le plongeant dans une sorte de transe.

— Je ne crois pas que le verbe « obéir » fasse partie de nos engagements, Michael. Quoi qu'il en soit, je t'ai déjà dit que je plaisantais quand j'ai parlé d'organiser un dîner en amoureux pour Carina. Ça te fait déjà une raison de moins de t'inquiéter.

— Ce n'est pas drôle.

Elle secoua la tête.

— Écoute, je n'ai pas eu le choix. Elle était hystérique, il fallait que je trouve un moyen de la calmer. Si tu ne l'avais pas traitée comme une gamine de dix ans, rien de tout cela ne serait arrivé.

— Carina est innocente, et j'ai l'intention qu'elle le reste.

— Ohé, il est temps de se réveiller, comte. Carina a plus de vingt ans et elle a des pulsions sexuelles. Puisque, de toute façon, elle aura des relations, pourquoi ne pas lui servir de guides ?

— Jamais sous mon toit. J'ai le devoir de la protéger et je le ferai. Elle doit terminer ses études et entamer une carrière professionnelle. Il n'y a pas de place pour les garçons là-dedans.

— Elle craque pour Max.

— *Pardon ?*

Son rugissement résonna dans la pièce.

— Qu'est-ce qu'il a fait ? Je vais le tuer.

— Calme-toi. Il n'a rien fait du tout. Lui aussi la considère toujours comme une enfant. J'essaie juste de te dire de la lâcher un peu. Ce n'est pas facile d'être amoureuse du meilleur ami de son frère.

Michael se leva du lit sur lequel il était allongé et se mit à faire les cent pas. En quelques minutes, Maggie avait réussi à l'exciter, le mettre en rage et le frustrer. À ce rythme, il serait mort à la fin de la semaine.

— Max fait partie de la famille. Je suis sûre que Carina ne voit rien d'autre en lui qu'un grand frère.

Soudain, une pensée horrible lui traversa l'esprit.

— Pourquoi ? demanda-t-il. Il te plaît ? C'est toi qui lui as mis cette idée en tête ?

Il n'aurait pas dû prononcer ces mots. Maggie fit volte-face et posa sur lui un regard vert étincelant. Il faillit reculer sous l'assaut de la colère glacée qui émanait de tout son être.

— Contrairement à l'opinion que tu as de moi, comte, je ne couche pas avec tous les hommes que je croise. Par ailleurs, Carina n'a besoin de personne pour savoir ce qu'elle ressent. Si tu te décidais à te nettoyer les oreilles pour l'écouter, tu le saurais !

Sur ce, elle pivota et retourna à ses préparatifs.

Franchissant d'une enjambée la distance qui les séparait, Michael la saisit par le bras et l'obligea à se tourner vers lui.

— Attention, *tigrotta mia*, tu es sur un terrain dangereux. Je t'interdis de te mêler des affaires de ma famille durant cette semaine. D'ailleurs, Carina n'ira pas à cette séance photo avec toi. Je m'occupe personnellement du problème. *Capisce ?*

Une autre aurait battu en retraite. Maggie se haussa sur la pointe des pieds et le fixa droit dans les yeux. Un parfum sensuel d'ambre et de bois de santal l'enveloppa, le déconcentrant.

— Je n'ai aucun avantage à me mêler des affaires de ta famille, répliqua-t-elle. Si ça t'amuse de jouer les tyrans, vas-y. J'essayais juste de te dire que ta sœur a besoin qu'on l'écoute, pas qu'on lui fasse la leçon.

— Et tu es justement l'oreille qu'il lui faut ?

— À ton avis ? répondit-elle avec un sourire narquois. Une chance que je sois là, non ?

La façon dont elle bravait son autorité faisait bouillir son sang dans ses veines, l'emplissant de rage et d'un autre sentiment très différent. Un sentiment bien plus dangereux. Il mourait d'envie de refermer la main sur sa nuque et de s'emparer de ses lèvres pour voir comment il pourrait agréablement transformer la colère en reddition. Il sentit son sexe se durcir en s'imaginant relever le défi, la posséder et la conquérir. Quand est-ce qu'une femme l'avait bouleversé à ce point pour la dernière fois ? Malgré lui, il s'interrogea : s'il s'autorisait à coucher avec elle, son désir aurait-il disparu au réveil, comme d'habitude ? Peut-être devrait-il satisfaire sa pulsion une bonne fois pour toutes et se débarrasser de ce besoin obsédant de se fondre en elle et lui faire tout oublier à part lui.

— Tout ce que tu as fait, c'est mettre des idées ridicules dans la tête d'une jeune fille innocente. Tu n'es là que depuis aujourd'hui et c'est déjà le bazar. Tu ne sais pas ce dont ma sœur a besoin. Tu ne sais pas ce dont qui que ce soit a besoin, y compris toi-même !

Il avait à peine achevé sa phrase qu'il la regrettait déjà. Mais il était trop tard. Il la sentit se raidir dans ses bras et perçut la douleur dans ses yeux. Manifestement, un horrible souvenir tentait de remonter à la surface ; il la vit lutter pour le repousser au fond de son placard et l'y enfermer.

Un besoin pénible de la serrer dans ses bras et d'arranger les choses monta en lui. Quel était ce curieux mélange de désir et de tendresse ? Que lui arrivait-il ?

Elle lui adressa un sourire distant et forcé.

— Tu as raison, *bien sûr*, railla-t-elle. À partir de maintenant, je resterai en dehors de tout ça. Mais ce n'est pas moi qui vais lui annoncer qu'elle ne peut pas venir.

Elle voulut reculer, mais il glissa un bras dans son dos et la pressa contre lui.

— Je suis désolé, *cara*, s'excusa-t-il. Ce que je t'ai dit était inutilement méchant, je ne le pensais pas. Tu réveilles la bête qui est en moi, parfois.

Ses pupilles se dilatèrent d'étonnement, mais elle ne se détendit pas pour autant.

— Excuses acceptées. Maintenant, lâche-moi.

Au lieu d'obtempérer, il resserra instinctivement son étreinte. Comme elle se cambrait pour se libérer, elle entra en contact avec son érection. Elle poussa une exclamation de surprise et s'immobilisa.

— On dirait que la bête est plutôt contente de me voir. Ça t'excite de m'insulter ?

Il s'esclaffa. La vivacité piquante de Maggie ne l'avait jamais vraiment dérangé, mais dernièrement, il avait appris à voir au-delà du personnage habituel, et la vulnérabilité qu'il percevait l'intriguait. Est-ce qu'après tout ce temps il avait enfin accès à la vraie Maggie ? Une Maggie bien moins féroce qu'il n'y paraissait ? Tester son hypothèse était tentant.

— Non, *cara*, c'est *toi* qui m'excites. Comme tu peux t'en rendre compte. En ce moment, j'ai juste besoin de te prendre dans mes bras.

Il la sentit se crisper. Sa voix était glaciale quand elle répondit :

— Crois-moi, comte, j'ai entendu bien pire dans ma vie, et il en faut plus pour me contrarier. Je n'ai pas besoin qu'on me console.

— Tu te trompes, c'est *moi* qui ressens le besoin d'être réconforté, murmura-t-il. Parce que je m'en veux de t'avoir adressé ces reproches désobligeants et totalement immérités.

À ces mots, elle chercha de nouveau à échapper à son étreinte, manifestement effrayée.

— Doucement, chuchota-t-il pour la calmer. Juste quelques instants. Je te promets que ça ne fera pas mal.

Sur quoi, il la souleva dans ses bras et la pressa contre lui, la tête appuyée contre son torse. Il entendit son souffle s'accélérer à un rythme irrégulier, comme si elle était au bord de la panique. Alors, il attendit patiemment sans bouger jusqu'à ce qu'elle se détende. Leurs corps s'encastraient parfaitement. Maggie aussi était excitée, il le sentait à ses seins durcis. Il était certain que s'il posait les doigts à la base de son cou, il percevrait les battements sourds et affolés de son pouls. Mais il ne fit aucun geste, se contentant d'inspirer le parfum exotique de ses cheveux et de savourer cet instant. Comme il aurait aimé pouvoir la tenir ainsi longtemps et rattraper tout le mal qu'il lui avait fait avec ses reproches stupides !

Puis, insidieusement, cet instant de tendresse se dissipa, laissant place à un sentiment beaucoup plus brûlant. Michael se promit alors de mettre fin à cette étreinte avant que les choses dégénèrent. Il avait la profonde intuition que Maggie n'avait que rarement expérimenté la tendresse sans que cela aboutisse au sexe. Attristé par cette idée, il maudit les parents de la jeune femme qui l'avaient fait grandir dans une atmosphère glaciale où les émotions étaient interdites. Il voulait lui prouver qu'elle pouvait avoir confiance en lui. Mais c'était sans compter la tension sexuelle qui émanait de Maggie elle-même, son corps qui irradiait de désir contre le sien. Une fois encore, son sang-froid n'y résista pas.

Retenant son souffle, il la fit descendre lentement contre lui jusqu'à ce qu'elle touche le sol. Les pointes dures de ses seins frôlèrent son torse et il sentit la courbe pleine de ses fesses sous sa paume.

Ah, *mierda*.

Se moquant de ses prières, son pénis se durcit jusqu'à devenir douloureux. Serrant les dents, il tint bon.

Puis elle leva les yeux.

Il plongea dans son regard brûlant. Passionné. Désirant. Elle s'agita dans ses bras comme pour combattre sa propre réaction, mais Michael avait dépassé le stade de la raison ; il opta pour l'enfer. Au moins y entrerait-il par un chemin pavé d'or.

Baissant la tête, il s'empara de sa bouche.

Maggie émit un gémissement, presque une invitation, qu'il s'empressa d'accepter en insérant sa langue entre ses lèvres. Elle l'accueillit aussitôt et s'agrippa à ses épaules pour mieux répondre à son baiser. Ses ongles s'enfoncèrent dans sa chair, provoquant une légère douleur qu'il étouffa en lui mordillant la lèvre inférieure. Une lèvre pleine, aussi veloutée qu'une pêche mûre et parfumée...

L'instant suivant, elle avait le dos collé au mur, les jambes resserrées autour de sa taille. Elle était prête à accueillir en elle son sexe palpitant.

Il glissa une main sous sa veste de pyjama. Ses doigts se refermèrent autour d'un sein dont la douceur contrastait délicieusement avec la dureté du mamelon. Elle gémit de nouveau en se cambrant pour en demander plus. Rendu fou, il tira sur le tissu de satin, détachant d'un coup les pressions qui le tenaient fermé, et se pencha sur sa poitrine.

Il lécha, titilla, mordilla jusqu'à ce que le téton soit rouge vif et luisant. Haletante, elle enfouit les doigts dans ses cheveux et lui tira la tête en arrière. À travers un voile de désir, il la regarda, attendant qu'elle lui ordonne d'arrêter.

— Encore, exigea-t-elle. Encore plus.

Alors, il se pencha de nouveau sur sa poitrine et offrit le même traitement à l'autre sein, jouant à la maintenir sur l'étroite frontière entre plaisir et douleur. Ses cris plaintifs et son agitation entre ses bras lui faisaient l'effet d'une drogue. Quand il sentit le parfum du musc monter à ses narines, il ne put résister plus longtemps et inséra une main sous la ceinture de son pantalon. Les boucles humides chatouillèrent ses doigts. Il l'entendit retenir sa respiration et glissa plus bas, prêt à plonger dans la profondeur de...

— Michael !

Les coups frappés à la porte résonnèrent dans son crâne. Il se figea, luttant pour chasser la brume qui engourdissait son esprit.

Un ricanement narquois...

— Ohé, tous les deux ! Si vous êtes en train de faire des câlins de l'autre côté, remettez ça à plus tard. J'ai besoin de vous en bas immédiatement.

Silence.

— Michael et Maggie ? Vous êtes là ?

Il s'éclaircit la gorge, essaya de paraître normal. Si jamais il redevenait normal un jour...

— J'ai entendu. Je descends dans une minute.

— *Grazie*.

Il entendit des pas qui s'éloignaient. Le temps qu'il ôte sa main et que Maggie referme sa veste de pyjama, il eut l'impression d'avoir été transporté d'Italie en Antarctique.

Il venait de briser la fragile confiance qui s'était instaurée entre eux, comprit-il. S'il avait reculé à temps, elle aurait pu le respecter.

— La prochaine fois que tu voudras tirer un coup, dis-le directement. Je ne suis pas le genre de femme à avoir besoin de violons pour s'envoyer en l'air.

— Maggie...

— Non !

Elle détourna la tête, pas assez vivement néanmoins pour l'empêcher de lire la vulnérabilité sur ses traits. Elle gagna le lit et, d'une main tremblante, tira le couvre-lit sur elle.

— S'il te plaît, pas ce soir. Ta sœur t'attend en bas.

Il resta immobile face à elle, tiraillé entre son besoin de lui avouer la vérité et celui de continuer à jouer son rôle pour le bien de sa famille. Seigneur, que s'était-il passé ? Il devait absolument la convaincre qu'il avait menti, qu'il n'avait jamais été amoureux d'Alexa ; ce petit jeu devenait trop malsain. Mais peut-être était-il déjà trop tard, peut-être refuserait-elle de le croire. Et dans le cas contraire, ne risquait-elle pas d'être indignée par son mensonge au point de partir sur-le-champ en le laissant se débrouiller avec sa mère et ses sœurs ?

Non, il fallait qu'il se ressaisisse. Attiré dans une zone moins noble, son sang avait dû cesser d'irriguer son cerveau pendant un moment, mais à présent, il fallait qu'il se reprenne et tienne six jours de plus avant de rentrer à New York. Il respecterait sa promesse, resterait à l'écart d'Alexa et ne reverrait jamais Maggie. La situation redeviendrait normale. Dans six jours.

Fort de cette décision, il ne répondit pas et sortit de la chambre, laissant Maggie seule dans la pénombre.

— Alors, qui dois-je rencontrer cette fois ?

Ils traversaient la Piazza Vecchia baignée par la lumière dorée du couchant. Maggie trébucha en coinçant son talon aiguille dans une fissure du trottoir, et Michael la saisit par la taille pour la retenir. Ignorant la tension électrique entre eux, il s'autorisa à profiter un instant de la douce tiédeur de sa peau sous la soie rose avant de la lâcher. Quand il lui avait parlé de ce dîner d'affaires, il s'était attendu à ce qu'elle se montre contrariée, mais elle ne lui avait fait aucun reproche et ne s'était même pas plainte de leur longue marche dans Bergame pour se rendre sur place.

Il est vrai qu'après l'expédition « robes de demoiselles d'honneur » avec ses sœurs elle devait être prête à tout.

— *Signore* Ballini, répondit-il. Il possède de nombreux restaurants et n'est pas contre l'idée d'un partenariat avec *La Dolce Famiglia*. (Il marqua une pause avant d'enchaîner :) Il a appris que je m'étais marié et a insisté pour rencontrer ma femme.

Maggie émit un petit ricanement moqueur et s'attarda devant un étal de fromages et jambons crus. La fluidité de son échange avec le serveur l'étonna, mais il n'était plus à une surprise près avec Maggie Ryan. Chaque fois qu'il pensait commencer à la cerner, elle prenait son contre-pied.

— Vous aimeriez que je vous aide à conclure l'affaire, monsieur le comte ? ironisa-t-elle en battant des cils d'un air subjugué. Que je chante vos louanges et joue à l'épouse éperdue d'amour ?

Il réprima son agacement. Sur le moment, il avait pensé trouver une fausse excuse pour éviter cette rencontre, mais l'occasion était trop belle. À condition que Maggie ne décide pas de tout gâcher.

— Merci, ce ne sera pas nécessaire. Mais le *signore* Ballini est plutôt conservateur et j'ai envie de faire bonne impression. Peut-être pourrais-tu jouer à l'épouse éperdue silencieuse ?

— Tu peux toujours rêver.

L'ourlet de sa robe flirtait avec ses genoux tandis qu'elle traversait la place d'un pas nonchalant, appréciant manifestement la beauté de la ville natale de Michael. Elle s'arrêta près de la fontaine centrale pour admirer l'architecture classique des bâtiments mise en valeur par les espaces ouverts.

Comme si elle avait lu dans ses pensées, elle déclara :

— Nick serait fou s'il venait ici. Il a toujours adoré le mélange entre espaces naturels et constructions humaines. Bergame est tellement belle. Ce doit être un vrai bonheur de grandir ici.

— *Si*, acquiesça-t-il en souriant. J'adore l'Amérique, mais je reconnais que j'ai besoin de rester en contact avec le lieu qui a nourri mon enfance. Cela plairait également beaucoup à Alexa. Le festival de poésie de Bergame qui a lieu chaque année est très célèbre. Nous pourrions peut-être leur organiser un séjour ici prochainement.

À cette suggestion, Maggie se raidit et il regretta aussitôt d'avoir mentionné Alexa. Croyait-elle vraiment qu'il convoitait son amie mariée ?

— Comme ce serait pratique. L'attirer sur ton territoire grâce à la poésie. N'oublie pas notre marché, comte.

Il n'eut pas le temps de répondre. Ils avaient atteint la *Taverna del Colleoni & Dell'Angelo*, où ils furent aussitôt accueillis par un serveur. Après un bref échange, celui-ci disparut pour aller chercher son patron. Ils s'installèrent dans une confortable alcôve d'où Maggie admira la salle, émettant des commentaires appréciateurs sur le décor médiéval et les hauts plafonds voûtés.

Le *signore* Ballini les rejoignit et Michael fit les présentations. C'était un Italien de l'ancienne génération, avec des manières affables et un goût prononcé pour la culture, les voyages, les mets et les vins fins, et les jolies femmes. Sa crinière poivre et sel lui donnait encore belle allure pour son âge, et il ne put s'empêcher de faire du charme à Maggie qui parut apprécier sincèrement ses compliments.

Michael soupira intérieurement en ajustant le nœud de sa cravate bleu roi. Avec un peu de chance, la soirée se passerait bien... Ils discutèrent de tout et de rien pendant que le serveur déposait discrètement devant eux des assiettes emplies de mets aux saveurs intenses et raffinées. De la salade trévise grillée au gorgonzola, des pâtes aux cèpes et aux myrtilles et des crevettes sur un lit de polenta au safran. Le tout accompagné de deux bouteilles de valcalepio rosso, un vin local aux arômes riches et veloutés.

— *Signora*, étant américaine, je suppose que vous travaillez. Quelle est votre occupation, hormis faire de Michael un homme heureux ?

Le décolleté carré de la robe rose avait un peu glissé, laissant entrevoir l'amorce d'une poitrine haute et ferme. Sous les lampes tamisées, les mèches soyeuses de Maggie se teintaient de reflets d'or.

— Je suis photographe, répondit-elle. Toute petite déjà, je photographiais tout ce que je voyais.

Ballini approuva d'un signe de tête.

— Et aujourd'hui, quelle est votre spécialité ? Les paysages ? Les enfants ? Les mariages ?

— Les sous-vêtements. Pour Calvin Klein, Cavalli et d'autres couturiers célèbres. Je viens souvent à Milan pour des prises de vue, et ce séjour est une merveilleuse occasion d'associer travail et plaisir.

Michael retint son souffle. Mais le *signore* Ballini lâcha un rire enthousiaste.

— Magnifique ! C'est une bonne chose de rendre votre mari jaloux de temps en temps, pas vrai ?

Elle s'esclaffa à son tour et ramena la conversation sur le travail tout en continuant à s'émerveiller de la saveur des plats. Puis au dessert, de manière très naturelle, elle mentionna *La Dolce Famiglia* et son formidable essor. Michael n'eut qu'à saisir la balle au bond.

Au moment du café – un expresso serré, bien sûr – il avait déjà obtenu un autre rendez-vous à Milan. Il s'apprêtait à conclure la soirée sur ce succès quand tout cet édifice soigneusement construit vacilla sur ses bases.

— J'ai prévu d'aller skier à Aspen, mais je n'arrive pas à trouver de chalet à mon goût, déclara soudain Ballini. Le seul qui me plaît appartient à cette horrible actrice américaine dont j'ai oublié le nom, et elle n'a jamais daigné répondre à mes messages. J'ai lu quelque part qu'elle ne le louait qu'à des personnes triées sur le volet. Sans doute un Italien n'est-il pas assez bien pour elle.

— Vous voulez parler de Shelly Rikers ? demanda aussitôt Maggie.

Ballini la considéra, surpris.

— C'est cela, oui ! Je peux vous assurer que je ne vais plus voir ses films. Son attitude est d'une telle incorrection !

— Il se trouve que je connais Shelly. C'est une femme adorable.

Michael crispa les doigts autour de son verre tandis qu'un silence gêné tombait sur eux. Le *signore* Ballini se raidit, et son ton s'était considérablement rafraîchi quand il reprit la parole.

— Si c'est le cas, *signora*, je n'ai pas eu l'occasion de m'en rendre compte, car, apparemment, elle ne parle qu'aux Américains.

Michael se leva pour prendre congé avant que le rendez-vous de Milan ne se retrouve annulé.

— Nous devrions peut-être...

— C'est sûrement un malentendu, *signore*. Laissez-moi arranger ça.

Maggie sortit son smartphone léopard, appela un numéro et discuta brièvement avec son interlocuteur. Stupéfait de tant d'efficacité, Michael la regarda s'entretenir successivement avec quatre personnes pour finalement décoller son portable de son oreille et demander :

— *Signore*, est-ce que le premier week-end de septembre vous conviendrait ?

Le visage de Ballini s'illumina.

— *Perfetto*.

— Oui, c'est parfait. Embrassez Shelly de ma part et dites-lui que je l'appellerai en rentrant. Merci.

Elle rangea l'appareil dans son sac et sourit.

— Tout est réglé. Je transmettrai les informations à Michael afin que vous puissiez contacter directement Shelly. Je crois qu'il y a eu un malentendu avec les personnes chargées de la location. Elle sera ravie de vous parler au téléphone.

— *Grazie*. En plus d'être très jolie, vous êtes extrêmement efficace.

Bluffé, Michael leur emboîta le pas vers la sortie et salua Ballini dans un semi-brouillard. Comme si elle faisait ça tous les jours, sa soi-disant épouse s'accrocha à son bras pour être sûre de ne pas trébucher sur les pavés et inspira l'air frais de la nuit. Ils marchèrent un moment en silence. Finalement, Michael avoua :

— J'ai cru que tu allais tout ficher en l'air.

Le rire cristallin de Maggie caressa ses tympans, ainsi qu'une autre zone de son corps qui se durcit immédiatement sous l'effet du désir.

— Je sais. J'avais juste envie de te faire une petite frayeur. Si tu avais vu ta tête quand tu t'es levé pour partir avant que ça ne dégénère, c'était trop drôle ! Tu pensais vraiment que j'étais incapable de gérer ce genre de situation ?

La vérité le heurta comme un coup de poing. Oui, il le pensait. Parce que l'alternative lui faisait une peur bleue. Car si Maggie n'était pas ce qu'elle laissait voir, elle était forcément plus. Une femme profonde, courageuse et passionnée, dotée de trop de charme et d'intelligence pour supporter un homme. Une femme qui valait mieux qu'une aventure d'une nuit.

Une femme qui méritait qu'on sacrifie tout pour elle.

Le cœur battant, il sentit le parfum de Maggie l'envelopper. Elle l'entraîna vers le stand d'un glacier où elle commanda deux glaces au chocolat qu'elle s'empressa de payer avant qu'il sorte son portefeuille. De nombreux couples flânaient main dans la main sur la place, et il décida de laisser un moment ses soucis de côté pour profiter de l'instant.

— Tu vois cette fontaine là-bas ? demanda-t-il.

— Oui.

— Une nuit, Max et moi nous sommes mis au défi de nous y baigner nus.

— Vraiment ? Vous l'avez fait ?

— Max l'a fait. Je l'ai soudoyé pour qu'il y aille le premier et, au moment où il entrait dans l'eau nu comme un ver, un de nos voisins qui sortait son chien nous a vus. Autant te dire qu'on a filé à toute allure, mais Max a dû laisser ses vêtements sur place.

— Quel était le but de ce défi ?

— Voir lequel d'entre nous était le plus couillu, bien sûr.

Le rire de Maggie résonna dans la nuit. Michael baissa les yeux vers elle. Il lui restait un peu de chocolat à la commissure des lèvres. Son visage était rayonnant, ouvert, empreint d'une douceur qu'il ne lui avait jamais vue. Alors, sans réfléchir, il se pencha sur sa bouche.

Il ne s'attarda pas, se contentant de sentir le goût du chocolat, du vin rouge et de Maggie. Elle lui rendit son baiser, détendue comme si elle aussi souhaitait profiter de ce moment volé. Quand ils s'écartèrent l'un de l'autre, quelque chose avait changé entre eux, mais ni l'un ni l'autre ne semblait prêt à comprendre quoi. Elle jeta son pot de glace vide dans une poubelle et ils rentrèrent à pied sans un mot.

Mais n'était-il pas déjà trop tard pour nier ce qui se tissait entre eux ? se demanda Michael. Trop tard pour continuer à croire à ce *faux* mariage sans lien ni sentiment ?

7

— C'est bon, Decklan, enlève-le maintenant.

Le pantalon de Decklan tomba au sol. La lumière vive des spots soulignait la ligne saillante de ses muscles sous sa peau huilée. Son caleçon collait à la zone la plus essentielle de son anatomie, laissant le reste de son corps entièrement nu. Maggie se mit aussitôt à réfléchir à la meilleure manière de le mettre en valeur. Tous les mannequins embauchés par le couturier pour cette prise de vue étaient des nouveaux, ils manquaient d'expérience.

À l'aise dans son rôle, elle se laissa guider par son appareil photo, captivée, l'esprit vide de pensées. Elle n'était jamais aussi heureuse que derrière un objectif, comme si le voyeur en elle se libérait enfin avec la certitude de pouvoir pénétrer dans l'intimité d'un autre tout en gardant ses distances. Elle aimait repousser les barrières et sortir des zones de confort pour chercher le cliché parfait, et elle ne renonçait jamais avant de l'avoir trouvé.

Ruisselante de sueur sous la chaleur des spots, elle décréta une pause et vida d'un trait une bouteille d'eau. Sa maquilleuse avait entraîné Carina dans son antre pour la relooker. Maggie eut un sourire en repensant à l'expression de la jeune fille lorsqu'elle avait aperçu les hommes à moitié nus sur la scène ; on aurait dit une acheteuse compulsive entrant dans la boutique d'un grand couturier un jour de vente privée. Avec un peu de chance, Carina prendrait confiance en elle et s'amuserait, et elle pourrait rendre Michael de meilleure humeur.

Michael... À cette évocation, elle revit le moment où il l'avait plaquée au mur avant d'ouvrir son corsage pour s'emparer de ses seins. Un frisson la parcourut et une douce chaleur s'éveilla entre ses cuisses. Que lui arrivait-il ? C'était la première fois qu'un homme lui faisait un tel effet. Elle s'était déjà sentie attirée, bien sûr. Mais ce désir brut et irrépressible ? Jamais.

Pour autant, elle s'était montrée stupide, n'avait rien vu venir. La douceur avec laquelle Michael l'avait prise dans ses bras avait trompé sa vigilance. Les hommes pensaient qu'elle n'aimait pas les marques de tendresse, et, en général, ils avaient raison. Mais à quand remontait la dernière fois où un homme l'avait serrée contre lui juste pour la réconforter, sans qu'il soit question de sexe entre eux ?

Le pire, cependant, était le baiser d'hier soir. Doux, tendre et empli de promesses.

Peut-être que si elle couchait avec lui, son désir se calmerait. Ça lui faisait toujours cet effet-là, non ? Une nuit bien chaude et transpirante lui permettrait probablement de le chasser de son esprit et de finir la semaine tranquillement, débarrassée de cet afflux d'hormones juvéniles.

Elle reposa sa bouteille et contempla les trois mannequins alignés face à elle. Trois corps parfaits, huilés, prêts à être photographiés. Mais, quelque chose manquait. Quoi ?

Un simple coup d'œil suffisait pour comprendre que les sous-vêtements portaient la griffe d'un grand couturier ; pourtant, si elle faisait mal son job, ils ressembleraient juste à d'autres Calvin Klein et ne sortiraient pas du lot. Hors de question qu'elle se contente d'un résultat médiocre. Frustrée, elle se mordilla la lèvre en réfléchissant.

Soudain, l'expression des trois hommes se transforma. Intriguée, Maggie regarda par-dessus son épaule.

Waouh !

Carina se tenait devant elle. Sous les doigts habiles de la maquilleuse, la jeune fille s'était transformée en femme. Une légère couche de fond de teint et un peu de rose à joues couleur pêche rendaient sa peau lumineuse, comme éclairée de l'intérieur. Le khôl et le rimmel qui accentuaient l'intensité de son regard sombre combinés à la touche de brillant sur ses lèvres pulpeuses lui donnaient une expression irrésistible, à la fois virginale et tentatrice, que soulignaient encore les boucles brunes encadrant son visage. Elle portait le même jean, mais avait échangé son tee-shirt contre une chemise transparente sous un gilet rouge qui laissait discrètement deviner la courbe généreuse de sa poitrine.

Maggie éprouva un réel plaisir en voyant Carina s'avancer vers elle d'un pas confiant. À en juger par la réaction des trois hommes sur la scène, elle avait atteint son objectif.

— Tu es splendide ! s'exclama-t-4elle en touchant les mèches brunes de la jeune femme. Ça te plaît ?

Carina hocha la tête avec véhémence.

— Je n'arrive pas à croire que je ressemble à ça.

— C'est pourtant le cas. Et j'ai l'impression que mes modèles trouvent ça très réussi, eux aussi.

À ces mots, Carina s'empourpra et se dandina d'un pied sur l'autre, avant de lancer un coup d'œil auxdits modèles. Ceux-ci semblaient sous le charme de cette fille qu'ils n'avaient pratiquement pas remarquée avant sa transformation. Sans doute un effet de ce troublant mélange d'innocence et de sensualité qui, allié à sa nouvelle confiance en elle, rendait Carina aussi irrésistible que le chant des sirènes. *Rien de plus séduisant qu'une femme qui s'aime elle-même,* songea Maggie. Tout à coup, une expression particulière sur leurs traits attira son attention, une émotion que l'on voyait rarement sur le visage d'un homme, et...

Eurêka !

Son cœur se mit à battre à toute allure dans sa poitrine. Le cliché parfait. Juste là, devant elle.

— Viens avec moi.

Elle saisit Carina par la main et l'entraîna jusqu'à la scène. Le temps de modifier légèrement le décor, de changer son appareil de place et d'ajuster la lumière, et elle lançait :

— Decklan, Roberto, Paolo, je vous présente Carina. Elle vient avec vous.

— Quoi ? s'étrangla Carina.

Maggie la plaça dans l'ombre, à la limite de la scène.

— Croise tes bras comme ça, indiqua-t-elle en lui faisant prendre une pose nonchalante appuyée au mur. À présent, regarde par la fenêtre d'un air rêveur, comme si tu pensais à quelque chose d'agréable. Ne t'inquiète pas, tu es dans l'ombre ; on ne verra pas ta figure. D'accord ?

— Mais je ne peux...

— S'il te plaît ?

Carina hésita, puis hocha lentement la tête. Le visage tendu, elle essaya de faire ce qu'on lui demandait. Maggie pivota vers les mannequins, qu'elle disposa en ligne brisée. Loin de la déranger, le léger renflement sous leurs sous-vêtements représentait exactement ce qui manquait pour une prise de vue parfaite.

— Écoutez-moi. Votre objectif est là, déclara-t-elle en désignant Carina, qui semblait de plus en plus mal à l'aise. Imaginez que vous vous approchez d'elle, que vous lui donnez son premier baiser, la sensation d'être femme pour la première fois. C'est ça que je veux. Maintenant.

Elle attrapa son appareil et, tout en criant ses instructions, se déplaça telle une folle pour capturer l'insaisissable, l'innocence, le désir, la tentation... C'était beaucoup plus que des photos de sous-vêtements. Ce que les gens achèteraient, c'était avant tout de l'émotion.

Bientôt, elle oublia tout le reste. Finalement, quelque chose apparut sur les traits de Carina. Un léger sourire s'installa sur ses lèvres. Les hommes bougèrent, l'examinèrent, puis...

Clic.

Elle l'avait !

Une sensation de satisfaction l'envahit, et elle se détendit, soulagée.

— C'est bon. On a fini. Excellent !

Les trois mannequins et le reste de l'équipe approuvèrent en chœur. Souriant de plaisir, Maggie pivota et se retrouva nez à nez avec son mari.

Oh, oh...

Il se tenait devant elle, en costume Armani noir, chemise bleu roi et cravate rouge. Le calme de son attitude contrastait avec le trouble qui faisait étinceler ses yeux noirs. Son regard glissa sur elle, avant de se fixer de nouveau sur la scène. Le rire de Carina s'élevait dans l'air, et Maggie n'eut pas besoin de se retourner pour deviner qu'elle était en train de discuter et flirter avec Decklan. Un mannequin en string.

Aïe.

Elle sentit la peur la gagner et se raidit pour la refouler.

— Je peux t'expliquer.

— Je n'en doute pas, répondit-il dans un murmure glacé.

Pourquoi avait-il cet air farouche, sauvage ? Comme s'il voulait la pousser à plonger sous la surface policée et découvrir toute la virilité primitive qui se dissimulait au-dessous. Il avait grandi dans une famille aisée, affectueuse, sans problèmes particuliers. Le genre d'hommes qui, bien qu'elle n'ait aucun jugement à leur égard, la laissaient généralement froide. Mais pas lui. Michael semblait avoir tellement d'aspects différents qu'elle avait l'impression qu'il faudrait des années pour tous les découvrir et qu'il ne cesserait jamais de la surprendre. Heureusement, elle n'avait aucune intention d'explorer plus avant les méandres de son tempérament italien.

— Eh bien, comme je savais que tu n'apprécierais pas qu'elle reste là à regarder les mannequins en sous-vêtements, j'ai proposé à Carina de profiter de la présence de ma maquilleuse pour se faire faire une beauté.

— C'est pour ça que je la vois sur la scène en train de discuter avec ces mêmes mannequins entièrement nus ? l'interrompit Michael d'un ton tranchant. Par souci de protection ?

Maggie grimaça. Elle ne s'était pas attendue à ce que les choses prennent cette tournure.

— Laisse-moi finir. D'abord, ils ne sont pas nus. Donc, il se trouve que j'ai eu des difficultés avec cette prise de vue et qu'elle a duré plus longtemps que prévu. Du coup, Carina m'a rejoint, et elle avait l'air tellement contente de son nouveau look, tellement plus confiante en elle-même... Les modèles ont remarqué son expression, et alors c'était incroyable, vraiment... C'est la première fois depuis que je fais ce travail que je rencontre quelque chose d'aussi pur. Je devais à tout prix saisir cette expression pour faire la différence avec tout ce qu'on voit habituellement.

— Pur !? répéta-t-il, le regard étincelant de colère. Tu te sers de ma petite sœur pour faire baver des hommes à poil et tu me parles de pureté ? C'est ça, ta défense, Maggie ? Jusqu'où serais-tu prête à aller pour vendre tes photos de pub ?

Waouh ! Maggie sentit sa peur se volatiliser d'un coup. Comment osait-il ?

— Ils. Ne. Sont. Pas. Nus, répéta-t-elle en détachant chaque mot avec hargne. Tu déformes mes paroles, comte. Quant à savoir jusqu'où je serais prête à aller au nom du véritable amour, je te rappelle que je vais déjà très loin en faisant semblant d'être ta femme !

— Tu ne le fais pas au nom du véritable amour, *cara*, rappela-t-il, son visage furieux à quelques centimètres du sien. N'oublie pas que tu as demandé un sacrifice en échange.

— C'est exact. Je suis tellement désolée de ne pas te laisser baver devant ma belle-sœur et lui faire les yeux doux dès que son mari a le dos tourné.

Il la dévisagea, incrédule.

— Tu es folle. Je t'ai répété mille fois que je n'étais pas amoureux d'Alexa. Il faut que tu arrêtes de fantasmer et de tout vouloir contrôler autour de toi. De toute façon, ce n'est pas le sujet. Pour l'instant, on parle de ce que tu as fait avec Carina.

— Je l'ai placée dans l'ombre ; il est impossible de la reconnaître. Je ne l'aurais jamais mise dans une situation malsaine.

— C'est pourtant ce que tu as fait !

— Michael ?

Bondissant entre eux, Carina sauta au cou de son frère. L'expression de ce dernier se transforma aussitôt, laissant place à un mélange d'affection et d'inquiétude qui révélait son embarras. Manifestement, il voyait sa petite sœur grandir et ne savait plus comment s'y prendre avec elle, devina Maggie.

— Tu m'as vue là-haut, Michael ? s'enquit-elle d'une voix surexcitée. Comme une vraie mannequin ?

— Tu étais magnifique, *cara*. (Il prit une de ses boucles entre ses doigts.) Qui t'a coiffée comme ça ?

— La maquilleuse de Maggie. Elle m'a relookée. Tu verrais comment ta femme travaille. C'était la première fois que je participais à une séance photo, c'est vraiment cool. Je vais peut-être être dans une vraie publicité, et les mannequins sont super sympas. Decklan m'a proposé d'aller dîner avec eux ce soir, et...

— Non ! coupa-t-il, les sourcils froncés. Je suis ravi que tu te sois amusée, mais la séance photo est terminée. Il est hors de question que tu sortes avec des inconnus. D'ailleurs, je te rappelle que tu fais du babysitting pour l'oncle Brian ce soir.

Maggie ouvrit la bouche pour intervenir et la referma aussitôt. Non, elle ne s'en mêlerait pas. Carina n'était pas vraiment sa belle-sœur, elle ne faisait pas partie de la famille de Michael et n'était pas sa femme.

Carina soutint le regard de son frère.

— Je garde ses enfants presque tous les samedis pendant que les autres s'amusent et sortent ensemble, protesta-t-elle.

— Je ne discute pas, assena Michael en se passant une main sur le visage. Maintenant, sois gentille et va te débarbouiller afin que nous puissions partir. Nous avons rendez-vous au consulat dans moins d'une heure.

Silence.

Maggie fit la moue. La situation était en train de virer au désastre. Comme on regarde un train dérailler sans rien pouvoir faire pour éviter la catastrophe, elle vit le visage de Carina se crisper. Celle-ci porta une main à sa bouche pour s'empêcher de pleurer, mais sa voix trembla quand elle répondit :

— Pourquoi ne peux-tu pas te rendre compte que je ne suis plus une enfant et me respecter ? Si seulement tu étais resté en Amérique !

Sur ce, elle sortit du studio en claquant la porte.

Maggie ferma un instant les yeux. Et merde !

Michael poussa une série de jurons très créatifs en italien et se mit à marcher de long en large en marmonnant. Sa prétendue épouse le regarda faire sans intervenir, tiraillée entre son envie de le réconforter tant il semblait perdu et de le gifler pour qu'il accepte enfin la réalité.

Elle opta pour un compromis.

— Michael... commença-t-elle en venant se placer juste devant lui.

Emporté par son élan, il faillit la percuter avant de s'arrêter.

— Je ne comprends rien, c'est ça ? Je devrais la laisser sortir et boire avec une bande de types qui gagnent leur vie en s'exhibant nus et se perdre à tout jamais ? Nous sommes l'une des plus riches familles d'Italie. Elle est trop jeune ! Quelqu'un pourrait la kidnapper pour obtenir une rançon. Et que signifie cette lubie ? Cela fait des années qu'elle garde les enfants de Brian ; jusqu'à aujourd'hui, elle ne s'en était jamais plainte. Au contraire, elle adorait ça. Et tout à coup, elle décide de transformer ses habitudes et d'aller traîner en ville au risque de se faire enlever ? Non, c'est hors de question !

Maggie pinça les lèvres pour ne pas éclater de rire. Le discours de Michael était tellement ridicule. Dès qu'il s'agissait de Carina, le comte fier et autoritaire se changeait en papa ours grognon qui refusait de voir que sa petite fille avait grandi. À vingt-six ans, il était grand temps que Carina vive sa vie sans avoir de comptes à rendre à qui que ce soit. Toussotant derrière sa main, Maggie s'efforça de prendre un air grave.

— Tu as raison. Moi non plus, je ne la laisserais pas sortir et boire avec n'importe qui.

Il plissa les yeux comme s'il la mettait au défi de se moquer.

— Écoute, reprit-elle en levant les mains devant elle en signe d'apaisement, je ne doute pas que tes neveux soient adorables, mais Carina est invitée à dîner par un jeune homme plein de charme et elle a envie d'y aller. Tu ne peux pas lui en vouloir, pas vrai ?

— Parce que, toi, tu la laisserais y aller ? s'insurgea-t-il.

— À certaines conditions. Je ne connais pas suffisamment ce groupe de jeunes gens pour la laisser sortir seule avec eux. En revanche, j'ai une amie proche que je passe voir chaque fois que je viens à Milan qui pourrait l'accompagner. Elle a une fille de l'âge de Carina, et j'ai une confiance totale en elle. Si elle est libre, elle pourra veiller sur Carina et la reconduire après le dîner. Sinon, je suis d'accord avec toi : Carina ne peut pas y aller seule. Mais au moins, elle aura l'impression que tu t'efforces de trouver des solutions.

Il soupira.

— Comment fait *mama* pour gérer tout ça ? Carina est d'un naturel calme et réservé d'habitude. Que lui arrive-t-il ? Pourquoi refuse-t-elle d'obéir ?

— Pourquoi tiens-tu tellement à l'empêcher de grandir ? répondit Maggie avec douceur.

Il releva la tête. L'espace d'un instant, elle perçut du chagrin et de la peur dans les profondeurs de son regard sombre. Elle lui caressa la joue.

— J'ai promis, murmura-t-il d'une voix à peine audible.

Elle sentit son cœur se serrer devant la détresse de Michael, mais son instinct la poussa à creuser plus profondément.

— À qui as-tu promis, Michael ?

— Mon père. Avant qu'il meure. Je suis responsable d'eux tous.

Son assurance habituelle s'était totalement évanouie. Maggie prit conscience du poids qui pesait sur ses larges épaules. Il ne lui serait pas venu à l'idée que quelqu'un puisse prendre un tel engagement à la lettre, mais manifestement Michael s'estimait responsable des succès et des échecs de chaque membre de sa famille. Comment dans ce cas ne pas stresser et s'angoisser dès qu'il fallait prendre une décision concernant l'un d'eux ?

Seigneur, comment faisait-on pour effectuer des choix difficiles à la place les autres ? Elle était d'autant plus mal placée pour répondre à cette question qu'elle n'avait jamais eu à s'occuper de personne à part elle-même. Tous les hommes qu'elle connaissait auraient jeté l'éponge depuis longtemps. Mais pas lui. Lorsqu'une personne intégrait son cercle, Michael en prenait soin pour toujours.

L'envie d'être celle qu'il protégerait aussi passionnément monta soudain en elle, ébranlant son corps, son esprit et son âme. Comment serait-ce d'être désirée aussi totalement par lui ?

Sa gorge se serra d'émotion. Le parfum épicé de Michael l'enveloppait, elle percevait sa chaleur à travers ses vêtements. Elle mourait d'envie d'ouvrir sa chemise et de glisser les doigts sur sa peau nue, de s'ouvrir à lui, le laisser plonger en elle, et mettre fin à cette douleur lancinante à l'intérieur de son corps. Au lieu de quoi, elle ôta sa main de la sienne et se recula. Même si elle en avait parfois assez de fuir, c'était encore ce qu'elle faisait le mieux.

— Si on ne les laisse pas commettre des erreurs de temps à autre, comment apprendront-ils ? fit-elle valoir avec douceur. Carina t'adore. Mais elle a besoin de respirer un peu. (Elle marqua une pause avant de poursuivre :) Les tiens ont de la chance de t'avoir pour veiller sur eux. Maintenant, laisse-moi appeler mon amie pour voir si on peut arranger ça.

Elle sortit son smartphone et composa le numéro.

Michael scruta la porte close en attendant que sa sœur ressorte. *Dio*, il était coincé dans un enfer de femmes et n'apercevait aucune issue de secours. D'accord, Venezia aussi avait traversé une période difficile, mais dès qu'elle était tombée amoureuse de Domenico, elle s'était calmée, et il avait pu se détendre. Bien sûr, sa décision de mener une carrière en dehors de l'entreprise familiale avait causé quelques éclats et il la regrettait toujours, mais ce n'était rien en comparaison du risque de voir se faner la douce innocence de Carina.

Julietta avait été un souffle d'air frais. Indifférente aux garçons, elle avait eu un parcours impeccable et prouvé sa valeur professionnelle. Sa capacité à se fixer un objectif et à le suivre associée à un sens aigu des affaires lui rappelait tellement *mama*. Car si leur père avait pu transformer *La Dolce Famiglia* en une chaîne de magasins nationale, et bientôt internationale, c'était en grande partie grâce à la vision et aux conseils de leur mère.

Carina était différente. En tant que cadette, elle avait toujours été la petite fille de papa et appréhendait la vie avec une légèreté assez inhabituelle dans la famille. Facilement submergée par ses émotions, elle voyait des choses qui échappaient aux autres et accordait sa confiance avec une facilité qui avait toujours inquiété leur père.

À cette idée, il se rappela la scène au chevet de son père mourant. Sa promesse de protéger la famille, prendre soin des filles et développer l'entreprise familiale. Il n'avait pas le droit à l'erreur.

Le front moite, il jeta un coup d'œil aux trois hommes qui attendaient Carina. Ils étaient plus âgés qu'elle, cela crevait les yeux. Était-ce une folie d'envisager de la laisser sortir avec eux ?

Il alla prendre une bouteille d'eau dans le petit réfrigérateur et dévissa le bouchon avec hargne. Sa prétendue épouse avait encore fait des siennes. Par sa faute, sa petite sœur venait d'être photographiée dans une publicité pour des sous-vêtements masculins, elle s'était fait « relooker », et elle allait sortir le soir avec des mannequins. Quelle mouche l'avait piqué d'emmener Maggie en Italie ?

Ah oui, il avait besoin d'une épouse…

Il vida la bouteille, puis se tourna vers Maggie. Son cœur bondit dans sa poitrine quand leurs regards se croisèrent. Bon sang, ce que c'était énervant ! Il commençait à s'habituer à ce courant électrique qui passait entre eux, cette lueur qui s'allumait au fond des yeux de chat de Maggie et lui donnait envie de repousser les limites. Cette attirance physique ne l'inquiétait pas vraiment.

Non, ce qui lui posait problème venait d'ailleurs.

Principalement de la capacité de sa prétendue femme à le surprendre. Ainsi, il s'était attendu à ce qu'elle établisse une certaine intimité entre elle et ses modèles pendant le travail. Il n'avait jamais participé à une prise de vue et avait été immédiatement fasciné par l'œil aiguisé et l'aisance de Maggie. Bien sûr, en arrivant, il avait surtout remarqué la présence de Carina sur scène, mais très rapidement, Maggie avait capté son regard, lui faisant oublier tout le reste. Elle avait une façon de diriger et de tout contrôler, qui loin d'effrayer les modèles, les rassurait et les encourageait. Oh, bien sûr, elle leur faisait un peu de charme, c'était dans sa nature. Mais en l'étudiant plus attentivement, il avait repéré tellement plus sous les ondulations de surface, un peu comme s'il découvrait un corail éclatant sous des algues boueuses.

Maggie gardait toujours ses distances.

Pas physiquement. Elle touchait même ses modèles assez souvent, n'hésitant pas si nécessaire à ajuster le renflement sous leurs minuscules strings en plaisantant. Mais on sentait dans ses gestes un détachement tranquille qui la protégeait aussi certainement qu'un buisson de ronces. « On regarde, mais on ne touche pas. On touche, mais on ne ressent pas. » Elle emprisonnait et contrôlait ses émotions jusqu'à l'étranglement. Or, quand elle le regardait, lui, elle semblait tentée de lui offrir plus. Et il mourait d'envie de recevoir plus.

Que répondrait-elle s'il le lui demandait ? Non, probablement. Par fierté. Et parce qu'elle était persuadée depuis leur première rencontre qu'il était amoureux de sa meilleure amie. Tout conspirait à aboutir à une fin de non-recevoir.

À moins qu'il prenne sans demander.

Son pantalon moulant, sa tunique sans manches assortie et ses sandales aux talons vertigineux soulignaient ses courbes délicates et la souplesse gracieuse de chacun de ses mouvements. Ses mèches blondes dansaient sur ses épaules, caressant sa gorge, ses joues et parfois même les ailes minces de ce nez qui semblait toujours le toiser. Son âme italienne brûlait de devenir le prince qui briserait ces défenses infranchissables.

Il la voulait.

La voix de Maggie qui l'appelait le tira brusquement de ses pensées. Elle lui montra son téléphone en lui faisant signe d'approcher.

— C'est bon, Sierra est libre, indiqua-t-elle. Elle nous rejoint ici dans quelques minutes, et est OK pour raccompagner Carina ce soir. Tu peux lui faire confiance. À toi de voir, maintenant…

À l'idée de laisser sa sœur partir avec des hommes et une femme qu'il ne connaissait pas, son pouls s'accéléra. Malgré tout, il ne pouvait s'empêcher de penser que Maggie avait raison. S'il ne la laissait pas vivre ses expériences et se tromper, il risquait de faire pire que mieux. Il n'avait pas le droit à l'erreur. Carina et la promesse qu'il avait faite à son père étaient trop importantes.

— Maggie, tu es sûre que Carina est entre de bonnes mains avec cette femme ?

Une ombre glissa dans le regard de sa fausse épouse, comme une vieille douleur, un regret.

— Oui. Crois-moi, je ne lui confierais pas Carina si je pensais qu'elle courait le moindre danger. Je connais bien Sierra, elle veillera sur ta sœur.

Il acquiesça d'un signe de tête.

— D'accord. Je vais parler à Carina.

— Me parler de quoi ?

Il pivota vers sa sœur. Elle se tenait debout face à lui, les yeux brillants et le menton redressé en signe de défi. Bien qu'elle ne se soit pas totalement démaquillée, elle avait passé son visage à l'eau, et il eut l'impression de retrouver la vraie Carina. En mieux, force lui était de l'admettre.

— Maggie a demandé à une amie de t'accompagner, annonça-t-il.

Carina poussa un petit cri ravi.

— *Dio !* Tu es sérieux ? Vraiment, je peux y aller ?

— Oui, à condition de respecter les règles : dès que tu arrives quelque part, tu m'envoies un texto pour me dire où tu es. Tu ne quittes pas Sierra et tu rentres à la maison avec elle. Et avant que vous partiez, j'aimerais dire quelques mots à ces garçons. (Il désigna les mannequins qui, en jean et tee-shirt, étaient en train de se peigner.) *Capisce ?*

— *Si. Grazie*, Michael, approuva aussitôt Carina avec une expression de joie et d'enthousiasme qui lui réchauffa le cœur.

— Les clichés sont prêts, déclara Maggie.

Tout le monde se regroupa autour de l'ordinateur sur lequel les photos défilèrent les unes après les autres. Il écouta Maggie les commenter, pointant les défauts et les faiblesses de chacune, mais aussi ce qu'elle aimait ou trouvait moins intéressant. Il n'y avait aucune hésitation dans ses jugements. Elle s'exprimait avec l'assurance d'une vraie professionnelle, une confiance en elle qui le ravit. Malgré son éducation traditionnelle, il avait toujours aimé les femmes indépendantes qui savaient s'affirmer. Les femmes qui avaient du caractère. Malheureusement, la plupart de ses petites amies avaient envie qu'il s'occupe d'elles et les prenne en charge.

Un nouveau cliché apparut sur l'écran, et le silence se fit. Michael retint sa respiration.

— C'est ça, murmura Maggie. Je l'ai.

Michael regarda plus attentivement l'image. Carina était accotée à un mur invisible, le regard perdu au loin. Son visage formait une tache lumineuse dans la pénombre, et l'on distinguait mal ses traits rendus flous par le contraste et les épaisses boucles brunes qui retombaient sur ses yeux. Tout en elle exprimait l'attente, le rêve...

Les trois modèles derrière elle étaient placés de manière à mettre le produit en valeur sans pour autant donner l'impression de poser. Ils semblaient cloués sur place par l'apparition d'un ange qu'ils fixaient avec une sorte d'émerveillement et de désir sacré. L'émotion contenue qui se lisait dans leurs corps était si puissante qu'elle happait l'attention, obligeant à s'arrêter pour mieux regarder.

Le chargé de production poussa un sifflement admiratif et claqua sa main dans celle de Maggie.

— Alors, Michael, est-ce que je peux l'utiliser ? interrogea-t-elle.

Carina secoua la tête, les yeux toujours fixés sur le cliché.

— Comment as-tu fait ça, Maggie ? murmura-t-elle, incrédule. C'est magnifique.

Maggie lâcha un petit rire.

— Ça fait partie de mon boulot. Mais c'est toi, la star. C'est ta beauté qui rayonne.

Michael vit sa sœur s'empourprer et danser d'un pied sur l'autre dans un mélange de gêne et de ravissement. Bon sang, comment Maggie se débrouillait-elle pour savoir ce dont sa sœur avait besoin ?

D'accord, c'était une femme, mais en même temps, elle n'arrêtait pas de clamer son désintérêt pour tout ce qui passionnait généralement ses congénères : la cuisine, les commérages, les enfants, les histoires sentimentales. En tout cas, ça ne l'avait pas empêchée de faire à Carina un compliment qui venait du cœur, sans chichis ni mièvrerie.

Michael déposa un petit baiser dans les cheveux de sa sœur. Puis il plongea son regard dans le sien, qui n'était plus un regard de petite fille.

— Elle a raison, tu es belle, assura-t-il. Oui, Maggie, tu peux l'utiliser.

L'émotion soudaine qui lui serra la gorge l'obligea à se détourner vivement pour sortir dans le couloir.

8

Elle avait l'autorisation de se marier civilement en Italie quand elle le souhaiterait. Aujourd'hui. Maintenant.

Maggie enjamba la baignoire et se glissa sous la surface mousseuse en soupirant. Des gouttelettes jaillirent, s'irisant dans la lumière du soir. Elle s'immergea avec délice dans l'eau brûlante en réfléchissant.

Leur visite au tribunal de Milan l'avait terrorisée. Il y avait une sacrée différence entre raconter à tout le monde qu'on allait se marier en sachant que c'était faux et remplir les papiers officiels en vue d'un authentique mariage. Après avoir signé l'*Atto Notorio* en présence de deux témoins, puis demandé, fait tamponner et rempli une pile de formulaires, ils avaient obtenu leurs *Nulla Osta,* le document final qui les autorisait l'un et l'autre à s'épouser en Italie.

Maggie secoua la tête. Grâce aux origines nobles de la famille et à ses nombreuses relations, la mère de Michael avait réussi à accélérer le processus administratif, et ils avaient bouclé en un après-midi ce qui, pour d'autres, aurait réclamé plusieurs jours. Maggie leva sa main et contempla une fois encore le diamant étincelant de son alliance. Le plan de Michael semblait inattaquable. Il ferait patienter sa mère jusqu'à ce que Venezia soit mariée, puis lui annoncerait qu'ils avaient eu une terrible dispute et s'étaient séparés.

Plan tordu mais nécessaire. Maggie poussa un autre soupir, de bien-être cette fois, en s'abandonnant aux effluves apaisants du bois de santal. Les extrémités auxquelles était prêt Michael pour venir en aide à sa sœur la stupéfiaient. Il aurait pu blesser sa mère en se moquant de ses valeurs désuètes et ridicules ou laisser sa sœur se débrouiller seule avec cette histoire. Mais non, il avait pris tout le poids sur ses épaules et avait élaboré une solution susceptible de contenter tout le monde.

À part lui.

Parcourue d'un frisson, elle posa une main sur sa poitrine qu'elle caressa doucement. Quel genre de femme rendrait Michael heureux ? Une compagne douce et peu exigeante ? Pourtant, ne risquait-il pas de s'ennuyer rapidement avec ce genre d'épouse ? Qu'est-ce que ça pouvait bien lui faire, après tout ? Pourquoi se posait-elle cette question ?

Parce qu'elle le désirait.

La vérité s'imposa à elle avec la force d'un coup de poing. Bien sûr, l'attirance physique entre eux n'était pas une nouveauté. L'ennui, c'est qu'à force de dormir dans le même lit que lui et de le voir dans son élément ses hormones commençaient à s'agiter de manière obsédante. Elle avait envie d'assouvir une bonne fois pour toutes son besoin et passer à autre chose. Finalement, il y avait un maximum de chances pour que cela se déroule comme d'habitude, qu'elle se réveille rassasiée au petit matin et reprenne ses activités tranquillement comme si rien ne s'était passé. Rien n'était pire que ce sentiment de vide qui lui vrillait les entrailles quand elle se retournait et découvrait que l'homme allongé près d'elle n'était pas « le bon », qu'elle ne rencontrerait jamais « le bon ». Oui, une bonne nuit de sexe représentait le meilleur moyen de calmer ses ardeurs.

Mais qu'en penserait Alexa ?

Elle se mordilla la lèvre, pensive. Même s'il refusait de le reconnaître, Michael était amoureux d'Alexa. Sauf qu'à leur retour il ne la verrait plus et ne risquerait plus de mettre le bazar dans son couple. Et puis, il ne s'agissait que de sexe. Personne d'autre n'avait besoin d'être au courant, pas même sa meilleure amie. Michael et elle étaient adultes et capables d'avoir une relation purement sexuelle sans que personne y trouve rien à redire.

Elle voulait faire l'amour avec Michael Conti. À cette idée, un frisson d'excitation lui parcourut l'échine. Ses mamelons durcirent sous l'eau. Elle ne risquait pas de se retrouver en deuxième position puisque c'était elle qui fixait les règles.

Oh oui…

Son fantasme explosa quand la porte s'ouvrit.

Avec un petit cri aigu, elle s'enfonça plus profondément sous la mousse. Michael entra, un verre de vin blanc dans une main, une assiette de choux dégoulinants de crème dans l'autre, et un large sourire sur le visage.

— *Buongiorno, cara*. Le bain est agréable ?

Luttant pour ne pas rougir comme une collégienne, elle répliqua :

— Tu es dingue, ou quoi ? Qu'est-ce que tu fais ici ? Comme disent la plupart des femmes mariées : j'ai la migraine.

Ce qui lui valut un ricanement amusé.

— Ah, j'ai déjà entendu cette expression sans être marié. Nous venons d'ouvrir nos meilleurs crus de pinot gris et j'ai pensé que tu apprécierais de le goûter dans ton bain.

Elle fronça les sourcils.

— Ah, d'accord. Merci, lâcha-t-elle avec raideur en prenant le verre qu'il lui tendait. Tu peux poser l'assiette au bout de la baignoire.

Il s'exécuta et la dévisagea. Refusant de se laisser troubler, elle soutint son regard direct et ardent, soufflant sur la mèche qui lui tombait devant les yeux.

— Tu peux sortir maintenant.

Comme s'il n'avait rien entendu, il s'assit sur le rebord de la baignoire, à quelques centimètres d'elle. Il avait échangé son costume contre un jean et une chemise blanche. Étrangement, ses pieds nus et ses cheveux tombant sur les épaules soulignaient l'élégance nonchalante de sa tenue, le rendant plus sexy que jamais. Maggie eut l'impression qu'il absorbait tout l'oxygène de la pièce, qu'il n'en restait plus assez pour elle. Il émanait de lui un érotisme presque surnaturel, comme s'il était une sorte de superhéros sexuel. Que lui arrivait-il ?

Elle attendit qu'il prenne la parole, mais vu qu'elle était nue, il ne semblait pas particulièrement pressé de le faire. Finalement, elle lança :

— Qu'est-ce que tu fais encore ici ?

— J'ai envie de discuter.

— Parfait. Eh bien, tu n'as qu'à te déshabiller et t'installer, ironisa-t-elle.

Il ne bougea pas, mais une expression nouvelle apparut sur ses traits, sauvage, carnassière.

— Tu es sûre de ta proposition ?

Bon sang, pourquoi ses réparties narquoises produisaient-elles toujours l'inverse de l'effet recherché avec lui ? Pourquoi ne partait-il pas ? Une lueur de défi s'alluma dans les yeux de Michael et elle sentit avec horreur son propre corps réagir. Elle perçut la caresse de l'eau sur ses cuisses nues, et ses seins se durcirent. Elle retint son souffle quand Michael parcourut du regard son corps à moitié dissimulé par la mousse. Seigneur, que lui arrivait-il ?

Changeant de tactique, elle demanda :

— De quoi veux-tu « discuter » ?

— Notre marché.

— Tout se passe comme prévu, non ? Les papiers sont remplis et ta mère ne met pas notre mariage en doute. Tu as vu le nombre de questions qu'elle a posées pour s'assurer que tout était en ordre ? Elle est maligne.

— C'est le moins qu'on puisse dire.

— J'ai fait tout ce qu'il fallait, y compris les magasins pour essayer ma robe de demoiselle d'honneur.

— Parfait.

— Il reste un autre dîner familial vendredi, et... Oh, j'allais oublier, Julietta veut m'emmener visiter la boulangerie demain avec toi.

— Bien.

Elle fronça les sourcils.

— Bon, eh bien puisque tout est réglé, que fais-tu encore ici ?

— J'attends quelque chose.

— Quoi.

— Toi, *cara*.

Son pouls s'emballa. Elle ouvrit la bouche pour répliquer, mais aucun son n'en sortit. Michael était toujours immobile, paisiblement assis sur le bord de la baignoire. Sa posture nonchalante contredisait la fièvre de son regard tandis qu'il la contemplait tel un chat affamé face à une souris appétissante. Et la simple idée qu'il puisse planter les dents quelque part dans sa chair la liquéfiait. Qu'avait-il dit ?

— Qu'est-ce que tu as dit ?

Il sourit.

— Tu as entendu. Goûte...

— Je ne veux pas...

Il tendit le bras et posa le chou à la crème contre ses lèvres. Elle les ouvrit automatiquement et mordit dedans. Les saveurs de la pâte feuilletée et de la crème pâtissière explosèrent dans sa bouche. La substance riche et crémeuse inonda de plaisir son palais et sa langue. Il la regarda manger et essuya avec le pouce un reste de crème sur sa lèvre inférieure. Puis il se lécha le doigt, très lentement.

Maggie sentit une douce tiédeur se répandre dans son bas-ventre, une chaleur humide qui descendait entre ses cuisses et n'avait rien à voir avec l'eau du bain. Michael lui prit alors son verre des mains et le pencha vers ses lèvres. Une goutte du nectar glacé tomba sur sa langue avant de s'écouler le long de sa gorge, lui arrachant un gémissement de plaisir. Il posa la boisson et se pencha vers elle.

— C'est bon ?

Maggie cilla.

Il la tenait sous le charme de son regard. Une barbe de trois jours couvrait ses joues, accentuant encore l'image du gentleman redevenu sauvage. Une enivrante odeur de musc emplissait désormais la salle de bains.

— Euh, oui.

Effleurant ses épaules au passage, il glissa ses mains le long de ses bras jusqu'à la limite de la mousse.

— Quel est ce parfum ?

— Pardon ?

Bon sang, elle avait perdu sa langue, ou quoi ? Elle s'obligea à sortir de l'état d'hébétude dans lequel la mettait le contact de ses doigts juste au-dessus de sa poitrine.

— Bois de santal.

— Il me rend fou. Ton goût me rappellera-t-il la terre et le musc des sous-bois ?

C'était lui qui dirigeait la partie, comprit-elle alors. Et dire que depuis le début, il lui faisait croire qu'elle avait les commandes ! Pas étonnant qu'il l'ait trouvée si amusante. Elle avait les jambes en coton et s'étonnait presque que son bain ne se mette pas à bouillonner tant sa peau la brûlait. Il avait pris son temps et avait fondu sur elle au moment où elle était le plus vulnérable. Pourquoi avait-il brusquement décidé de changer les règles du jeu ? Maggie s'obligea à sortir du brouillard sensuel qui l'enveloppait.

— Pourquoi fais-tu ça aujourd'hui ? lança-t-elle avec une agressivité voulue.

Elle n'avait pas le choix : soit elle se défendait maintenant, soit elle s'offrait à lui en le suppliant de la prendre.

— À quel jeu joues-tu exactement ?

— Si quelqu'un joue ici, c'est toi, *tigrotta mia*, répliqua-t-il avec une expression déterminée. Je te désire depuis le premier jour et ne te l'ai jamais caché. Je suis las de me battre avec toi alors qu'il y a tellement de choses plus intéressantes à faire tous les deux. Des choses beaucoup plus agréables…

Qu'il soit arrivé à la même conclusion qu'elle l'exaspéra. Cette réplique était la sienne, pas celle de Michael. Il se trompait lourdement s'il croyait qu'elle allait le laisser la séduire et prendre les commandes sans réagir. C'était son idée à elle qu'ils couchent ensemble pour mettre un terme à cette attirance physique qui lui empoisonnait la vie. Hors de question qu'elle le laisse gagner cette partie.

— J'ai besoin de réflexion.

Il se leva et hocha poliment la tête.

— Passe-moi une serviette, s'il te plaît.

Il reporta les yeux sur elle. Elle lut sur ses traits son hésitation, mais il n'insista pas. Elle se rendit compte alors qu'au fil des jours elle avait fini par acquérir une certaine confiance en lui. Savoir que, quel que soit son degré de frustration ou de colère, il garderait toujours le contrôle de lui-même calmait la peur profondément enfouie en elle depuis tant d'années. Il décrocha l'épaisse serviette rose suspendue au portemanteau et la lui tendit avant de se détourner pudiquement.

Maggie eut un sourire de triomphe. Sans hâte, elle sortit du bain, s'essuya et jeta la serviette par terre.

— C'est bon, je suis prête maintenant.

Michael pivota.

Elle était nue.

Glorieuse, vibrante, indécente de nudité.

Le souvenir de la première fois où il avait vu une paire de seins lui revint en mémoire. Adolescent naissant à la sexualité, il avait pensé que rien n'égalerait jamais ce moment-là.

Ce qu'il ressentait en cet instant était de même nature.

Elle était debout, la tête haute, sa peau lisse et dorée encore humide, comme sortie de l'écrin que formait la serviette à ses pieds. Ses seins fermes et pleins pointaient fièrement leurs mamelons rose sombre vers lui tels des fruits mûrs. Il saliva à l'idée de goûter à leur chair tendre. Elle avait de longues jambes fuselées qui se rejoignaient autour du petit triangle de duvet doré sous lequel se cachaient ses secrets les plus intimes. Enfin, presque. Car il pouvait percevoir son excitation, la tension de son être prêt à l'accueillir.

Pourtant, il resta planté là, incapable de faire un geste.

Sans le savoir, Maggie l'avait torturé tout l'après-midi. Le mouvement de ses cheveux rebondissant sur ses épaules, son esprit sarcastique, l'énergie qui émanait d'elle même lorsqu'elle était immobile... Tout lui rappelait leur bref contact de la veille. S'ils n'avaient pas été interrompus, si ses doigts avaient pu glisser un tout petit peu plus bas, il aurait touché du feu liquide.

Il avait cette femme dans la peau et ne connaissait qu'un seul moyen de l'en extraire : coucher avec elle. Alors, au petit matin, ils retrouveraient peut-être l'un et l'autre leur état normal. Parce que, de toute évidence, ils n'avaient rien à faire ensemble. Ils ne désiraient pas les mêmes choses, ne partageaient pas les mêmes valeurs. Lui voulait une grande famille, un foyer tranquille où se ressourcer, avec une femme douce, à la fois conciliante et suffisamment affirmée pour qu'il ne s'ennuie pas à ses côtés.

Coucher ensemble arrangerait tout, il en était certain.

Malgré sa frustration et sa déception, il s'était interdit d'insister quand Maggie l'avait rejeté. Son incapacité à reconnaître son désir pour lui lui était apparue comme la preuve qu'ils n'avaient rien à faire l'un avec l'autre. Il avait toujours considéré la sincérité comme l'élément de base d'une relation saine ; or, de toute évidence, elle dissimulait de nombreux secrets qu'elle n'avait aucune intention de partager avec lui. Ni avec personne d'autre, d'ailleurs.

Mais c'était sans compter sur sa capacité à le surprendre. Et à agir comme elle l'entendait.

Elle le toisa avec autant de hauteur que si elle avait porté des atours royaux.

— Je suis d'accord pour qu'on couche ensemble. Mais étant donné que tu n'arrives même pas à prononcer un mot, je vais m'habiller et on en reparlera plus tard. Quand tu seras plus... fonctionnel, ajouta-t-elle en baissant les yeux vers son entrejambe.

Puis, un petit sourire suffisant aux lèvres, elle s'apprêta à sortir.

Michael la rattrapa en un pas, verrouilla la porte et pivota lentement vers elle.

Elle le contempla, les yeux écarquillés. La saisissant par les bras, il la plaqua contre le battant, lui leva le menton et glissa un genou entre ses jambes pour les écarter. Elle retint son souffle quand il approcha son visage du sien.

Il s'empara de sa bouche.

Il aimait séduire, amener lentement sa partenaire à entrer dans sa danse, sentir sa respiration s'accélérer, son désir s'intensifier pas à pas jusqu'à l'acmé. Il était passé maître dans l'art de prendre son temps. Mais il lui suffit d'insérer la langue entre les lèvres de Maggie pour perdre tout contrôle.

Son corps glissait contre le sien, aussi humide que la chaleur entre ses cuisses et plus brûlant qu'une flamme. Il n'y avait pas de douceur, aucune délicatesse dans leur baiser, mais une sorte de fièvre guerrière qui n'admettait aucune retenue, aucune prudence. Il rendit les armes avec délice.

Il s'enivra de son goût, de son parfum. Elle gémissait et poussait ses hanches contre les siennes, les doigts enfouis dans ses cheveux comme pour exiger plus. Il la caressa, se réjouissant de chaque parcelle de sa peau, pétrissant ses seins en titillant leur pointe durcie. Elle haletait. Il lui écarta un peu plus les cuisses et la souleva pour qu'elle noue ses jambes autour de sa taille. Puis, détachant ses lèvres des siennes, il plongea le regard dans ses prunelles vertes étincelantes de désir.

Sa main droite descendit le long du flanc de Maggie, s'arrêtant sur son ventre.

— Je meurs d'envie de plonger mes doigts en toi, murmura-t-il. Es-tu prête à me laisser entrer ?

— Tu parles trop, comte, répondit-elle dans un souffle.

Il sourit et enfouit son index et son majeur dans les replis humides sous la douce toison.

Elle poussa un cri et rejeta la tête en arrière. Il sentit son fourreau soyeux se resserrer autour de ses phalanges, aussitôt trempées du liquide de son plaisir. *Dio*, elle était la femme la plus magnifique qu'il ait jamais connue, tellement ouverte à chaque sensation ! Il la caressa, cherchant et trouvant son point le plus sensible, les oreilles emplies du son affolant de ses gémissements rauques.

Son érection se faisait de plus en plus douloureuse, mais il ne voulait rien manquer du spectacle offert par l'érotique beauté de son visage. Elle enfonçait ses dents dans la chair gonflée de sa lèvre inférieure comme pour résister à la venue de plus en plus inéluctable de l'orgasme. Il sentait son corps s'épanouir sous le sien, et pourtant elle avait serré les poings et repoussait son torse. Même là, elle tentait de rester maîtresse de la rencontre, et ce besoin démesuré accroissait encore son envie de la voir lâcher prise. Se soumettre. À lui. À ce qui existait entre eux deux.

Tout en intensifiant la caresse, glissant sur le bouton de son clitoris, il prit un sein dans sa bouche.

— Michael...

— Tu parles trop, *cara*.

Ses dents mordillaient son mamelon et ses doigts jouaient sans merci avec le bouton tendu et palpitant.

Elle tremblait, les battements accélérés de son cœur résonnaient à ses oreilles. Le merveilleux parfum musqué de son sexe l'enveloppa, et il comprit qu'elle était sur le point d'exploser. Pour la première fois, elle appartenait au présent, abandonnée à son propre corps et ouverte à ce qu'il lui offrait. À cette idée, son sang afflua dans ses veines, incendiant tout son corps et son sexe tendu jusqu'à la rupture.

— Michael ! Arrête, je vais...

— Je veux que tu jouisses. Maintenant. Viens, Maggie.

Il lui mordit le sein en plongeant ses doigts en elle une ultime fois.

Elle resserra ses bras autour de lui et poussa un cri qui se répercuta en écho autour d'eux tandis que son corps secoué de spasmes se cambrait contre le sien. La tenant fermement contre son torse, il prolongea son orgasme le plus longtemps possible.

Quand il la sentit s'amollir dans ses bras, il murmura quelques paroles apaisantes à son oreille et retira doucement ses doigts en l'embrassant sur la tempe. Il ne s'était pas trompé sur l'alchimie sexuelle qui existait entre eux ; en revanche, rien n'aurait pu lui faire prévoir l'élan d'émotion et l'intense sentiment de connexion qui le submergeaient en cet instant. Il avait envie de l'allonger sur le lit et de la posséder totalement, de passer des heures et des jours entiers à lui faire l'amour, jusqu'à ce qu'elle ne puisse plus prononcer une seule remarque mordante, juste murmurer son nom. D'où lui venait cette soudaine tendresse ?

Toujours lovée dans ses bras, elle retrouvait peu à peu sa respiration normale. Il frotta son nez contre sa joue, prêt à l'emporter dans la chambre pour qu'ils fassent l'amour et...

— Bon sang, ça fait un de ces biens ! s'exclama Maggie. J'en avais sacrément besoin.

Le tremblement dans sa voix trahissait son émotion derrière le prosaïsme de ses paroles. Conscient de la peur qui la tenaillait, Michael voulut la réconforter. Mais avant qu'il ait pu faire un geste, elle le repoussa, ramassa la serviette à leurs pieds et s'en enveloppa.

— Merci, reprit-elle avec un soupir de soulagement. Tu veux que je m'occupe de toi ?

Sa désinvolture lui fit l'effet d'une douche glacée. Il recula d'un pas avec l'impression d'être le dernier des idiots. Pourquoi tenait-elle tant à agir comme si de rien n'était alors qu'une minute plus tôt elle criait son nom en s'agrippant à lui comme aucune femme ne l'avait jamais fait ? Il plongea son regard dans le sien. Elle ne broncha pas, l'air parfaitement à l'aise. Et totalement inaccessible.

— Tu en as envie ? demanda-t-il.

Elle haussa les épaules.

— Si ça te plaît. Ce serait équitable, non ? En revanche, ça ne pourra pas être long : j'ai promis à ta mère de l'aider à préparer le dîner. Alors ?

Les sourcils levés en signe d'interrogation, elle attendait. Michael se sentit perdre pied. Elle avait beau s'être totalement donnée à lui pendant quelques instants, elle n'arrivait toujours pas à supporter la moindre intimité. Pourquoi cette incapacité la mettait-elle dans cet état ? Quelle importance cela avait-il ?

— Pourquoi fais-tu ça, *cara* ? s'enquit-il avec douceur.

Maggie se raidit comme s'il l'avait giflée. Quand elle reprit la parole, il perçut une note menaçante dans sa voix.

— Excuse-moi, comte, mais je déteste parler sentiments après un orgasme. Je pensais que nous avions dépassé ce stade.

Le silence s'abattit sur eux, empli de non-dits. Finalement, Michael hocha la tête et laissa se flétrir son élan de tendresse comme une fleur délicate qu'on arrache.

— Tu as raison, Maggie. Nous avons dépassé ce stade, acquiesça-t-il.

Il ouvrit la porte et pivota vers elle pour annoncer :

— Après le dîner, nous irons faire du baby-sitting chez Brian. Vu que, grâce à toi, Carina n'a pas tenu son engagement, c'est à nous de la remplacer.

Elle écarquilla les yeux de stupeur.

— Brian a quatre garçons ! s'insurgea-t-elle. Et je suis crevée. Il est hors de question que je fasse du baby-sitting ce soir.

Se penchant vers elle d'un air menaçant, il lança d'un ton sans réplique :

— Tu feras du baby-sitting. Nous irons là-bas après le dîner. Habille-toi et retrouve-moi en bas.

Elle avait merdé.

Maggie jeta un œil en direction de son faux époux en train de se débattre avec son neveu hurlant qui refusait de s'allonger dans son lit-cage. Michael avait remonté les manches de sa chemise et ses bras musclés avaient du mal à tenir le bébé qui bavait et s'agitait en tous sens en donnant des coups de pied. Si elle ne s'était pas sentie aussi découragée, voir Michael, toujours si net et si cool, les cheveux en bataille et le regard morne, l'aurait sûrement amusée. Il avait l'air à bout, tout juste bon à se mettre au lit avec une télécommande à la main.

Dommage qu'il ne soit que 20 h 30.

On aurait dit que la chambre avait vomi. Le joyeux papier peint jaune et bleu décoré de poissons et d'animaux marins évoquait plus une mission de plongée qui aurait mal tourné que le calme des fonds océaniques. Il y avait des traces de crayon sur les murs, des livres éparpillés dans toute la pièce et de la ouate échappée d'un ours en peluche écartelé qui voletait dans l'air.

— Il a encore faim ? demanda Maggie en s'approchant.

Un morceau de céréale grillée craqua sous sa chaussure.

— Non. Lizzie a dit qu'un seul biberon suffisait pour qu'il s'endorme.

Le bébé s'agitait dans son lit en recrachant son troisième biberon de la soirée. Les canards rigolards de sa grenouillère semblaient se moquer de leur incapacité à l'apaiser tandis qu'il braillait de plus belle.

— Tu crois qu'il a besoin de faire un autre rot ? interrogea Michael en fronçant les sourcils.

Elle eut une moue perplexe.

— Je ne sais pas. Quand Lily pleure trop longtemps, je me contente de la passer à Alexa.

Michael poussa un soupir.

— Où sont Luke et Robert ?

Elle se dandina d'un pied sur l'autre avec la vague impression qu'il n'apprécierait pas sa réponse.

— Ils jouent.

— Je croyais que tu allais les coucher.

— Moi aussi. Mais ils n'avaient pas envie de dormir, alors je leur ai dit qu'ils pouvaient jouer un peu.

Il marmonna quelque chose entre ses dents et essuya un nouveau renvoi de Thomas.

— Évidemment qu'ils n'avaient pas envie de dormir, Maggie. Mais c'est nous, les adultes. Il fallait leur dire qu'ils n'avaient pas le choix.

— Je l'ai fait. Trois fois. Mais Robert s'est mis à pleurer parce qu'il voulait sa maman, du coup, Luke l'a imité, et j'ai jugé préférable de céder. Juste pour cinq minutes.

Il était hors de question qu'elle avoue que leurs larmes de crocodile lui brisaient le cœur et qu'elle était prête à leur accorder tout ce qu'ils demanderaient à condition qu'ils s'arrêtent.

— Ils t'ont eue, commenta-t-il en soupirant. Enfin, vérifie bien qu'ils lisent et se tiennent tranquilles. Ce n'est plus l'heure de faire du bazar

Maggie se demanda si elle devait lui parler de la pâte à modeler. N'était-ce pas l'amie des tout-petits ? Du moins, c'est ce qu'affirmait la pub. Robert avait assuré que leur mère les laissait toujours jouer avec quand ils n'arrivaient pas à dormir.

Soudain, elle comprit que Michael avait raison : elle s'était fait avoir. En beauté. Pas étonnant qu'ils aient été tous les deux excités quand elle avait pris la boîte de pâte à modeler en haut du placard ! Elle décida de retourner discrètement là-bas et la ranger avant que Michael s'en aperçoive.

Mais au moment où elle s'apprêtait à partir, celui-ci reprit :

— Et Ryan ? Il dort ?

Elle fit la grimace.

— Il n'arrête pas de demander à boire. Je lui ai déjà donné deux verres d'eau.

— Bon sang, Maggie ! s'exclama-t-il en levant les yeux au ciel. Il mouille son lit et ne doit rien avaler de liquide après 19 heures.

— Tu ne me l'as pas dit, se défendit-elle, énervée. D'ailleurs, ça fait plus d'une heure que tu es là pendant que j'essaie de me débrouiller avec les trois fils de

Satan. On n'a qu'à échanger. Je m'occupe du bébé et tu te charges de la bande des *Outsiders*.

— La bande des quoi ?

— Laisse tomber. Allez, viens...

Elle sortit Thomas de son lit, le fit basculer d'un geste vif sur son bras droit et lui mit un doigt dans la bouche. Il cessa aussitôt de crier et lui suça fébrilement la phalange, les yeux mi-clos, comme en extase.

— Tu vois, il fait ses dents.

Michael regarda l'enfant d'un air incrédule. Un merveilleux silence apaisa leurs tympans, jusqu'à ce qu'ils entendent un hurlement résonner au fond du couloir.

— Reste ici. Je vais chercher Ryan pour l'emmener faire pipi.

Maggie contempla le bébé qui lui tétait activement le doigt. Elle avait toujours pensé qu'elle ferait une mère déplorable, mais à présent, elle en avait la preuve. Comment Lizzie parvenait-elle à gérer autant de choses à la fois ? Depuis son orgasme, la soirée allait de mal en pis. Pouvait-elle tomber encore plus bas ?

Elle marcha de long en large en broyant du noir. Qu'est-ce qui clochait chez elle ? Peut-être devrait-elle suivre une psychothérapie ? Un homme lui donnait un plaisir intense, de la tendresse et de l'attention, et comment réagissait-elle en retour ? En le repoussant avec mépris et en prétendant ne rien en avoir à faire.

S'il n'y avait eu que l'orgasme, elle ne se serait pas inquiétée. Mais le problème, c'était ce qu'elle avait ressenti en étant dans ses bras.

Pour la première fois de sa vie, elle avait perdu le contrôle d'elle-même, dépassé sa zone de confort. Et elle n'avait aucune idée de la manière dont elle devait réagir à cela. Son objectif premier avait toujours été de maîtriser ses relations sentimentales tout en espérant trouver l'homme capable de satisfaire à la fois son cœur et son âme. Elle pensait qu'une fois qu'elle l'aurait elle pourrait abaisser ses défenses. Sauf qu'aujourd'hui elle se rendait compte qu'elle avait franchi depuis longtemps un point de non-retour.

Elle ignorait ce que signifiait avoir une relation normale et profonde, lâcher une part de soi pour la donner à l'autre. Et l'ignorait sans doute toujours, se dit-elle avec amertume en repensant à sa réaction face à Michael. Parce que ce qu'il lui avait offert ébranlait son monde et les fondations sur lesquelles elle s'était reconstruite, elle s'était conduite comme une garce et l'avait blessé à dessein. Un nœud lui serra les entrailles au souvenir de l'expression de Michael, de sa déception quand il avait découvert son incapacité à sortir du jeu dans lequel elle s'était enfermée.

Il fallait qu'elle mette un terme à cette histoire. Qu'elle écourte son séjour pour échapper à la catastrophe qu'elle voyait fondre sur elle. Mais que se passerait-il si elle se réveillait subitement et s'apercevait qu'il était « le bon » ?

Le seul homme qu'elle pourrait aimer. L'homme qui était amoureux de sa meilleure amie et ne lui offrirait jamais plus qu'une place de seconde ?

— Maggie ?

Elle grimaça en entendant son nom résonner dans la pièce. Que se passait-il ? La pâte à modeler ? Ou quelque chose de pire ? Toutes ces instructions combinées à sa peur d'avoir commis une énorme erreur lui fichaient la migraine.

— Quoi ? cria-t-elle.

— Tu as donné à Luke une des canettes de jus dans le frigo ?

Bon sang, encore Luke !

— Oui, hurla-t-elle en retour. Il a vu Ryan en boire une et s'est mis à pleurer parce qu'il en voulait aussi. Du coup, je lui en ai donné une.

— Tu peux venir ?

Beugler comme ils le faisaient d'un bout à l'autre de l'appartement était ridicule. Elle cala donc Thomas sur sa hanche et se rendit dans la chambre de Luke en dégageant du pied les jouets qui barraient le passage. Arrivée sur le seuil de la cuisine, elle se figea d'horreur : cinq packs de jus d'orange écrasés gisaient sur le sol, leur contenu dégoulinant partout sur le réfrigérateur, les plans de travail et les murs. Une vraie scène de crime ! Le garçon baissa les yeux d'un air coupable en se dandinant d'un pied sur l'autre.

— Mon Dieu ! Que s'est-il passé ?

Michael dévisagea son neveu d'un œil sombre, les bras croisés.

— Luke, tu veux bien répondre à tante Maggie ?

L'interpellé inclina la tête sur le côté dans un mouvement qu'il devait penser attendrissant. Maggie se refusa à reconnaître qu'il avait raison.

— J'ai joué au lance-roquettes. Vous voulez que je vous montre !

— Non ! s'écrièrent-ils à l'unisson.

Trop tard. Luke avait bondi sur le dernier pack encore plein. Un jet orange en jaillit, trempant tout ce qui se trouvait autour. Eux compris.

Michael le souleva de terre et le maintint face à lui.

— Tu vas avoir de sérieux ennuis. Attends un peu que ta mère rentre et que je lui raconte ce que tu as fait.

Maggie ne put réprimer un petit rire face au ridicule de la situation. Son faux mari se tourna vers elle, incrédule.

— Tu trouves ça drôle ?

Elle se mordit les lèvres.

— Pour être franche, un peu. Je veux dire, c'est tellement énorme que j'ai l'impression d'être dans *Stars piégées*.

— Tu peux nettoyer pendant que je donne un bain à Luke ?

Elle contempla le désastre.

— Que veux-tu que je fasse du bébé ? protesta-t-elle. Maintenant que j'ai trouvé comment le tenir tranquille, il est hors de question que je retire mon doigt de sa bouche. J'attendrai qu'il se dessèche et tombe tout seul.

Il hésita, soupesant probablement les deux scénarios. Finalement, il déclara en soupirant :

— OK, viens nous aider dans la salle de bains.

Maggie le suivit en traînant les pieds. En passant devant la chambre, il fit une halte pour lancer à ses deux autres neveux :

— Les garçons, continuez à jouer tranquillement ici le temps que Luke prenne sa douche. Ensuite, tout le monde au lit. *Capisce ?*

— Oui, oncle Michael, acquiesça sagement Robert.

Maggie lui lança un coup d'œil soupçonneux. Il y avait une drôle de lueur au fond de ses yeux bruns, comme s'il avait d'autres projets en tête. Préférant croire à un effet de son imagination, elle poursuivit son chemin et s'installa sur la cuvette des toilettes pendant que Michael donnait un bain à Luke.

— Tu crois que tes cousins s'amusent comme ça tous les soirs ? interrogea-t-elle.

— Quelque chose me dit qu'ils sont mieux organisés que nous, répondit-il en faisant couler l'eau dans la baignoire. Mais oui, je suis sûr que la plupart de leurs soirées ressemblent à ça.

Tout en berçant Thomas, elle demanda d'un air dégagé :

— Et toi ? C'est également le genre de vie dont tu rêves ?

Il examina un instant la question. Puis hocha la tête.

— *Si*.

— Vraiment ? Tout ce glamour ? Tu te rends compte de ce que cela signifie ? Finis les dîners dans les restaus chics, les soirées tardives au bureau pour conclure une affaire, les départs impromptus vers une île paradisiaque. Tu serais prêt à renoncer volontairement à ta liberté ?

L'espace d'un instant, une tendresse touchante glissa sur les traits de Michael quand il se tourna vers le petit garçon nu dans la baignoire. Il ébouriffa les cheveux de son neveu et la fixa droit dans les yeux.

— Oui.

Sa réponse la bouleversa, l'envahissant d'une vague de désir. Imaginer un homme ravi de rentrer chaque soir chez lui pour affronter un tel chaos, un homme qui choisirait de plonger dans ce bazar et y prendrait plaisir ?

— Coucou, oncle Michael !

Ils pivotèrent au même instant en direction de la voix. Un petit fantôme de quatre ans se tenait sur le seuil de la salle de bains. Son visage était à peine dissimulé sous une épaisse couche de fond de teint beige clair qui ne laissait ressortir que deux yeux bruns et un sourire écarlate. On aurait dit une sorte de Joker en miniature. Et pourquoi était-il nu ?

Maggie se prépara à une explosion, mais Michael conserva son calme.

— Qu'est-ce que tu as fait, Robert ?

— J'ai trouvé ça dans le sac de tante Maggie, répondit le petit garçon en brandissant fièrement un petit flacon.

Maggie retint son souffle.

— Je croyais t'avoir conseillé de mettre ton sac sur le haut du réfrigérateur pour ne pas les tenter, lui rappela Michael en l'observant d'un regard entendu.

— Je sais, mais je n'en ai pas eu le temps ! rétorqua-t-elle sur la défensive. Du coup, je l'ai caché derrière le canapé. Je comprends mieux maintenant pourquoi Lizzie et Brian se sont tirés comme s'ils avaient reçu un coup de pied au cul dès notre arrivée. Qui peut avoir envie d'un autre enfant après Robert ?

Le mini-Joker fou gloussa.

— Cul ! Tante Maggie a dit « cul » ! Cul veut dire derrière. Cul, cul, derrière, derrière...

— Répète encore ce mot et je te nettoie la bouche avec du savon, l'interrompit Michael. Maintenant, file dans le bain.

— Euh, Michael ?

— Quoi ?

— Ça ne suffira pas. C'est un fond de teint waterproof.

Michael ne répondit pas immédiatement. Il souleva son autre neveu et le mit dans la baignoire. Puis il resta devant, les mains sur les hanches comme s'il se préparait à négocier un contrat difficile. Bon sang, pourquoi était-il aussi craquant même trempé, échevelé et couvert de jus d'orange ?

— On va y arriver, assura-t-il finalement en prenant un gant de toilette sous le lavabo. Tu peux jeter un coup d'œil à Ryan pendant ce temps ?

Maggie déplaça le bébé sur son autre hanche, ôtant son doigt de sa bouche dans un bruit de succion. À son grand soulagement, Thomas ne se remit pas à crier mais posa sur elle de grands yeux étonnés en souriant. Elle se sentit fondre. Il y avait tant d'innocence dans son regard, une confiance totale qui lui donna subitement envie de se montrer à la hauteur. Que lui arrivait-il ?

Elle se dirigea vers la chambre des garçons.

— Ryan, où es-tu ?

— Ici !

Le garçon émergea de sous l'armoire, son tee-shirt de *Thomas le petit train* relevé jusque sous les aisselles. Il montra ses mains avec fierté.

— Je joue à la pâte à modeler.

Ça, elle l'aurait deviné ! Il en avait sur tout le corps, le visage et les cheveux. Avant qu'elle ait pu réagir, Thomas se précipita vers elle en poussant de petits cris joyeux et lui mit ses mains pleines de pâte à modeler rouge et bleue dans les cheveux. Prise au dépourvu, elle éclata de rire. Riait-elle parce qu'elle devenait complètement folle ou parce que c'était le seul moyen qu'elle avait trouvé pour faire face ? Elle n'aurait su le dire.

— Super, mon grand, déclara-t-elle finalement. Maintenant, suis-moi. Il est temps de prendre un bain.

— Un bain !

Il se précipita dans le couloir comme une fusée, et elle lui emboîta le pas. Une fois dans la salle de bains, elle prit soin de tourner le verrou pour que personne ne sorte. Avec tout ce monde à l'intérieur, la pièce paraissait minuscule et surchauffée. Les miroirs étaient couverts de buée.

— Tu leur as donné de la pâte à modeler ?

Maggie hocha la tête.

— Oui. Je m'étais dit que c'était un jeu tranquille qui leur permettrait de se calmer avant de dormir. On apprend en faisant des erreurs, pas vrai ? En tout cas, maintenant que nous sommes tous là, il ne devrait plus y avoir d'autre catastrophe. Tu ne penses pas ? insista-t-elle avec un regard inquiet.

— Espérons-le.

En quelques gestes efficaces, Michael déshabilla Ryan et le plongea dans la baignoire avec ses frères.

— Je crois que je vais avoir besoin d'aide, reprit-il. J'en suis à mon deuxième gant de toilette, et il reste toujours du fond de teint. Tu peux frotter Ryan ?

— Et le bébé ?

Comme s'il avait compris qu'elle parlait de lui, Thomas babilla et lui saisit une poignée de cheveux qu'il fourra dans sa bouche.

— Beurk ! s'exclama-t-elle en essayant de lui desserrer le poing. Je peux le poser par terre ?

— Oui, mais fais attention à ce qu'il ne porte rien à sa bouche.

Après s'être assurée qu'il n'y avait rien sur le carrelage hormis de l'eau et du savon, elle étala deux draps de bain au sol et y installa Thomas. Il lui attrapa de nouveau les cheveux et se mit à hurler quand elle essaya de le faire lâcher.

— Aïe ! Michael, aide-moi !

Deux mains fermes vinrent à sa rescousse, mais à peine la douleur s'était-elle estompée au niveau de son crâne qu'elle explosait dans ses tympans. Le visage rouge, Thomas braillait à pleins poumons, emplissant l'espace minuscule de ses cris suraigus. Pas étonnant qu'on dise que les pleurs d'un bébé rendent fou ! Elle aurait donné n'importe quoi pour qu'il s'arrête.

— Oh, bon sang, il recommence à pleurer. Passe-moi le canard en plastique là-bas.

Dès que Michael lui eut donné le jouet, elle le plaça dans les mains du bambin. Il le porta à sa bouche et le mastiqua fébrilement.

— Bien joué ! commenta l'oncle.

Elle sourit avec fierté, se pencha au-dessus de la baignoire et s'empara d'un gant de toilette. Ils s'affairèrent en silence jusqu'à ce que l'eau vire au beige et que Robert retrouve enfin son beau teint mat. Les garçons n'arrêtaient pas de discuter, passant naturellement de l'italien à l'anglais.

— Oncle Michael, c'est qui, le superhéros que tu trouves le plus super ? Moi, c'est Superman.

L'interrogé plissa le front comme s'il réfléchissait intensément.

— C'est vrai que Superman est super fort : il vole et il arrive à plier des barres de fer. Mais je crois que je préfère encore Batman.

— Moi aussi ! s'écria Luke. Batman combat les méchants.

— Mais il ne sait pas voler, fit valoir Robert.

— Si, intervint Michael, grâce à son équipement qui lui permet de voler comme une chauve-souris. En plus, il a plein de gadgets super et la plus belle voiture du monde.

Robert parut soupeser ces arguments tandis que son frère contemplait leur oncle avec adoration.

— Peut-être, admit-il. Et toi, Maggie, c'est qui, le superhéros que tu préfères ?

Elle lança un coup d'œil empli de sous-entendus à Michael avant de répondre :

— Thor.

— Pourquoi ?

— J'aime ses longs cheveux blonds et son marteau.

Michael s'esclaffa.

— Tu es désespérante. Quelle midinette !

— Ouais, quelle *minidette* ! répéta Robert.

— Je ne me sens pas vraiment midinette en ce moment, marmonna-t-elle en baissant les yeux sur sa tunique tachée et trempée d'eau et de sueur.

Elle repoussa une mèche collée à son front avec son avant-bras, consciente que son maquillage devait avoir coulé depuis longtemps. Pas étonnant que les mères n'aient plus envie de faire l'amour. Que représente un orgasme face à quelques bonnes heures de sommeil quand on est au bout du rouleau ?

— Je dois ressembler à n'importe quoi, lança-t-elle.

Elle était prête à ricaner quand elle croisa le regard de Michael. Ses yeux noirs plongèrent profondément en elle, brisant sur leur passage toutes les barrières qu'elle avait érigées. L'air se mit à vibrer entre eux, chargé d'une énergie brûlante totalement incongrue dans cette atmosphère domestique. Les nerfs à vif, Maggie soutint son regard, incapable de couper le contact.

— Je te trouve très belle, murmura-t-il.

Ces simples mots provoquèrent un véritable séisme en elle ; elle sentit que quelque chose s'ouvrait.

Pour la première fois, elle eut envie de baisser les armes. Elle leva la main dans l'intention de prendre la sienne, le prier d'excuser son comportement stupide, lui confier ses secrets et les émotions qui bouillonnaient en elle.

Au même instant, Robert plongea entre ses jambes et saisit son pénis, qu'il s'amusa à balancer d'un côté à l'autre comme une balle de ping-pong. En le voyant, Luke montra son propre sexe en riant et s'écria :

— Zizi ! Les garçons ont un zizi et les filles un vaseline !

Robert s'arrêta et poussa un long soupir affligé.

— Un vagin, Luke. Un vagin.

Le moment magique éclata comme une bulle. Les adultes se tournèrent tous deux vers les garçons, et Maggie sentit le rouge lui monter aux joues. Peut-être était-ce le destin, ou la Terre mère... En tout cas, elle saisit l'occasion au vol. Prenant deux serviettes sous le lavabo, elle annonça :

— Bon, c'est l'heure de sortir du bain !

Elle n'allait quand même pas se laisser embarrasser par deux gamins qui jouaient avec leur pénis ! Étant donné son métier, ce serait le comble !

Comme s'il n'avait rien entendu, Luke demanda :

— Pourquoi les filles n'ont pas de zizi, tante Maggie ?

Elle se tourna vers Michael pour chercher de l'aide. Celui-ci se contenta de la fixer avec un sourire goguenard. D'accord, elle avait compris. Eh bien, elle relèverait le défi ! Elle était tout à fait capable de parler de ces choses-là à un enfant. Pas de souci.

— Parce que Dieu les a faites différentes. Et tu as raison, Robert, les filles ont un vagin.

Elle lança un regard satisfait à Michael. Et toc !

— Mais alors les filles ne peuvent pas jouer avec leur zizi. Elles font comment ?

Un grand silence s'abattit sur la pièce. Michael écrasa sa main contre sa bouche pour ne pas exploser de rire.

OK, cette fois, elle avait perdu. À contrecœur, elle hissa le drapeau blanc.

— Demande à ton oncle.

Sur quoi, rassemblant ce qui lui restait de dignité, elle souleva Thomas dans ses bras et sortit.

Quelques heures plus tard, elle se laissait tomber par terre près des lits superposés des garçons. La tête appuyée contre le cadre en bois, elle écouta leur douce respiration dans la nuit calme. Ils n'avaient accepté de dormir qu'à condition que Michael ou elle reste à leurs côtés. Elle n'avait pas protesté en voyant leur oncle s'éclipser en hâte, ravie d'avoir une raison pour retarder le moment où elle se retrouverait seule avec lui. La menotte tiède de Robert relâchée dans la sienne, elle s'assit en tailleur sur le tapis, laissant les souvenirs remonter en elle.

Enfant, elle faisait beaucoup de cauchemars. Un en particulier dans lequel un monstre aux dents rouges de sang et au regard terrible surgissait du placard pour la dévorer. Une nuit, elle avait couru hors de sa chambre pour appeler ses parents au secours, mais ils n'étaient pas dans leur lit. Nick n'était pas assez fort pour la protéger et tuer le monstre, alors elle était descendue dans le salon, et s'était arrêtée net en bas de l'escalier.

Son père était sur le canapé avec une femme qu'elle ne connaissait pas. Ils avaient tous deux ôté leurs vêtements et l'inconnue gesticulait en gémissant. Elle aurait préféré ne pas se faire remarquer, mais elle avait trop peur. Elle avait appelé son père.

Elle revoyait encore le regard qu'il lui avait lancé. Un regard distant, agacé.

— Retourne te coucher, Maggie, avait-il ordonné.

— Mais papa, avait-elle protesté, terrifiée, il y a un monstre dans le placard et il veut me manger.

La femme avait lâché un rire et son père s'était énervé :

— Je suis occupé, et tu te conduis comme un bébé. Remonte vite dans ta chambre ou je te donne une fessée !

— Mais...

— Tout de suite !

Elle avait filé sans demander son reste vers sa vaste chambre emplie de jouets, de peluches et de vide. Recroquevillée sous son lit avec sa poupée de chiffon, elle avait attendu que le monstre vienne la dévorer. Toute la nuit, ses sanglots étouffés par la moquette de laine, elle s'était demandé pourquoi personne ne l'aimait. Et si quelqu'un l'aimerait un jour.

Maggie serra doucement la main de Robert. Une profonde tristesse l'envahit, se mêlant à la fatigue et lui donnant l'impression que son corps pesait trois tonnes. Elle posa sa joue contre le matelas, enveloppée par l'odeur de Robert et ferma les yeux un instant. Juste un instant.

Que fabriquait-elle ?

Michael tendit l'oreille ; la maison était totalement silencieuse. Il s'était attendu à voir Maggie le rejoindre au bout de quelques minutes, mais le temps s'étirait et elle ne réapparaissait pas. Avec un grognement agacé, il se hissa hors du canapé. *Porca vacca*[1] *!* Les garçons avaient-ils encore fait des leurs ? L'avaient-ils attirée dans un endroit où elle ne pouvait même pas appeler à l'aide, comme dans *Peter Pan et les garçons perdus* ? Il sourit devant l'ineptie de ses pensées. Mais comment ne pas tout envisager, avec la soirée qu'ils venaient de passer ?

En tout cas, s'il en avait douté, il pouvait être certain à présent que Maggie n'avait rien d'une mère de famille classique. Elle n'avait même pas cherché à cacher sa répugnance, voire un certain effroi face aux divers exploits des garçons. Pour sa défense, il fallait reconnaître qu'elle n'était pas seule dans ce cas et qu'aucune baby-sitter n'avait jamais accepté de revenir après une soirée en compagnie de ses neveux.

Maggie, au moins, avait réussi à se faire accepter, ce qui était un tour de force vu l'accueil que les garçons réservaient généralement aux inconnus. Tous les quatre l'avaient adoptée sur-le-champ comme s'ils avaient perçu en elle une profonde gentillesse derrière

1. *Porca vacca !* signifie « la vache ! » en français. (*N.d.T.*)

son attitude distante. Jusqu'au petit Thomas qui s'était même mis à pleurer quand il avait voulu le reprendre dans ses bras.

N'empêche, Maggie Ryan n'en restait pas moins totalement inadaptée au style de vie et de relation qu'il souhaitait avoir. Jamais il ne pourrait vivre avec une femme qui refusait toute intimité. C'est pourquoi, une fois sorti de cette situation insensée, il lui dirait ciao pour de bon.

Il s'arrêta devant la chambre de Luke et Robert. Maggie était là, endormie, la tête appuyée contre le matelas de ce dernier, une main refermée autour de la sienne. Leur souffle profond et régulier s'élevait dans le silence paisible, et pour la première fois, il put contempler à loisir le visage de sa fausse épouse, étrangement vulnérable dans la lueur de la veilleuse.

Pourquoi avait-elle autant d'effet sur sa famille ?

Pourquoi avait-elle autant d'effet sur lui ?

Une étrange sensation l'envahit et lui noua la gorge. Il n'avait vraiment pas besoin de cela. Cela faisait à peine quarante-huit heures qu'ils étaient ensemble et déjà tout lui semblait différent. C'était la première fois qu'il ressentait cette envie de creuser pour en savoir plus sur une femme. En règle générale, celles avec qui il sortait étaient suffisamment attirées par son argent, son physique ou sa nature facile pour se livrer d'emblée. Il n'y avait aucune arrogance là-dedans, mais force lui était de constater que, de manière globale, les choses étaient un peu trop simples pour lui, en particulier en matière de femmes.

Du moins, jusqu'à ce qu'il croise Maggie.

Il sourit en l'entendant ronfler légèrement. La pauvre était épuisée. Il consulta sa montre : ses cousins seraient de retour dans moins d'une heure. Malgré tout, il n'allait pas laisser Maggie dormir par terre, ses jambes entortillées comme des bretzels.

Il ôta sa main de celle de Robert et la souleva. Elle marmonna une vague protestation dans son sommeil et se lova contre lui. Michael grimaça en sentant son propre corps réagir instantanément. Accélérant le pas, il la porta jusqu'au salon et l'installa sur le canapé, avant de s'asseoir à côté d'elle, les pieds sur la table basse.

Avec un petit grognement, Maggie cala sa tête dans le creux de son cou.

Il se raidit.

Elle poussa un long soupir satisfait, puis ouvrit la bouche et lui lécha la joue, comme pour le goûter.

Jurant entre ses dents, il lutta pour garder son sang-froid et résister à son envie de s'emparer de ses lèvres. Elle lui caressa les épaules, enfouit les mains dans ses cheveux et l'attira vers elle.

Bon sang, non !

— Maggie.

Elle entrouvrit les paupières. Elle avait un regard de chat. Perçant. Mystérieux. Farouche.

— Réveille-toi, *cara*. Tu t'es endormie.

— Tellement fatiguée…

— Je sais, ma belle. Tu n'as qu'à te reposer un peu en attendant que mes cousins rentrent, d'accord ?

Il attendit qu'elle retombe dans le sommeil, mais elle ne cligna même pas des paupières, se contentant de le fixer avec un regard triste qui lui fendit le cœur. Et soudain, une évidence s'imposa à lui avec la force du marteau de Thor.

Elle avait tant à offrir, et personne pour le recevoir. Elle avait enfoui toutes ses émotions déchirantes au fond d'elle-même, dans un endroit confidentiel, et faisait semblant d'aller bien.

Comme si elle avait perçu son désir d'en savoir plus, elle balbutia :

— Je suis tellement fatiguée d'être seule. Fatiguée que personne ne veuille de moi.

Ses mots provoquèrent un séisme en lui. Était-elle à moitié endormie, inconsciente de ce qu'elle disait ? Dans ce cas, comment réagirait-elle demain matin en se rendant compte qu'elle lui avait révélé ses secrets ?

Peu importe ! décida-t-il. Il voulait en savoir plus et n'aurait sans doute pas d'autres occasions. Il glissa la main sur ses cheveux ; elle se détendit sous sa caresse.

— Pourquoi dis-tu cela, *cara* ?

Silence. Quelque chose changea dans l'expression de Maggie ; il comprit qu'elle était complètement réveillée. Il se prépara à un repli glacial.

— Parce que c'est vrai. Mes parents ne me désiraient pas. J'ai eu beau faire des efforts, ils ne m'ont jamais aimée. Puis un jour, j'ai cru que j'étais amoureuse. Et que je comptais pour lui.

Une douleur brute crispa un instant ses traits, puis s'éclipsa.

— Mais c'était faux. Depuis, je me suis promis de ne plus jamais laisser personne me faire mal ou me rejeter. Et j'ai tenu ma promesse, ajouta-t-elle après un long silence. Même si je me sens seule.

Michael l'attira à lui et la serra contre son torse. Les lèvres de Maggie s'arrêtèrent de trembler. À cet instant, un mur invisible s'effondra entre eux, et il comprit pourquoi elle avait choisi ce chemin.

Poussé par le besoin de la soulager plus que par tout autre désir, il prit son visage entre ses mains et approcha ses lèvres des siennes.

— Tu n'es plus seule maintenant, murmura-t-il. Je suis là.

Il l'embrassa, doucement, tendrement, sans cette avidité fiévreuse qui les avait jetés l'un contre l'autre un peu plus tôt. Ébranlé au tréfonds de son âme par l'abandon de Maggie, il se délecta de la saveur sucrée de ses lèvres qui s'entrouvrirent pour l'accueillir et frissonna quand elle mêla sa langue à la sienne dans une danse enivrante. Avec un petit gémissement, il approfondit leur baiser et s'immergea dans la douceur veloutée des pétales de roses dissimulés derrière les épines. Puis, détachant ses lèvres des siennes, il poursuivit son exploration le long de son cou gracile, léchant, mordillant, conscient du corps tremblant de Maggie entre ses bras et de la force avec laquelle elle s'agrippait à lui.

Il modifia sa position, la faisant passer au-dessous de lui, son érection pressée contre ses cuisses. D'un geste vif, elle tira sa chemise hors de son jean et passa les mains derrière le tissu. Il marmonna quelque chose entre la prière et le juron quand elle glissa ses paumes tièdes sur sa peau, lui éraflant légèrement le dos de ses ongles tout en remontant ses jambes pour l'inviter à plus d'intimité. Malgré le désir qui le submergeait, l'envie de lui arracher ses vêtements et de l'allonger sur le canapé de ses cousins, il s'obligea à garder son sang-froid et prit une longue inspiration avant de déclarer :

— Il faut que nous ralentissions, *cara*, ou je vais te prendre là, maintenant.

Il avait prononcé ces mots à son corps défendant, certain qu'en revenant à la réalité Maggie relèverait de nouveau ses défenses. Mais loin de le repousser à l'aide d'une remarque acerbe, elle referma une main sur sa nuque pour l'attirer à elle.

— Je te veux, Michael, murmura-t-elle entre deux baisers fiévreux.

L'entendre prononcer son prénom de sa voix rauque et désirante l'électrifia. Glissant les mains sous ses fesses fermes, il la souleva. Elle poussa un petit cri quand il l'assit sur lui, tout près de son sexe tendu et douloureux, et couvrit son visage de baisers. Mais ce fut à son tour d'avoir un sursaut de surprise en sentant le bouton de son jean sauter.

— Maggie, je crois que... *Dio !*

Une main tiède glissa sous sa ceinture et se referma sur son érection. Un véritable feu d'artifice explosa en lui ; jamais il n'avait été aussi heureux de ne pas avoir mis de sous-vêtement. Elle le serra doucement dans sa main, puis commença à abaisser son jean pour le libérer et...

La porte d'entrée s'ouvrit.

Un rire résonna dans l'entrée, coupant la scène aussi brutalement que dans un mauvais sitcom. Tels deux adolescents pris en faute, ils s'empressèrent de se séparer pour reprendre sagement leurs places côte à côte. Ils avaient à peine terminé de réajuster leurs vêtements quand Brian et Lizzie apparurent. Devant les joues rosies et l'expression radieuse de sa cousine, Michael les soupçonna d'avoir fait l'amour dans la voiture. Ce qui n'avait rien d'étonnant. Si ce qu'il avait vécu ce soir avec ses neveux avait été son quotidien, lui aussi aurait sauté l'étape du cinéma pour passer directement au point fort de la soirée.

Il se leva pour les accueillir, entraînant Maggie avec lui.

Brian les contempla avec un sourire narquois.

— Que se passe-t-il ici ? lança-t-il d'un ton faussement indigné. Que faisiez-vous exactement sur notre canapé pendant que nos adorables fistons dorment innocemment de l'autre côté du couloir ?

Pour toute réponse, Michael lui lança un juron. Brian lâcha un rire, avant de s'arrêter net en posant les yeux sur Maggie.

— Eh, Maggie, je plaisante, précisa-t-il en hâte.

Michael se tourna vers elle. Sa *tigrotta* avait rentré ses griffes. Debout près de lui, elle se dandinait d'un pied sur l'autre, comme penaude et vulnérable.

Il glissa un bras autour de ses épaules pour l'attirer à lui.

— Désolé, Brian, nous sommes tous les deux épuisés. Les garçons vont bien. Ils ont mis l'appartement sens dessus dessous, et je n'ai rien nettoyé.

— Petit con.

— Pareil.

Sur ces mots, ils se dirent au revoir avec chaleur, et après force remerciements et embrassades, Michael conduisit Maggie à la voiture.

La tête appuyée sur le siège, elle contemplait la nuit en silence. Pour la première fois de sa vie, il se sentait mal à l'aise avec une femme. Il n'arrivait pas à savoir ce qu'elle pensait et ne désirait rien d'autre que la réconforter. *Faux,* rectifia-t-il pour lui-même : ce qu'il voulait vraiment, c'était lui faire l'amour et *ensuite* la réconforter.

— Je suis désolée.

Elle avait parlé à mi-voix ; il se demanda s'il avait bien entendu.

— À quel propos ?

Elle poussa un soupir.

— Ce qui s'est passé chez ta mère. Dans la salle de bains. J'ai été infâme.

Merveilleux. Une femme qui reconnaissait qu'elle avait tort, il ne lui manquait plus que ça ! Pourquoi Maggie ne pouvait-elle pas simplement coller à son image et cesser de l'étonner ?

— Pas de problème, assura-t-il. (Après une pause, il reprit :) Cela t'ennuierait de m'expliquer pourquoi ?

Il la sentit se raidir à côté de lui.

— J'ai complètement déraillé.

— Après tout ce qui s'est passé ces derniers jours, ce n'est pas très étonnant, commenta-t-il en riant. D'autant que j'ai voulu aller trop vite et que je t'ai surprise.

— Tu ne m'as absolument pas surprise. J'avais déjà décidé que je coucherais avec toi. Arrête de me prendre pour une pauvre fille naïve incapable de résister à ton charme.

Michael sourit. Il retrouvait enfin sa Maggie, celle avec qui il adorait se battre.

— Dans ce cas, j'espère que tu prends tes décisions rapidement, parce que je n'ai aucune envie de passer encore une nuit en érection pour rien.

Cette remarque lui valut un reniflement hautain.

— Alors, arrête de conduire comme un petit vieux, qu'on ait une chance que tu bandes encore à l'arrivée.

Préférant ne pas répondre, il appuya sur l'accélérateur.

Ils se glissèrent discrètement à l'intérieur de la maison. Maggie se débarrassa de ses chaussures à talons et désigna la salle de bains.

— Vas-y en premier. Je dois prendre des affaires dans ma valise.

Michael para au plus pressé, ôtant sa chemise mais gardant son jean. Quand il sortit pieds nus dans le couloir, son cœur cognait à tout rompre dans sa poitrine. Il avait l'impression de s'apprêter à faire l'amour pour la première fois de sa vie sans être certain de pouvoir tenir jusqu'au bout.

Quand il aperçut Maggie, il comprit qu'il était damné. Elle était le paradis et l'enfer réunis, et il se sentait prêt à accueillir le diable les bras grands ouverts.

Elle l'attendait debout dans la lumière tamisée de la chambre. La dentelle noire de ses dessous soulignait les courbes de son corps, ses seins hauts et fermes, ses hanches arrondies et la peau claire de ses cuisses nues. Ses cheveux dénoués tombaient en mèches soyeuses sur ses épaules blanches.

Mais le corps de Maggie n'était pas la seule raison de sa fascination, comprit-il en s'approchant. Elle avait de nouveau dans le regard cette pointe de vulnérabilité qu'il avait perçue un peu plus tôt et qui le touchait au plus profond de son être. Il la vit danser d'un pied sur l'autre comme si elle hésitait encore. Mais il était trop tard : il avait attendu trop longtemps pour reculer maintenant.

Franchissant d'un pas la distance qui les séparait, il la saisit par les épaules. La pointe de ses seins frôla son torse nu, et elle poussa un petit cri surpris. Il la contempla un moment en silence, se repaissant de chaque parcelle de ce corps sur le point de lui appartenir. Sa tigresse tenta de reprendre pied.

— Euh, Michael, on devrait peut-être...

— Non, *cara*, coupa-t-il en se penchant vers elle en souriant. Le temps est venu.

Tous ces romans BDSM qu'elle avait lus lui avaient-ils ramolli l'esprit ? Au lieu de prendre les choses en main comme elle le faisait toujours dans ce genre de situation, Maggie, les jambes en coton, se stupéfia d'accepter sans protester tout ce que proposa l'homme face à elle.

Et elle adora chaque instant.

Quand Michael abaissa son visage vers le sien, elle sentit sa chaleur l'attirer tel un aimant et ne chercha même pas à retenir le petit cri étranglé qui s'échappa de ses lèvres. Elle avait tellement besoin du contact de ses mains et de son corps pour chasser les démons du doute et de la vulnérabilité qui la déchiraient. Et il suffit d'un baiser pour que ces démons qui revenaient chaque nuit lui rappeler son infinie solitude se dissipent en fumée.

Fini le temps de la séduction et des longs baisers langoureux. Maggie eut le souffle coupé par l'assaut dont sa bouche fut la cible. Les sens affolés par le goût du café, de la menthe et du désir brut, elle referma les bras autour des épaules de Michael et s'y agrippa. Il la renversa en arrière comme pour mieux l'explorer, lui promettant l'enfer et le paradis tandis que le plaisir montait en elle par vagues successives. Renonçant à tout espoir, toute envie même de contrôler la situation, elle s'abandonna à chaque instant, se délectant de chaque sensation, chaque coup de langue, chaque coup de dent, tandis que l'érection de Michael se faisait de plus en plus dure et pressante contre son ventre.

Soudain, il détacha ses lèvres des siennes et la détailla. Son regard sombre étincelant d'une lueur sauvage, il contempla son corps nu sous la dentelle noire. Un frisson la parcourut quand il traça du bout de l'index une ligne imaginaire entre ses seins, avant d'en suivre l'arrondi, les doigts tremblants de désir. Ses mamelons se dressèrent aussitôt, et il fit glisser son pouce sur l'un, puis sur l'autre, décochant chaque fois une flèche brûlante qui la traversa jusqu'à l'entrejambe et la fit vaciller.

Il recula d'un pas pour recommencer à l'étudier sans hâte, puis, un sourire gourmand sur les lèvres, la renversa sur le lit.

Là, sans lui laisser le temps de rassembler ses esprits, il ôta son jean en un temps record. Maggie sentit le souffle lui manquer à la vue de son sexe dressé, si long, si puissant... Elle tendit la main vers lui, mais il fut plus rapide. Saisissant les fines bretelles de son body, il fit glisser le vêtement de dentelle sur ses seins, son ventre, ses cuisses, ses pieds... Puis il le jeta à terre et lui écarta lentement les jambes.

Maggie poussa un gémissement. Totalement offerte sous le regard carnassier de Michael, elle sentit soudain la panique lui nouer les entrailles. Elle leva les bras pour le repousser, mais comme s'il avait perçu son malaise, il redressa la tête et riva les yeux aux siens.

— Tu es tellement belle, murmura-t-il. (Son index et son majeur s'insérèrent délicatement dans les replis de son intimité et s'enfoncèrent dans son sexe.) *Dio*, si je ne te prends pas maintenant, je vais mourir.

— Michae...

— Oui, Maggie, montre-moi ta jouissance. Je veux t'entendre crier.

Joignant sa bouche à la fête, il lécha sa chair gonflée tandis qu'il plongeait deux doigts profondément en elle. Elle se cambra en poussant un cri. La sensation affolante de ses doigts dans son vagin et sa langue tiède sur son clitoris la conduisaient inexorablement vers l'orgasme. Dans un ultime effort pour ne pas succomber, elle agrippa la couverture, mais les caresses lancinantes de Michael ne la laissèrent pas reprendre pied. Les veines parcourues d'une lave brûlante, elle approcha de plus en plus près de l'extase.

— Je vais... oh, mon Dieu, je ne peux...

— Viens, Maggie.

Plongeant une dernière fois ses doigts en elle, il accentua doucement la pression de sa langue sur son clitoris et la fit passer de l'autre côté. Électrisée, elle poussa un cri et s'arqua pour mieux s'offrir, exiger plus. Il lui obéit, continuant à la caresser pour prolonger sa jouissance jusqu'à ce que chacune de ses fibres tremble d'épuisement et de plaisir.

Michael déposa de doux baisers à l'intérieur de ses cuisses, puis se leva, avant de revenir avec un préservatif. Jetant la boîte sur le côté, il s'allongea sur elle. Maggie gémit au contact de sa peau brûlante contre la sienne, de ses muscles fermes et son sexe dur et palpitant.

Elle goûta le parfum de sa propre volupté quand Michael s'empara de ses lèvres pour un long baiser ardent. Fragilisée par l'intensité de son orgasme, elle le laissa prendre les commandes et lui faire à nouveau gravir avec une insupportable lenteur les barreaux de l'échelle menant au septième ciel. Enfin, alors que ses mains agiles jouaient avec ses mamelons, elle rendit les armes et lui donna ce qu'il voulait.

— Prends-moi, Michael, supplia-t-elle en nouant ses jambes autour des siennes pour mieux le presser. S'il te plaît.

Il émit un rire de gorge tout en titillant du bout des dents la pointe de son sein, sentant son corps se tendre au-dessous de lui.

— Tu me le demandes si gentiment, *cara*. Et j'ai tellement envie de me perdre en toi.

Il mit le préservatif et se plaça à l'entrée de son sexe où il resta un moment immobile. L'humidité moite l'invitait à s'aventurer plus loin, mais il résista, pénétrant juste un peu plus profondément, puis encore un peu plus, et un peu plus, jusqu'à ce que Maggie, la tête rejetée en arrière, lui enfonce ses ongles dans le dos en suppliant :

— Continue. Bon sang, va jusqu'au bout.

Il lui immobilisa le visage pour plonger ses yeux dans les siens, lui promettre muettement de prendre tout ce qu'elle avait à lui offrir. Puis il s'enfonça en elle.

Maggie poussa un cri en sentant son pénis la remplir entièrement, occuper non seulement l'espace de son corps, mais aussi celui de son esprit et de son âme. La panique se déchaîna en elle face à cette invasion capable de détruire toutes ses barricades et de mettre au jour la vérité.

— Non ! s'écria-t-elle d'une voix étranglée. Je ne peux pas, je ne peux pas !

— Doucement, *amore mio*. Détends-toi. Laisse-moi rester.

Son corps se relâcha ; une vague ardente la submergea. Michael émit un grognement, luttant manifestement pour ne pas perdre le contrôle, et elle sentit l'air lui manquer tandis que son corps, emprisonné sous le sien, s'enfonçait dans le matelas. Elle était totalement impuissante, à sa merci.

Des larmes lui embuèrent la vue.

— Je ne peux pas, répéta-t-elle faiblement.

Il déposa un baiser sur son sourcil.

— Doucement, ma belle. Je sais ce dont tu as besoin.

D'un mouvement vif, il roula sur le dos, la faisant passer au-dessus de lui.

Une merveilleuse sensation de liberté et de maîtrise la traversa. Elle se détendit et se cambra sur Michael, qui poussa un gémissement rauque.

— C'est mieux ?

Elle sourit.

— Oui.

— Je ne vais pas pouvoir tenir plus longtemps, confia-t-il en refermant ses paumes sur ses seins. Chevauche-moi, *cara*. Sauvagement.

Penchant la tête en arrière, elle s'exécuta, montant et descendant le long de son pénis, son plaisir décuplé par les soupirs rauques de Michael et un enivrant sentiment de puissance. À califourchon sur lui, sa poitrine pétrie par ses mains, elle se sentait libre, belle et désirée.

— Maintenant, *amore mio*. Maintenant.

Emportée par le rythme de plus en plus rapide de sa danse, elle s'abandonna à la jouissance et, le corps agité de tremblements, hurla son nom dans la nuit. L'instant d'après, Michael la rejoignait dans un grand cri. Alors, son monde vola en milliers d'éclats, et c'est sans la moindre retenue qu'elle se laissa porter jusqu'aux dernières limites de l'extase. Quand elle retomba sur lui et qu'il la serra dans ses bras, une seule phrase s'imposa à elle, tournant dans son cœur et son esprit :

Je suis chez moi.

Puis elle ferma les yeux et s'endormit.

9

Dégustant à petites gorgées son café corsé et fumant, Maggie contemplait les collines verdoyantes parsemées de toits ocre qui s'étendaient devant elle. À l'horizon, les plus hauts sommets dressaient leur masse fière à la crête immaculée baignée de lumière. Inspirant l'air aux senteurs d'olive et de citron, elle tenta sans succès de calmer les battements affolés de son cœur.

Cette nuit, Michael lui avait fait l'amour.

Une succession d'images et de sensations déferlèrent dans sa mémoire sans qu'elle puisse les arrêter : la délicieuse chaleur et l'explosion de son orgasme ; la courbe des lèvres de Michael quand il lui avait souri ; la douceur de ses paumes sur sa peau ; sa délicatesse, comme si elle était un être fragile et précieux, pas une aventure d'une nuit ou deux.

Ce qu'elle était pourtant.

Car à la fin de la semaine, cette mascarade prendrait fin et il partirait. Comme tous les autres.

Comment en était-elle arrivée là ? Elle lui avait révélé ses secrets de son plein gré pendant qu'ils gardaient les enfants de son cousin et n'avait personne à blâmer à part elle-même. Sans rien lui demander, en se montrant simplement gentil et attentionné, Michael l'avait poussée à s'ouvrir, et alors qu'un instant plus tôt elle le menaçait de repartir par le premier avion, elle s'était subitement retrouvée en train de le défier de lui faire l'amour. Tout cela parce qu'elle était assez bête pour croire qu'il suffirait de coucher avec lui pour le chasser de son esprit.

Elle but une autre gorgée de café. À son réveil, elle avait trouvé un petit mot dans lequel il l'informait qu'il partait en ville et reviendrait la chercher dans deux ou trois heures pour l'emmener visiter *La Dolce Famiglia*. Se retrouver seule dans le lit après la nuit qu'ils venaient de passer l'avait dévastée. En général, elle devait prendre sur elle pour ne pas quitter ses amants aux premières lueurs de l'aube, mais aujourd'hui, pour la première fois, elle aurait aimé passer la matinée entière dans les bras de l'homme avec qui elle avait fait l'amour. Michael était sans cesse en train de la surprendre, de la défier et de lui donner envie de plus. Il représentait un danger. Pour son corps, mais aussi pour son cœur.

Elle devait partir de là.

Son cœur s'affola et son sang rugit dans ses veines. Sentant la crise de panique approcher, Maggie s'empara de son appareil photo dans l'espoir de contrôler ce qu'elle considérait comme une défaillance majeure de sa personnalité. Respirer profondément et vider son esprit. Elle se mit à mitrailler le paysage, focalisant son attention sur tout ce qu'elle voyait, à la recherche d'un détail unique et incroyable. Elle se déplaça sur la terrasse, l'esprit fixé sur le son de l'obturateur et la luminosité de l'objectif. Sur tout sauf le gouffre qui l'attirait à lui.

— Miaou !

Maggie bondit en arrière en entendant miauler. Elle retrouvait avec peine son équilibre quand elle vit une grosse boule de fourrure noire sauter dans sa direction.

— Merde ! s'exclama-t-elle en se précipitant vers le centre de la terrasse. File de là, sale bête !

Indifférent à ses cris, le chat, ou quoi que fût cette énorme chose, combla rapidement la distance qui les séparait, la fixant de ses yeux verts étincelants. Maggie se réfugia derrière une chaise en fer forgé. Elle avait toujours eu horreur des chats. Elle parvenait encore à accepter les chiens parce qu'ils étaient généralement affectueux et ne demandaient pas plus que ce qu'on leur offrait, mais les chats lui faisaient penser à des divas capricieuses pour qui les humains n'avaient d'autre fonction que de les servir. Ils l'insupportaient au plus haut point – plus encore que les enfants –, et il était hors de question qu'elle reste en compagnie de celui-ci un instant de plus. L'ennui, c'est qu'il faisait à peu près trois fois la taille normale et lui fichait une peur bleue avec son regard diabolique.

— Ah, je vois que tu as fait connaissance avec Dante.

Maggie fit volte-face. Michael, rasé de près, ses cheveux noirs noués en catogan, lui sourit. Il avait l'air frais et reposé alors qu'elle-même devait faire appel au peu de contenance qui lui restait pour ne pas s'effondrer.

— Qu'est-ce que vous lui donnez à manger ? Des petits enfants ?

Il lâcha un léger rire et s'accroupit pour appeler le félin. Dante agita nerveusement la queue et feula. Maggie fit un petit bond en arrière.

— Tu n'as quand même pas peur des chats, *cara* ?

Elle frissonna.

— Je ne les aime pas, c'est tout. Ils ont mauvais caractère et vous sautent dessus pour un rien.

— Tiens, cette description me rappelle quelqu'un.

— Très drôle. Il est à vous ?

Michael secoua la tête.

— Non, c'est un chat errant. Il vient nous voir de temps en temps quand il a faim, mais il ne laisse personne l'approcher. Même Carina, que nous surnommons « la fille qui murmure à l'oreille des animaux », n'a jamais réussi à l'apprivoiser. Dante a un problème.

Elle examina l'animal. Il était propre, bien en chair...

— Si j'ai bien compris, résuma-t-elle, il se fait nourrir et soigner par ceux-là même auxquels il interdit de l'approcher. Intéressant.

— Sans doute, convint Michael dans un murmure.

Brusquement, sans lui laisser le temps de réagir, il la prit dans ses bras. Son souffle mentholé effleura ses lèvres, lui donnant l'impression de fondre.

— Tu as bien dormi cette nuit ?

— Oui.

— Menteuse.

Son regard sombre étincelait, empli de promesses et dangereux.

— Si faire l'amour trois fois te laisse encore le temps de dormir, je promets de faire mieux cette nuit.

Oh, mon Dieu !

La bouche sèche, elle se rappela qu'une autre nuit serait risquée. Elle cilla et voulut s'éloigner, mais il la serra un peu plus fort.

— Michael...

— J'aime entendre ta bouche prononcer mon prénom, murmura-t-il avant de s'emparer de ses lèvres.

Elle l'accueillit aussitôt, mêlant sa langue à la sienne dans une longue danse sensuelle. Un éclair de plaisir la traversa quand il lui mordilla la lippe, faisant naître une merveilleuse chaleur entre ses cuisses. Elle avait tellement envie de lui, envie de goûter chaque centimètre carré de sa peau et de découvrir ces muscles fermes qu'elle sentait sous ses vêtements. S'abandonnant à l'étreinte, elle s'immergea dans la sensation brûlante et…

— Aïe !

D'un geste vif, il la repoussa en se mettant à sautiller sur une jambe.

Elle baissa les yeux pour s'apercevoir avec horreur que Dante avait planté ses dents dans le mollet de Michael. À la vue des petits trous dans le tissu de son pantalon, elle se figea, effrayée à l'idée d'être le prochain mets du félin. Comme s'il avait lu dans ses pensées, le chat tourna la tête vers elle et se dirigea dans sa direction en crachant.

— Dante !

Michael se mit à crier en italien et le repoussa d'un geste menaçant. L'ignorant, le chat bondit sur elle. Elle ferma les yeux, paralysée, et…

Dante se frotta contre sa cheville. En ouvrant les paupières, elle s'aperçut que ce qu'elle avait pris pour un bruit de moteur au loin était un ronronnement. Tout en lissant ses longues moustaches, il fit trois fois le tour de sa cheville, puis s'assit près d'elle.

Michael le contempla, puis reporta son regard sur elle.

— Incroyable ! Je ne l'ai jamais vu faire ça, murmura-t-il. Et c'est la première fois qu'il mord.

— Eh ! Je n'y suis pour rien. Je t'ai dit que je détestais les chats. Ce n'est pas moi qui lui ai demandé de te mordre !

— Bien sûr que non. C'est bien plus profond que ça. Il sent sûrement quelque chose qui nous échappe.

Maggie n'en revenait pas.

— Vous nourrissez vraiment cette chose ? demanda-t-elle, incrédule. Vous êtes dingues, ou quoi ? Il n'a aucune affection pour vous, il vous considère comme sa gamelle, c'est tout.

En guise de réponse, Michael la fixa de son regard sombre. La tension sexuelle entre eux monta soudain d'un cran. Maggie sentit son cœur s'emballer.

— Margherita ? Michael ?

Ils sursautèrent. La mère de Michael se tenait sur le seuil de la porte, un tablier sur sa robe, ses cheveux relevés dans un chignon serré. Sa volonté et son autorité naturelles – celles-là même qui lui avaient permis de créer une affaire florissante et d'éduquer quatre enfants – transparaissaient sur ses traits aristocratiques.

— Qu'est-ce qui se passe ici ?

— Je présentais juste Maggie à Dante, répondit Michael.

Mama Conti poussa une exclamation surprise.

— Dante s'est assis à côté de Margherita ?

— Eh oui, c'est la nouvelle du jour !

Mal à l'aise, Maggie recula d'un pas pour s'éloigner du félin mangeur d'homme. Celui-ci se contenta de lui lancer un regard hautain, comme s'il n'éprouvait que du mépris devant tant de lâcheté.

— *Mama*, nous allons passer voir Julietta à la fabrique. As-tu besoin de quelque chose ?

— Oui. Je vais te donner une liste. Margherita, tu pourrais venir m'aider à la cuisine ?

Maggie hésita. Malgré son respect et son affection pour la mère de Michael, elle ressentait une certaine crainte à l'idée de rester seule avec elle. Cette femme était trop fine et posait trop de questions. Que se passerait-il si, par inadvertance, elle laissait poindre la vérité ? Michael lui fit signe de suivre sa mère, mais elle secoua la tête.

— Pour être franche, je n'aime pas vraiment cuisiner. Peut-être que Michael serait plus efficace.

— Michael sait déjà cuisiner, fit valoir Mama Conti, pas toi. Allez, suis-moi.

Sur ces mots, elle disparut dans la maison.

Maggie jura entre ses dents, sa contrariété amplifiée par la réaction de Michael qui peinait à dissimuler son hilarité.

— J'ai horreur de la cuisine, tempêta-t-elle. Et ta mère me fait peur. Comment ferons-nous si elle se doute de quelque chose ?

— Elle ne se doutera de rien. Sois juste aimable, *cara*. Et évite de faire exploser la cuisine.

Maggie ramassa son appareil photo et s'éloigna en lui lançant un regard mauvais. Un miaulement s'éleva derrière elle, mais elle l'ignora. Soudain, l'ironie de sa situation lui parut évidente. Depuis son arrivée en Italie, elle semblait devoir faire face à tout ce qu'elle avait toujours pris soin d'éviter. Tout avait commencé par Carina et son besoin d'indépendance, puis il avait fallu s'occuper des quatre enfants du cousin de Michael, gérer un chat psychopathe, et maintenant, elle devait veiller à ne pas se mettre à dos la mère de Michael en empoisonnant toute la famille. Maugréant à voix basse, elle posa son appareil sur la table.

Mama Conti avait déjà disposé plusieurs plats creux et verres doseurs sur le plan de travail. Au centre trônait un robot haut de gamme derrière lequel étaient alignées une dizaine de pommes rouges dignes de la méchante reine de *Blanche-Neige*.

Maggie contempla les pots de sucre, de farine et de levure avec un enthousiasme feint. Si seulement elle avait pu avoir un verre de vin ! Mais à 9 heures du matin, cela risquait de donner une image d'elle peu glorieuse.

— Alors, que préparons-nous de bon aujourd'hui ? s'enquit-elle avec un sourire forcé.

Mama Conti lui tendit une feuille à moitié froissée.

— Voilà notre recette.

— Ah ? Je pensais que vous n'utilisiez plus de recettes depuis longtemps.

— C'est le cas, Margherita. Mais toi, tu en as besoin. Je te propose de commencer par quelque chose de simple : *la torta di mele*, un feuilleté aux pommes qui a fait la réputation de notre maison. Il accompagnera parfaitement le café du goûter.

Maggie parcourut la longue liste d'instructions et s'arrêta au point numéro trois. Un jour, elle avait eu envie de faire un gâteau au chocolat et avait acheté un mélange tout prêt en s'imaginant que ce serait facile. Mais elle n'avait pas dû remuer le mélange suffisamment longtemps ou avec assez d'énergie, car en fait de pâte, elle avait obtenu un conglomérat de grumeaux. Cela avait beaucoup amusé son petit copain du moment, qui s'était retrouvé à la porte de chez elle le soir même.

— Je reste près de toi. Vas-y.

C'était la première fois qu'une femme plus âgée lui donnait des ordres. Si l'on exceptait la mère d'Alexa quand, adolescente, elle passait ses journées chez son amie, évidemment. Maggie mesura avec soin les différents ingrédients et les versa dans le plat selon l'ordre indiqué. Bon, puisque de toute façon, elle ne pouvait pas échapper à la torture, autant en tirer profit en fouinant un peu…

— Michael m'a dit que vous lui aviez appris à cuisiner très jeune, lança-t-elle. Il a toujours voulu reprendre l'entreprise familiale ?

— Oh non, répondit Mama Conti. Pendant très longtemps, il voulait devenir pilote de course.

— Pilote de course ! répéta Maggie, abasourdie.

— *Si*. Il se débrouillait très bien, même si mon cœur s'arrêtait de battre chaque fois qu'il s'élançait sur la piste. Son père et moi avons tout fait pour le décourager, mais c'était plus fort que lui, il y revenait toujours. À cette époque, le projet devenait florissant et nous venions d'ouvrir notre première succursale à Milan. Mon mari aurait voulu qu'il assume ses responsabilités vis-à-vis de la famille et de nos affaires, et ils se disputaient souvent tous les deux.

— J'ignorais qu'il avait été pilote, il ne m'en a jamais parlé, murmura Maggie.

Les mots lui avaient échappé avant qu'elle s'en rende compte. Bon sang ! Elle aurait dû être au courant du passé de son mari. Heureusement, Mama Conti, loin de s'en étonner, déclara :

— Cela ne me surprend pas. C'est une période de sa vie dont il parle rarement aujourd'hui. Non, Margherita, on casse les œufs ainsi.

D'un coup sec, elle ouvrit la coquille en deux et en fit glisser le contenu dans le plat.

Maggie voulut l'imiter, mais la coquille explosa. Elle grimaça. Tranquillement, sans un mot, Mama Conti approcha d'elle le panier d'œufs en souriant. Maggie essaya de se concentrer sur sa tâche, mais son esprit revenait toujours à Michael s'opposant à la volonté de ses parents parce qu'il voulait devenir pilote.

— Pourquoi a-t-il changé d'avis ?

Mama Conti soupira.

— Pour différentes raisons. Tout d'abord, un de ses amis a eu un grave accident, ce qui nous a rendus encore plus inquiets. Puis Venezia nous a fait comprendre qu'elle non plus n'avait pas l'intention de travailler dans l'entreprise familiale. Bien sûr, nous aurions pu revendre la succursale de Milan, mais mon mari voulait l'agrandir, et j'ai toujours aimé cuisiner. Renoncer à notre rêve aurait été un crève-cœur pour tous les deux. Je ne sais pas ce que nous aurions fait si les choses avaient continué dans ce sens. Mais, grâce à Dieu, Michael a fini par choisir.

Maggie cassa un autre œuf sur le rebord du plat. Un sentiment de satisfaction l'envahit en voyant la coquille se briser proprement en deux. Sept devait être son chiffre porte-bonheur.

— Michael a renoncé à la course ?

— Non, répondit Mama Conti, une expression de regret glissant fugitivement sur ses traits. Au contraire, il a décidé de quitter l'entreprise et de gagner sa vie en tant que pilote professionnel.

Maggie plissa les yeux.

— Je ne comprends pas.

— Pendant un an, il s'est consacré totalement à la course. Il était jeune mais talentueux, et son objectif était de courir le Grand Prix. Puis mon mari a eu son infarctus.

Maggie releva la tête vers Mama Conti, consciente d'être sur le point d'apprendre une terrible vérité. Malgré son envie de plaquer ses deux mains sur les oreilles pour ne rien savoir de cette histoire, elle s'entendit demander :

— Et... ?

La *mama* s'essuya les mains sur son tablier en soupirant.

— Quand il a appris que son père avait eu une attaque, Michael est rentré immédiatement. Il est resté à son chevet nuit et jour. Au début, nous pensions que mon mari allait se remettre, mais il a eu une nouvelle attaque et son cœur n'a pas résisté. En sortant de la chambre d'hôpital, Michael m'a annoncé qu'il arrêtait la Formule 1 et reprenait l'entreprise.

Il y eut un silence pendant que Mama Conti, le regard hanté, revivait ce jour funeste.

— Je n'ai pas seulement perdu mon mari ce jour-là, reprit-elle finalement, mais aussi une partie de mon fils. Cette partie libre et rebelle qui le caractérisait depuis toujours. Il est devenu un fils modèle, un frère modèle et un homme d'affaires achevé. Bref, tout ce qu'il nous fallait. Sauf qu'il a laissé une part de lui-même derrière lui.

Sa voix s'étrangla sous l'émotion. Maggie crispa les doigts autour du fouet. Pas étonnant que Michael ait toujours l'air aussi parfait. Il avait renoncé à ses rêves pour devenir celui dont sa famille avait besoin. Sans penser à lui ni se plaindre. Pas une fois elle n'avait supposé qu'il n'était pas celui qu'il désirait être.

Mama Conti secoua la tête avant de conclure :

— Maintenant, tu connais toute l'histoire. Étant donné que tu es sa femme, il me semblait normal que tu saches.

La gorge nouée, Maggie se contenta d'approuver d'un signe de tête. L'image qu'elle s'était faite de Michael venait de voler en éclats, laissant place à un homme prêt à se sacrifier pour le bonheur des siens.

— Et toi, Margherita ? demanda soudain Mama Conti, la sortant de ses pensées. Parle-moi un peu de toi. Comment se fait-il que ta mère ne t'ait jamais appris à cuisiner ?

Maggie se concentra sur la pomme qu'elle pelait.

— Ma mère n'est pas vraiment ce qu'on appelle une femme d'intérieur. Elle évolue dans le milieu du cinéma et, pour elle, ce sont les nounous ou les gouvernantes qui s'occupent des enfants. Cela dit, je n'ai jamais manqué de rien et nos cuisinières nous préparaient des plats délicieux.

La mère de Michael leva les yeux vers elle. Puis, posant la pomme qu'elle tenait entre les doigts, elle la dévisagea comme si elle cherchait à percevoir chaque nuance de son expression.

— Es-tu proche de tes parents aujourd'hui ?

Maggie soutint son regard.

— Non. Mon père est remarié et ma mère trouve que déjeuner ensemble une ou deux fois par an est largement suffisant.

— Tu as des grands-parents ? Des tantes ou des oncles ? Des cousins ?

— Juste mon frère. Mais il n'y a vraiment pas de quoi se plaindre. Nous avons grandi dans l'opulence, avec un tas de gens pour s'occuper de nous, et la vie était plutôt facile.

— Foutaises !

Maggie resta un instant bouche bée.

— Pardon ? demanda-t-elle finalement.

— Tu m'as bien entendu, Margherita. Votre vie à ton frère et toi n'a pas été facile. Vous n'aviez personne pour vous guider, vous apprendre des choses et vous aimer. Avoir des enfants, ce n'est pas seulement répondre à leurs besoins physiologiques ou matériels. Tes parents sont vraiment stupides d'être passés à côté d'une personne aussi belle et spéciale que toi. En tout cas, tu as su devenir forte et indépendante. Exactement le genre de femme qu'il faut à mon fils.

Maggie émit un petit rire sceptique.

— J'ai du mal à le croire, nous sommes tellement différents. (Elle se mordit les lèvres, mais il était trop tard. Bon sang, elle avait encore commis un impair.) Je veux dire, au début, nous pensions que ça ne marcherait jamais entre nous, dit-elle pour se rattraper. Mais nous sommes tombés amoureux.

— Mmm... Je vois.

Maggie se mit à malaxer la pâte devant elle avec ardeur.

— À quelle date Michael et toi vous êtes-vous mariés, Margherita ?

Maggie dut faire un effort pour se rappeler qu'elle avait souvent menti et ne se débrouillait pas trop mal dans ce domaine.

— Il y a deux semaines.

— C'est-à-dire ?

— Euh, le 20 mai. Mardi 20 mai.

Mama Conti hocha la tête et garda un instant le silence avant de commenter :

— C'est une bonne date pour un mariage, n'est-ce pas ?

— Oui.

— Aimes-tu mon fils ?

Maggie posa le fouet et se tourna vers son interlocutrice.

— Pardon ?

— Aimes-tu mon fils ?

— Euh, bien sûr que je l'aime. Je n'aurais jamais épousé un homme que je n'aimais pas.

Elle eut un petit rire forcé qu'elle espéra convaincant. Michael et ses idées stupides ! Si elle avait pu le tenir en cet instant, elle lui aurait volontiers tordu le cou.

Brusquement, deux mains puissantes la saisirent par les épaules et la firent pivoter. Le regard inquisiteur de Mama Conti plongea dans le sien, à la recherche de la vérité. Maggie retint son souffle. Elle n'allait tout de même pas se trahir alors qu'il ne restait plus que quelques jours à tenir. Une dizaine de réponses susceptibles de convaincre la mère de Michael qu'ils étaient bel et bien mariés lui traversèrent l'esprit. Mais avant qu'elle décide laquelle choisir, l'expression de Mama Conti se radoucit et elle déclara :

— *Si*. Vous êtes faits l'un pour l'autre. Grâce à toi, il a retrouvé son caractère libre et rebelle d'autrefois. Tu t'en rendras compte toi-même avant de repartir d'ici. (Puis, sans lui laisser le temps de répondre, elle tira à elle le robot ménager et enchaîna :) Maintenant, je vais te montrer comme on se sert de ça. Fais bien attention si tu tiens à garder tous tes doigts.

Maggie déglutit. Son démon intérieur se réveilla, prêt à lui rappeler qu'elle ne serait pas à la hauteur de ce qu'on attendait d'elle.

— Pourquoi faites-vous ça ? interrogea-t-elle. Je n'aime toujours pas cuisiner. Je ne lui ferai pas de gâteaux ni de délicieux desserts maison une fois que nous serons rentrés aux États-Unis. Je rentre tard du travail, commande des plats préparés et lui dis que s'il a envie d'une bière, il n'a qu'à se servir dans le frigo. Je ne serai jamais l'épouse idéale.

Elle s'attendait à une remarque cinglante de Mama Conti, l'espérait presque. Au lieu de quoi, celle-ci déclara avec un petit sourire :

— Il a essayé plusieurs fois de tomber amoureux de l'épouse idéale. Ou du moins, de ce qu'il considérait comme l'épouse idéale.

Maggie sentit un désir profond croître en elle. La gorge nouée, elle s'efforça de l'ignorer. Après tout, elle l'avait étouffé plusieurs fois dans le passé, il n'y avait pas de raison pour qu'elle n'y parvienne pas aujourd'hui. Tel Rocky, elle continuait round après round, consciente que si elle chutait, elle ne s'en remettrait jamais totalement.

Comme si elle avait lu dans ses pensées, Mama Conti lui caressa la joue.

— Quant à t'apprendre à cuisiner, je le fais pour la simple raison que toutes les femmes devraient être capables de faire un dessert maison. Pas forcément pour les autres, mais pour elles-mêmes. Maintenant, mélange.

Après des kilos de pommes épluchés, le gâteau fut enfin enfourné. Soulagée d'être encore en possession de ses dix doigts, Maggie ramassa son appareil photo sur le comptoir et se tourna vers la *mama* pour la remercier. Mais, avant même de s'en rendre compte, elle avait placé son œil dans le viseur, captivée par l'image devant elle. Tremblante, elle appuya sur le déclencheur. Encore et encore.

Mama Conti fixait la fenêtre, le regard perdu dans le vague. La tête légèrement inclinée sur le côté, un sourire aux lèvres, elle serrait le plat qui avait servi à confectionner la pâte contre sa poitrine, visiblement ailleurs, très loin d'ici, dans une scène ressurgie du passé. Une mèche échappée de son chignon retombait sur sa joue, et le soleil qui filtrait par la vitre caressait son beau visage aux rides expressives. Il y avait tant d'émotion, tant de profondeur dans cette scène que Maggie sentit son cœur se dilater. C'était un moment magique, hors du passé, du présent ou du futur. Un moment de pure humanité.

Alors, l'espace d'un instant, dans la cuisine de Mama Conti, Maggie eut l'impression de faire enfin partie de quelque chose. Elle sentit l'effet que cela devait faire d'avoir une vraie famille et fut brièvement tentée… Avant de rejeter hâtivement la sensation au fond de la boîte et de rabattre le couvercle d'un geste ferme.

Maggie demeura silencieuse, veillant à ne pas déranger la vieille femme dans ses souvenirs et se demandant d'où lui venait cette envie de pleurer.

— Hors de question !

Étouffant un grognement, Michael affronta le regard furieux de ses deux sœurs à l'autre bout de la salle de réunion. Malgré son irritation, il garda son sang-froid, affichant le calme et l'autorité dont il faisait toujours preuve face aux drames familiaux. Les deux publicitaires les dévisagèrent tour à tour, ne sachant visiblement pas quel parti prendre.

Avec un sourire lénifiant, il se tourna vers eux.

— Combien de temps vous faut-il pour concevoir une nouvelle campagne ?

Les deux hommes échangèrent un regard. Leurs yeux brillaient à l'idée du profit qu'ils pourraient tirer de la situation.

— Donnez-nous une semaine, répondit l'un d'eux. Vous serez épaté. Je vous promets que ça fera un tabac.

— Parfait. Je vois ça en détail avec mes sœurs et je vous rappelle dans la foulée.

— *Si. Grazie, signore* Conti.

Michael attendit que la porte se soit refermée derrière eux pour faire face à ses sœurs.

— Je te rappelle que nos désaccords doivent rester au sein de la famille, Julietta, lança-t-il.

— Tu ne m'as même pas écoutée, protesta celle-ci avec amertume. Une fois de plus. J'ai passé des mois à m'occuper de cette campagne, Michael, et je pense que tu vas dans la mauvaise direction.

D'un geste méprisant, il désigna les photographies étalées sur la longue table en merisier.

— Je me suis longuement penché sur les habitudes des consommateurs et les études marketing. Le côté traditionnel et bon enfant ne marchera pas à New York ; même ici, il est temps de se renouveler. Je veux changer notre image : mettre en scène une fille sexy en train de déguster un gâteau et trouver un slogan qui crée un lien entre sexe et gourmandise.

Julietta s'étrangla de stupeur.

— Pardon ? Tu as perdu la tête, ou quoi ? C'est l'entreprise de *mama* ; je refuse de te laisser l'exploiter pour l'argent. (Tirant à elle les photos, elle décréta :) C'est moi qui suis chargée de la publicité et notre nouvelle campagne me plaît. Notre CA est stable, il n'y a aucune raison de jeter aux orties quelque chose qui marche bien.

— Je ne suis pas d'accord, protesta Michael d'un ton sans appel. Tu as beau être la directrice générale, je te rappelle que je détiens toujours la plus grosse part de la société. Je suis convaincu que nous devons profiter de l'ouverture des succursales de New York pour prendre des risques. Je veux de nouveaux encarts dans la presse, des spots télévisés et des affiches, et je n'ai pas l'intention d'en discuter.

Malgré le poids des responsabilités qui pesaient sur ses épaules, il se redressa et fit face comme à son habitude. *Dio*, comme il aurait aimé ne pas être toujours celui qui devait prendre les décisions difficiles.

— Je sais que tu n'es pas d'accord et que ça te met en colère, mais je sens que c'est ce qu'il faut faire pour l'avenir de *La Dolce Famiglia*.

Au total, ils avaient ouvert vingt boulangeries-pâtisseries dans la région de Milan et de Bergame. Toutes étaient dirigées avec soin et proposaient des produits de grande qualité aux particuliers mais aussi aux traiteurs et restaurants étoilés. Leurs bureaux occupaient tout le dernier étage d'un magnifique immeuble du centre de Milan, et ils avaient finalement mis sur pied leur propre unité de production, ce qui leur permettait d'avoir un contrôle total sur la qualité et la fraîcheur. Diriger un empire de cette taille impliquait des décisions difficiles, et même si cela l'obligeait à marcher sur les plates-bandes de Julietta, il tenait à les prendre. Car si la campagne échouait, il se sentirait le premier responsable. Il ouvrit la bouche pour expliquer toutes ces raisons à sa sœur, mais elle ne lui en laissa pas le temps.

— Je n'arrive pas à croire que tu me traites avec autant de mépris ! s'exclama-t-elle, les poings serrés.

Son visage généralement serein était crispé de colère. Sa voix tremblait. Vêtue d'un tailleur et de ballerines bleu marine, ses cheveux relevés en chignon, elle était l'image même de la parfaite femme d'affaires. Si l'on exceptait les larmes dans ses yeux.

— Je préfère arrêter. Trouve quelqu'un pour me remplacer puisque, visiblement, tu ne me fais pas confiance.

Michael tressaillit, stupéfait de la violence de sa réaction.

— *Cara*, je ne voulais pas te... commença-t-il d'une voix radoucie.

— Non ! l'arrêta-t-elle en le voyant approcher. Je ne supporte plus la manière dont tu me traites. Je suis assez bien pour diriger *La Dolce Famiglia* quand tu n'es pas là, mais dès que tu arrives, je dois m'effacer et te laisser remettre en cause tout mon travail et les valeurs que j'ai eu tant de mal à mettre en place : le respect, l'admiration mutuelle, l'éthique du travail.

— Ne dis pas n'importe quoi. Je veux juste faire au mieux pour la société.

Juliette hocha la tête.

— Je vois. Dans ce cas, je ne pense pas que tu aies encore besoin de moi. Je démissionne de mon poste de DG. Aujourd'hui ! Trouve-toi quelqu'un d'autre avec qui jouer au grand patron.

Ah, *mierda*.

Comme si cela ne suffisait pas, Venezia vint se placer face à lui et l'apostropha, l'index levé.

— Pourquoi faut-il toujours que tu commandes tout le monde ? Tu es notre frère, pas notre père.

Il serra les mâchoires.

— En effet, et tu devrais t'en réjouir. Parce que papa n'aurait jamais accepté que tu t'amuses à faire des vêtements pour des poupées Barbie en guise de travail. Si j'étais papa, je t'aurais obligée à prendre la place qui est la tienne dans l'entreprise familiale au lieu de laisser Julietta tout assumer seule.

À ces mots, Venezia feula presque comme Dante et vacilla sur ses hauts talons.

— Je le savais ! J'ai toujours su que tu n'avais aucun respect pour ma carrière. La mode est une industrie énorme et très concurrentielle, Michael. Pourtant, j'ai réussi à m'y faire un nom. Mais parce que j'ai choisi de faire le métier que j'aimais, ça n'est toujours pas assez bien pour toi. Tu n'as de respect pour aucune d'entre nous !

— *Zitto !* Ça suffit, vos puérilités, toutes les deux ! Je fais et j'ai toujours fait ce qu'il y a de mieux pour la famille.

En guise de réponse, Venezia émit un reniflement méprisant et saisit la main de sa sœur.

— Pour qui te prends-tu ? Tu nous donnes des ordres comme si nous étions des gamines, tu te moques de nos décisions et de nos choix, et tu prétends que c'est pour notre bien ? Au cas où tu ne l'aurais pas remarqué, nous avons notre vie ici, et nous nous débrouillons très bien sans toi !

Rejetant ses cheveux en arrière, elle entraîna Julietta vers la porte.

— Nous n'avons plus besoin de toi, Michael. Il est peut-être temps que tu retournes en Amérique, ton pays désormais, lança-t-elle avant de sortir.

Le battant claqua derrière elles.

Michael demeura immobile dans la pièce silencieuse, avec l'impression que toute son existence venait de voler en éclats.

Sa tête lui faisait mal tandis qu'il essayait de comprendre ce qui venait de se produire. La maîtrise de lui-même qu'il s'était forgée avec soin afin de protéger sa famille craquait sous l'impact du choc émotionnel. Julietta avait toujours été la plus raisonnable de ses sœurs et, pourtant, au moment où il lui avait imposé ses choix, il avait lu dans ses yeux une douleur qui l'avait déchiré. Aurait-il dû reculer ? La laisser diriger les choses même s'il savait que cette campagne n'était pas la meilleure et risquait de les conduire à l'échec ?

La porte s'ouvrit.

Maggie passa la tête dans l'entrebâillement.

— C'est bon, j'ai tout vu, annonça-t-elle. J'ai même visité deux fois le salon de thé et discuté le bout de gras avec la secrétaire de Julietta. Je suis très impressionnée, et maintenant que j'ai fait mon devoir d'épouse, je rentre à la maison.

Michael acquiesça d'un hochement de tête mécanique. Elle cilla et ouvrit plus largement le battant.

— Que se passe-t-il ?

— Rien, répondit-il en lui faisant signe de partir. Je te retrouve là-bas.

Ignorant son geste et ses paroles, Maggie pénétra dans la salle.

— Tu t'es disputé avec ta sœur ?

Il aurait dû lui intimer de partir : les affaires de famille ne regardaient personne. Mais les mots sortirent de sa bouche presque malgré lui.

— Tu veux dire *mes* sœurs, rectifia-t-il. Je n'ai pas été d'accord avec la campagne publicitaire organisée par Julietta et elles sont parties en vrille.

— Ah, je vois, commenta-t-elle en jetant un rapide coup d'œil en direction de la sortie.

Il attendit qu'elle s'en aille, mais elle resta là à se dandiner d'un pied sur l'autre, les doigts refermés autour de cette extension d'elle-même qu'était devenu son appareil photo.

— C'est ça, la campagne ? interrogea-t-elle en désignant les clichés sur la table de réunion.

Elle s'en approcha de sa démarche chaloupée, faisant voleter sa jupe courte autour de ses jambes. Devant cette vision, Michael eut l'impression de sentir à nouveau ces jambes sublimes nouées autour de ses hanches pour mieux s'ouvrir à lui. Un frisson le parcourut.

— Oui. C'est complètement dépassé. Je leur ai dit qu'il fallait quelque chose de plus sensuel : faire une analogie avec le sexe. Les Américains aiment qu'on les choque. C'est ça qui fait vendre.

— Mmmm... commenta-t-elle en survolant les photographies. OK, on se retrouve chez toi, ajouta-t-elle en refermant le porte-documents.

— Qu'est-ce que tu en penses ?

Bon sang ! Il avait presque bafouillé en se rendant compte de l'importance qu'il accordait à son opinion.

— De la campagne ?

— Oui. Tu crois que j'ai raison ?

Elle pivota sur ses hauts talons et le dévisagea. Sa frange retomba sur son œil, la rendant encore plus sexy, et il dut se concentrer sur le travail pour ne pas entendre les gémissements rauques de la nuit précédente résonner dans sa tête.

— Tout à fait.

Incapable de retenir un soupir, il se redressa, soulagé d'avoir pris la bonne décision.

— Mais ton idée ne me plaît pas plus.

Il fronça les sourcils.

— *Scusi ?*

— Choquer peut faire vendre, admit-elle, mais sûrement pas dans le cas de pains et pâtisseries traditionnels. Ta mère détesterait cette idée.

— Je vois, déclara-t-il avec froideur. Eh bien, merci de m'avoir donné ton avis, même si tout cela ne te concerne pas. Je te retrouve à la maison.

Une expression contrariée glissa sur le visage de Maggie. Elle posa son sac à main sur la table et prit son appareil photo. Puis, à sa manière habituelle, la *tigrotta* marcha jusqu'à lui et se dressa sur la pointe des pieds pour le regarder dans les yeux.

— C'est ainsi que tu te comportes avec tes sœurs quand tu n'es pas d'accord avec elles ? Pas étonnant qu'elles t'aient planté là. En tout cas, je peux t'assurer que, personnellement, je n'oublie jamais que « tout cela ne me concerne pas ». Je n'ai aucune envie d'être mêlée à tout ce bordel, sauf que tu n'arrêtes pas de m'y associer. Pour l'amour du ciel, comte, réveille-toi. La condescendance avec laquelle tu traites tes sœurs est insupportable. Julietta est parfaitement capable de diriger l'entreprise sans toi, et au lieu de respecter son travail, tu remets en cause toutes ses décisions.

— Ça suffit ! s'exclama-t-il en fronçant les sourcils. Tu parles sans savoir. Tu n'as aucune idée de ce que mes sœurs ressentent.

Elle lâcha un petit rire.

— Tu plaisantes ? C'est clair comme de l'eau de roche. Elles t'adorent et te regardent comme si tu étais Dieu descendu sur terre. Tout ce qu'elles attendent, c'est un peu de reconnaissance de leur grand frère, du respect pour leurs efforts et leur travail. Sais-tu que Venezia se sent nulle ? Elle a beau habiller des stars et s'être fait un nom dans son domaine, elle garde une image déplorable d'elle-même parce que tu n'as jamais reconnu sa réussite. Et Carina ? Tu traites son amour pour la peinture comme un simple hobby. Tu l'obliges à suivre une école de commerce alors qu'elle est bourrée de talent et meurt d'envie de poursuivre dans cette voie. Le pire, c'est qu'elle ne le fera jamais sans ta bénédiction. Tu ne vois ni qui elle est ni la femme qu'elle devient. Quant à Julietta, elle se débat continuellement avec l'impression d'être un imposteur et l'idée que l'entreprise ne lui appartiendra jamais vraiment. Par ta faute, elle n'a aucune confiance en son intuition.

Michael sentit un muscle tressaillir dans sa joue.

— Je les aime et les respecte beaucoup plus que tu le crois, contra-t-il. *Dio*, elles sont toute ma vie ! Je donnerais tout ce que j'ai pour qu'elles soient heureuses.

— Je sais, assura Maggie en se radoucissant. Tu as agi comme un père l'aurait fait. Tu as pris soin d'elles et toujours veillé à ce qu'elles ne manquent de rien. Tu leur as donné des valeurs, des conseils. Mais tu as oublié le plus important : elles n'ont que faire d'un père de substitution. Elles veulent un grand frère qui plaisante avec elles, les soutient et les laisse briller par elles-mêmes. Elles n'ont plus besoin que tu t'occupes d'elle, Michael.

Elle lui caressa la joue. La tendresse de ce geste filtra à travers ses blessures, l'atteignant droit au cœur.

— Elles veulent juste que tu leur dises que tu les aimes. Telles qu'elles sont, ajouta-t-elle.

Michael resta sans voix, bouleversé par ces paroles.

— Voilà, selon moi, ce qui pourrait symboliser *La Dolce Famiglia*, reprit-elle en lui tendant son appareil photo.

Sur l'écran, il vit sa mère debout devant la fenêtre de la cuisine, un plat serré contre elle, une expression rêveuse sur les traits.

— Il n'est question ni de sexe ni de pain ou de gâteaux. Ce qui compte, c'est ça : ses rêves pour sa famille, sa détermination à être la meilleure et son désir de qualité. Votre campagne devrait s'appuyer sur cette image et ce slogan.

Il examina attentivement le cliché. Quand il posa de nouveau les yeux sur elle, Maggie semblait émue.

— Tu es tellement chanceux de les avoir, murmura-t-elle. Même si tu te trompes, elles te pardonneront toujours. C'est ça, une famille. (Elle marqua une pause, visiblement traversée par un souvenir lointain, avant de reprendre d'une voix déterminée :) Je n'appartiens pas à votre famille, Michael. Je ne peux pas continuer à faire semblant.

Sur ces mots, elle fit volte-face et sortit, le laissant seul avec ses pensées. Soudain, toutes ces choses auxquelles il croyait et qu'il avait défendues avec tant d'efforts semblaient se moquer de lui. Son passé défila devant ses yeux et il fut déchiré par le redoutable sentiment d'avoir échoué sur toute la ligne. Sur l'écran de l'appareil, sa mère le fixait toujours. Elle méritait mieux que ça. Mieux de sa part.

Tirant l'une des chaises en cuir à lui, il s'assit. Une à une, il examina les photos prises par Maggie depuis leur arrivée en Italie. Elles étaient tellement plus que de simples paysages. Dans chacune d'elles, elle avait perçu un élément inattendu, une couleur ou une forme insaisissable pour un regard moins averti. Il contempla celle représentant ses quatre neveux faisant de la pâte à modeler. En un instant, elle avait su capturer ce mélange de candeur, de malice et d'agitation qui les caractérisait.

Il était amoureux d'elle.

En même temps, il en avait une peur bleue. Maggie ne ressemblait en rien à l'épouse près de laquelle il s'était imaginé vieillir. Elle le bouleversait au plus profond de lui, le faisait vibrer à une fréquence élevée et replongeait dans le néant toutes les femmes avec qui il avait pu coucher auparavant. Têtue comme une mule, elle dissimulait sous ses piquants et son franc-parler un cœur tendre qui faisait fondre le sien.

Si au moins il avait pu se dire qu'elle n'avait rien compris à la situation. Mais, malheureusement, elle avait raison : il avait échoué dans sa tâche. L'image de son père mourant devant ses yeux le torturait. Tout comme la culpabilité d'avoir poursuivi égoïstement son but alors que celui-ci se tuait à la tâche pour créer une société en laquelle aucun de ses enfants ne croyait.

Un atroce sentiment de vide le submergea. Maggie avait vu juste : depuis qu'il se battait pour conduire la firme familiale au sommet, il n'avait jamais considéré ses sœurs comme des égales. Dans son esprit, elles étaient toujours des adolescentes écrasées de chagrin qui avaient besoin de protection et de stabilité. Malgré la force de sa mère, il avait estimé de son devoir de veiller sur elles et de devenir le chef de famille.

Il les avait surveillées, conseillées, orientées, mais jamais il ne leur avait dit qu'il les aimait. Jamais il ne les avait écoutées.

Il s'était montré terriblement injuste avec chacune d'elles. Quand Julietta avait pris la direction générale de *La Dolce Famiglia*, il ne lui avait offert aucune preuve de reconnaissance, la laissant assumer les tâches quotidiennes et sans gloire tout en se réservant les plus prestigieuses tel un gamin égoïste.

Quant à Carina, il avait continué à la considérer comme la petite dernière de la famille, attendant qu'elle obéisse et se conforme à ses attentes sans se soucier de ses désirs. Bien sûr, il savait qu'elle était passionnée d'art, mais jusqu'à ce que Maggie évoque son talent, il n'avait jamais songé qu'elle pouvait avoir ses propres aspirations et besoin d'encouragements pour suivre une autre voie que les affaires.

Son pire comportement, néanmoins, avait été vis-à-vis de Venezia. La bouffée de honte qui le submergea en en prenant conscience lui coupa le souffle. Indifférent aux efforts qu'elle avait dû fournir pour réaliser ses envies, il n'avait cessé de dénigrer son travail et lui reprocher d'avoir laissé tomber *La Dolce Famiglia*. À présent, il comprenait pourquoi. Il était jaloux, jaloux qu'elle ait poursuivi son rêve alors qu'il avait renoncé au sien. D'une manière ou d'une autre, il avait besoin de sortir sa colère. Il s'était toujours flatté de ne se laisser influencer par personne, et abandonner la course avait été son propre choix. Venezia n'avait pas à en payer le prix.

Et Maggie ? Elle était sur le point de partir. Il n'avait aucune idée de la manière dont il pourrait la faire changer d'avis ni briser ses protections, mais, bon sang, il essaierait tout ce qui était en son pouvoir. Il ne la laisserait pas monter dans ce fichu avion avant de l'avoir convaincue d'ouvrir son âme. Alors seulement, il saurait s'il y avait une chance que ça marche entre eux.

Son existence était brisée en mille morceaux. Il était temps de prendre une décision. Tout d'abord, arranger les choses avec ses sœurs. Ensuite, croire en la vie.

Maggie avait l'âme et le cœur d'une guerrière ; le moment était venu qu'il se batte pour elle.

Il devait rejoindre sa prétendue épouse et, d'une manière ou d'une autre, faire en sorte qu'elle reste.

10

Allongée sur le lit, Maggie fixait le plafond. Sa décision était irrévocable.

Il fallait qu'elle quitte cette galère au plus vite.

Dès l'instant où elle avait posé le pied dans la maison des Conti, son bel équilibre avait volé en éclats. Non contente de se retrouver au beau milieu de drames familiaux, elle en était devenue sans même s'en rendre compte partie prenante. La dernière erreur à commettre ! Il était grand temps qu'elle mette un maximum de kilomètres entre elle et Michael et se fasse à l'idée de ne plus jamais le voir. Il s'était engagé à ne plus tourner autour d'Alexa et, quoi qu'il arrive, elle l'obligerait à respecter sa promesse. De toute façon, elle avait mieux à faire que de fantasmer sur un type qui avait des aspirations à l'opposé des siennes.

Car c'était le cas, non ?

Les pensées se bousculaient dans sa tête ; elle roula sur le côté en soupirant. Que lui arrivait-il ? Ce n'était pas son genre de douter ainsi. Sa stratégie selon laquelle coucher avec Michael permettrait de le chasser une bonne fois de son esprit avait complètement échoué. Après une nuit, il occupait une place encore plus importante dans ses pensées. Qu'arriverait-il si elle s'attachait à lui ? Si elle se mettait à avoir des idées ridicules d'amour et de toujours ? D'accord, il l'avait fait jouir de nombreuses fois et, sur le plan physique, elle était satisfaite. Mais son cœur ? Pourrait-il survivre à ce genre de blessure ?

Non. C'était peut-être de la lâcheté, mais quand Michael rentrerait, elle serait dans le premier avion en partance pour les États-Unis. Elle allait raconter à Mama Conti qu'elle était malade ou qu'il y avait eu un décès dans sa famille, un oncle perdu de vue depuis longtemps, par exemple. N'importe quoi, pourvu qu'elle parte loin, très loin d'ici.

On frappa à sa porte. Elle se redressa aussitôt avec appréhension.

— Oui ?

— C'est Carina. Je peux entrer ?

— Bien sûr.

La jeune fille apparut et vint directement s'asseoir près d'elle sur le lit. Maggie sourit devant son air joyeux. Elle semblait légère, comme si elle avait décidé d'oublier un instant ses problèmes et son chagrin. Elle s'était un peu maquillée et avait troqué ses habituels jean baggy et tee-shirt au profit de vêtements plus seyants. Au moins, son passage ici aura-t-il permis à Carina de mieux accepter sa féminité, songea Maggie. Un point positif dans tout ce fiasco.

— La soirée d'hier était bien ? interrogea-t-elle. Et avant que tu répondes, je te préviens : tu as intérêt à dire oui, parce que je ne suis toujours pas remise de la mienne avec tes cousins.

Carina lâcha un rire et croisa les jambes. Ses yeux brillaient d'excitation.

— Maggie, c'était génial ! J'adore Sierra, elle est super cool. Et tellement belle ! Les garçons ont été adorables, eux aussi. Du coup, je me suis sentie très vite à l'aise. Et tu sais quoi ? Ils m'ont dit que je ferais une très bonne mannequin.

Maggie sourit.

— Je n'en doute pas. En revanche, je ne suis pas certaine que ce métier te plairait longtemps, Carina. Je te vois plutôt continuer tes études et la peinture. Tu as un réel talent, tu sais.

— Merci, dit Carina en rosissant. De toute façon, Michael et maman seraient fous si je décidais une chose pareille. N'empêche, ça fait du bien d'entendre que je pourrais devenir mannequin. Ils m'ont invitée à la prochaine prise et m'ont donné leurs numéros. Depuis, on n'arrête pas de s'envoyer des textos.

— Je suis contente que tu te sois fait de nouveaux amis.

— Moi aussi. Je peux te demander quelque chose ?

— Tant que ça n'a pas de rapport avec le baby-sitting.

— J'aimerais essayer une nouvelle tenue, et il me faudrait un foulard avec du bleu clair pour aller avec. Tu en aurais un à me prêter ? Venezia en a sûrement, mais elle pique une crise chaque fois que je veux lui emprunter quelque chose, et Julietta ne porte que des vêtements sombres.

— Pas de problème. J'ai rangé tous mes foulards dans le premier tiroir de la commode. Choisis celui qui te plaît.

Sans se faire prier, Carina ouvrit le tiroir en question. Ravie de se retrouver en terrain connu, Maggie se détendit et s'adossa au montant du lit pour parler chiffons. Après force « Oooh ! » et « Aaaah ! » admiratifs, Carina prit deux foulards, puis demeura un instant silencieuse avant de demander :

— Qu'est-ce que c'est ?

Maggie tourna les yeux vers elle et sentit son cœur s'arrêter.

Carina tenait dans ses mains un petit livre à la couverture violette. Visiblement intéressée, elle commença à le feuilleter.

— Non !

Maggie tendit le bras pour essayer de le lui reprendre, mais Carina recula en lisant à haute voix :

— *Sortilèges d'amour !* Attends, c'est vraiment ça ? Waouh, c'est super cool !

Oh, mon Dieu !

Le souvenir du soir où, passablement éméchée, elle avait sorti le livre de ses placards revint à Maggie de plein fouet, lui déclenchant aussitôt une migraine. Certes, elle avait encouragé Alexa le jour où elle avait choisi d'utiliser le sortilège pour trouver un homme à sa convenance. Et aujourd'hui, Alexa était mariée et très heureuse avec Nick. Sauf que cela n'avait aucun rapport avec le sortilège. En réalité, Nick était à l'opposé de tout ce qu'Alexa avait demandé, même si celle-ci continuait à répéter que la Terre Mère savait ce qu'elle faisait depuis le début.

C'est d'ailleurs pour cette raison qu'elle avait tant tenu à lui passer le livre de sortilèges d'amour. Au début, Maggie avait fermement refusé, puis de guerre lasse, elle avait rangé le bouquin dans un placard et l'y avait oublié.

Jusqu'à cette fameuse nuit où elle avait pris conscience qu'elle ne trouverait probablement jamais d'homme, n'aurait pas d'enfant et resterait seule toute sa vie. Alors, après moult margaritas et une mauvaise comédie sentimentale à la télé, elle avait ouvert le livre à la couverture violette, allumé un feu dans son salon et rédigé la liste des qualités de son futur mari.

Elle ferma les paupières au rappel de ce souvenir. C'était tellement stupide et infantile ! Bien sûr, les sortilèges d'amour ne marchaient pas, mais, après avoir fait un feu et écrit la liste, glisser la feuille sous son lit représentait bien peu de chose. Bien qu'elle eût très peu de secrets pour Alexa, elle ne lui avait jamais parlé de cet épisode. Elle aurait eu trop honte si, par malheur, quelqu'un d'autre en avait eu vent.

En tout cas, vu les qualités qu'elle avait listées, elle ne risquait pas de trouver un homme à son goût.

Elle avait totalement oublié qu'elle avait jeté le bouquin dans sa valise dans l'espoir d'oublier son acte. Et à présent, son moment de folie lui revenait en pleine face.

— Ce n'est rien, Carina, vraiment, j'avais oublié que ce livre était là, expliqua-t-elle avec un rire qui sonnait faux. Une amie me l'a offert pour plaisanter.

Carina continuait à le feuilleter avec intérêt.

— Tu as fait le sortilège d'amour ? C'est comme ça que Michael et toi vous êtes rencontrés ?

Maggie sentit l'humiliation la gagner.

— Bien sûr que non. Je te l'ai dit, c'était juste une plaisanterie.

— Je peux le prendre ? demanda soudain Carina, les yeux brillants.

— Pardon ? (Maggie contempla le bouquin, horrifiée.) Non, voyons, c'est n'importe quoi, ce truc ne fonctionne pas. D'ailleurs, ton frère me tuerait s'il apprenait que je t'ai passé un livre de sorcellerie.

— Ce n'est pas de la sorcellerie. Ils conseillent de rédiger la liste de toutes les qualités que l'on désire trouver chez l'autre, de suivre les indications du sortilège, et d'attendre que l'âme sœur vienne naturellement à nous.

Maggie sentit la panique la gagner en voyant Carina poursuivre sa lecture.

— Waouh ! Il faut faire un feu pour rendre hommage à la Terre Mère. Oh, Maggie, s'il te plaît... Je te promets de n'en parler à personne. C'est tellement cool !

Maggie resta un instant sans voix. Pourquoi ne s'était-elle pas débarrassée de ce bouquin ridicule ? Alexa allait l'entendre à son retour ! Elle la tuerait pour l'avoir obligée à le prendre.

— Maggie ? S'il te plaît.

Elle fixait le livre comme s'il y avait une chance qu'il disparaisse en fumée devant ses yeux. Ce qui n'arriva pas, évidemment. Quelle journée de merde ! D'abord, cet horrible chat, puis Michael, et maintenant ça. Tout en priant pour ne pas commettre la plus grosse bourde de sa vie, elle s'entendit répondre :

— D'accord, mais pas un mot à qui que ce soit. Et promets-moi que tu ne prends pas ça vraiment au sérieux ou je le mets tout de suite à la poubelle.

Carina secoua la tête avec véhémence.

— Bien sûr que non, je trouve juste ça amusant. Dès que j'aurai fini de le lire, je m'en débarrasserai. Merci, Maggie !

Sur ces mots, elle quitta la pièce d'un pas joyeux.

Maggie enfouit son visage dans l'oreiller.

Assez ! Elle ne supportait pas l'apitoiement, encore moins sur soi-même. Elle allait se lever, faire ses bagages, réserver une place sur le prochain vol pour les États-Unis et partir d'ici.

On frappa à la porte.

Elle gémit dans le coussin.

— Laissez-moi tranquille.

— Maggie, j'entre.

Michael !

Elle bondit sur ses pieds. Après tout, ce n'était peut-être pas plus mal ainsi. Il allait l'accuser de s'être mêlée une fois de plus de ses affaires de famille. Résultat, elle se mettrait en colère et répliquerait que, puisque c'était comme ça, elle partait sur-le-champ, et ils trouveraient un arrangement acceptable pour tous les deux.

Elle prit une profonde inspiration.

— Entre.

Il pénétra dans la pièce et ferma derrière lui. Elle sentit sa bouche s'assécher. Sa présence virile emplissait toute la chambre. L'espace d'un instant, Maggie s'imagina lui arracher ses vêtements et se donner à lui, là, tout de suite.

Avant de partir.

Résistant à son impulsion, elle leva les yeux vers lui. Le regard noir de Michael fouillait le sien comme s'il attendait qu'elle prenne la parole.

— Je suppose que tu es venu me faire des reproches, lança-t-elle.

Il eut un léger sourire.

— Pas cette fois.

Un silence inquiétant les enveloppa. Consciente de la tension sexuelle entre eux, elle recula d'un pas. Un tout petit pas.

— Oh. Eh bien, tant mieux, parce que je ne suis pas d'humeur. J'ai eu une sale journée.

— Moi aussi. Et je compte bien y remédier.

Elle entendit un bruit mat et se rendit compte qu'il avait ôté ses chaussures. Sous le tissu de sa chemise, elle devinait son torse large et ses bras puissants. Elle serra les poings pour résister à l'envie de le toucher.

— Michael, nous devons parler, déclara-t-elle rapidement. Je veux rentrer.

Il haussa un sourcil, mais ne répondit pas. Sans hâte, il dénoua sa cravate bleu marine, la fit glisser autour de son cou et la laissa tomber.

— Pourquoi ?

Elle resta un instant bouche bée, puis, se ressaisissant, elle assena :

— Parce que ce séjour est un désastre depuis le début. Parce que je me sens mal, que tu te sens mal et que, par notre faute, ta famille est en plein chaos. Parce que j'ai horreur du mensonge et que je ne peux pas faire semblant d'être ton épouse aimante et obéissante un jour de plus. Je trouverai une excuse plausible. Un décès dans ma famille, par exemple. Un oncle ou un cousin perdu de vue depuis longtemps. Maintenant que nous avons exprimé notre souhait de nous marier en Italie, je suis sûre que personne ne se doutera de rien jusqu'au mariage de Venezia.

Michael inclina la tête sur le côté comme s'il écoutait, puis détacha ses cheveux. Les longues mèches noires tombèrent sur ses épaules. Maggie sentit une flèche de désir la traverser ; une douce moiteur se répandit entre ses cuisses. Elle mourait d'envie de le photographier : un homme sauvage et dangereux en costume de gentleman. Bon sang, il était tellement beau !

Dans un effort suprême, elle réprima la tentation brûlante qui s'était mise à circuler dans ses veines.

— D'ailleurs, si tu y tiens vraiment, je viendrai au mariage de Venezia. Je t'ai donné ma parole et j'ai l'intention de respecter notre contrat.

Elle le dévisagea désespérément, essayant de comprendre à quel jeu il jouait. Un jeu dont, de toute évidence, elle ignorait les règles.

Un sourire lent apparut sur les traits de Michael.

— *Tigrotta mia* aurait-elle peur ? commenta-t-il d'une voix traînante. Je suis déçu. Une seule nuit avec moi, c'est déjà plus que tu ne peux affronter ?

Elle poussa une exclamation.

— C'est toi qui es incapable d'affronter la vérité, comte ! J'en ai marre de marcher sur des œufs avec toi comme le reste de ta famille. Il est temps que tu te rendes comptes de la manière dont tu traites tes sœurs et que tu reconnaisses que tu aimes trop ton pouvoir sur elles pour le lâcher.

— Tu as raison.

Il déboutonna le col de sa chemise.

Elle cilla. Une boucle noir corbeau. Un teint mat. Des pectoraux musclés.

— Pardon ? Qu'est-ce que tu as dit ?

— J'ai dit que tu avais raison. J'ai parlé avec mes sœurs tout à l'heure et leur ai demandé de me pardonner. Je suis d'accord avec tout ce que tu m'as dit cet après-midi dans la salle de réunion.

Muette de stupeur, Maggie se contenta de le regarder continuer à déboutonner sa chemise. Un abdomen et un ventre totalement durs et plats ; un sillon brun qui disparaissait sous la ceinture de son pantalon... Sa bouche s'assécha davantage et son esprit se brouilla. Il sortit les pans de sa chemise, qui s'ouvrit complètement.

— Que... Qu'est-ce que tu fais ? interrogea-t-elle d'une voix étranglée.

— Je m'apprête à te faire l'amour.

La chemise tomba au sol. Il s'attaqua à sa boucle de ceinture, puis descendit la fermeture Éclair de sa braguette.

Subjuguée, elle dévora du regard ce corps viril et parfait devant elle. Michael mit les mains sur ses hanches.

— Viens là, Maggie.

Son cœur battait à tout rompre, envoyant dans chaque parcelle de son organisme son sang chargé d'hormones. Elle voulut répliquer, mais son cerveau saturé semblait hors d'usage.

— ...

— J'aurais dû faire ça plus tôt. Qui aurait imaginé que tu pouvais rester sans voix, ironisa-t-il.

Lui prenant la main, il l'entraîna vers le lit.

Incapable de résister au contact de sa peau sur la sienne, elle se laissa conduire et resta debout face à lui.

— Je tiens à être clair, *tigrotta mia*. Je vais coucher avec toi. Te déshabiller et plonger en toi profondément et longtemps jusqu'à ce que tu cries mon nom et me supplies de continuer. *Capisce ?* insista-t-il en la saisissant par la nuque.

Son regard lui promettait des plaisirs plus décadents les uns que les autres.

— Je... Je ne crois pas que...

Il s'empara de ses lèvres.

Elle aurait eu besoin d'un moment pour reprendre ses esprits, mais son corps ne lui en laissa pas le temps, s'ouvrant aussi irrésistiblement qu'une fleur sous le soleil matinal. Les ongles enfoncés dans les épaules de Michael, elle mêla sa langue à la sienne et demanda plus. Quelques instants plus tard, elle était nue.

Le goût et le parfum sensuels de son faux époux emplissaient sa bouche et ses narines. Son corps moite et brûlant était presque douloureux tant elle avait besoin de le sentir en elle. Comme s'il l'avait perçu, Michael ne la fit pas attendre. Avec un grognement, il enfila un préservatif, puis, cette fois, la plaça à quatre pattes, lui écarta les jambes et plongea en elle.

Maggie poussa un cri et se cambra automatiquement pour l'inviter à aller encore plus loin. La sensation était enivrante, le sexe de Michael emplissait totalement le sien, la pénétrant si profondément qu'elle n'avait plus nulle part où se cacher. Haletante, elle tenta néanmoins de retenir quelque chose pour elle-même. Comme s'il l'avait deviné, Michael ralentit soudain le rythme de ses incursions et, glissant une main au-dessous d'elle, pinça doucement ses mamelons entre ses doigts. Chaque nouveau coup de reins la rapprochait toujours un peu plus de l'orgasme sans jamais lui en faire dépasser le seuil. Gémissante, elle le poussa à accélérer.

Le souffle chaud de Michael caressa son oreille.

— Tu veux quelque chose ?

Elle frissonna.

— Je te déteste.

Il lâcha un rire rauque.

— Je t'adore dans cette position. Tu as le plus beau cul du monde.

Il la saisit par les hanches et fit une chose qu'aucune loi n'aurait dû permettre.

— Michael, s'il te plaît, supplia-t-elle pour qu'il reprenne sa danse.

— Reste.

Elle essaya de comprendre ses paroles, mais son cerveau semblait déconnecté, entièrement saturé par ses sensations brûlantes et son désir de le sentir de nouveau aller et venir en elle.

Il lui mordilla l'oreille et caressa ses seins.

— Reste avec moi jusqu'à la fin de la semaine, *amore mio*. Promets-le-moi.

Toujours plus proche. Elle était tout au bord de l'orgasme et son corps ne pouvait plus supporter cette torture plus longtemps. Elle avait besoin de sentir

Michael la remplir, se mouvoir entre ses reins et la posséder.

— D'accord, je resterai.

Il eut un murmure satisfait, agrippa ses hanches avec force et lui donna tout ce qu'elle attendait. La jouissance explosa en elle, puissante, impérieuse, la laissant secouée de tremblements incontrôlables. Michael la rejoignit en criant son nom, et quand ils retombèrent sur l'oreiller, il la serra contre lui comme s'il ne voudrait jamais la laisser partir.

Michael dessina des volutes sur le dos de Maggie, qui s'étira sous la caresse. Un profond sentiment de contentement l'envahit, se répercutant dans chacune de ses cellules en lui rappelant une fois encore que Maggie Ryan était enfin sienne.

Sa réaction charnelle, totale, à son désir avait balayé d'un coup le souvenir de toutes les autres femmes qu'il avait possédées avant elle. Un voyant rouge clignotait tout au fond de la boîte fermée à double tour, mais il refusait de gâcher ce moment en s'en inquiétant. D'une manière ou d'une autre, Maggie et lui surmonteraient les obstacles. Michael éprouvait toujours un sentiment de satisfaction après avoir couché avec une belle femme difficile à conquérir, mais ce qu'il ressentait en cet instant était d'une nature différente. C'était un profond sentiment de plénitude, comme s'il avait enfin trouvé son autre moitié.

Dio, il devait être fou !

C'était bien son genre de se fixer sur une femme qui avait mis son existence sens dessus dessous ! Sauf que Maggie répondait à son besoin de joie, d'enthousiasme et de challenge, lui rappela une petite voix moqueuse. Autant de choses qu'il n'avait jamais trouvées chez des femmes plus dociles. Avec Maggie, il avait l'impression de redécouvrir au sein d'une relation amoureuse tout ce qui le séduisait dans le sport automobile. Comme la course, elle était sauvage, indomptée et imprévisible. Il n'avait pas oublié la sensation qui était la sienne lorsque à chaque virage son véhicule menaçait d'échapper à son contrôle. Le corps inondé d'adrénaline, il se sentait alors empli d'un pouvoir formidable. Maggie lui faisait le même effet. Elle réveillait en lui toutes ces émotions qu'il avait refoulées pour se comporter en homme civilisé. Finalement, son passé l'avait rattrapé.

Et il était heureux.

Soudain, Maggie se redressa. Ses cheveux en bataille retombant sur un œil, la poitrine nue, elle fixa avec horreur la porte close.

— Oh, mon Dieu, ta mère ! Carina ! J'ai crié, oubliant complètement où nous étions.

Il l'attira dans ses bras en riant.

— Avant que je monte te voir, *mama* m'a dit qu'elle sortait acheter quelque chose pour une surprise. Elle a emmené Carina avec elle. Je savais que nous serions tranquilles pour quelques heures.

Maggie poussa un soupir de soulagement.

— Si je comprends bien, tu avais tout planifié, commenta-t-elle avec un regard moqueur. Et moi qui pensais que tu venais me hurler dessus pour m'être mêlée de tes affaires.

— Ça, je l'avais planifié pour après.

Glissant la main sous les draps, elle serra d'un coup sec son pénis entre ses doigts. Il s'esclaffa et la coinça contre le matelas avec sa cuisse. Il n'en fallut pas plus pour que son sexe durcisse. Une lueur malicieuse dans le regard, elle se mit à explorer sa verge du bout des doigts, en caressant l'extrémité, puis glissant de haut en bas. Cette femme avait des mains dangereuses, si dangereuses qu'elles pouvaient le tuer. Qu'importe, puisqu'il mourrait heureux ?

— Que disais-tu ? susurra-t-elle en alternant pressions et caresses.

Il serra les dents.

— Ne joue pas à des jeux où tu ne peux pas gagner, *tigrotta mia*, prévint-il.

Sur quoi, il s'empara de ses lèvres pour un baiser ardent. L'odeur musquée de son corps monta à ses narines, se mêlant au goût enivrant de sa bouche.

— Je gagnerai ce round, comte, assura-t-elle dans un souffle.

Elle suivit les contours de sa lèvre inférieure du bout de la langue et la mordit brusquement. La légère douleur se transmit aussitôt à son pénis et il sentit sa peau s'étirer pour s'adapter.

— Dommage que je n'ai plus de préservatif pour te montrer tout de suite qui est le patron.

Elle le guida vers son sexe mouillé. Il s'arrêta tout au bord, aussi bouleversé qu'un jeune homme lors de sa première fois.

— Je prends la pilule et je n'ai pas de maladie, l'informa-t-elle.

Son regard étincelait d'un désir impérieux qui l'attirait comme un aimant.

D'une poussée, il la pénétra.

Ils étaient sur le côté, face à face ; il bougea en elle en se délectant de chaque expression de son visage. Ses seins emplissaient sa paume ; leur pointe couleur cerise attirait ses lèvres tel un fruit mûr et sucré. Enivré par son parfum boisé, il accéléra le rythme, et elle se joignit à sa danse, l'accompagnant dans chacun de ses mouvements avec un abandon total qui attisa encore le feu brûlant à l'intérieur de lui. Il s'obligea à ralentir, à profiter pleinement du plaisir du corps de Maggie qui s'ouvrait au sien. Puis il sentit son sexe se contracter autour du sien tandis qu'elle approchait de l'orgasme. Elle poussa un cri. Dans un ultime effort pour ne pas perdre le contrôle, il se positionna de manière à toucher le point le plus sensible et la regarda jouir.

Puis il la rejoignit dans la volupté. Ce ne fut qu'une fois retombé sur le matelas qu'il prit conscience des mots qu'il avait prononcés en pleine extase. Des mots qu'il n'avait jamais murmurés à une autre. Des mots qu'ils gardaient pour la femme qui partagerait sa vie.

Amore mio.

Mon amour.

La bouche sèche, il serra Maggie contre lui.

— Il faut nous habiller.

— Mmm.

Michael caressa les délicieuses courbes de Maggie, se délectant de la sensation de ses muscles souples sous sa peau soyeuse.

— Ta mère et Carina doivent être rentrées. Venezia veut s'occuper des accessoires des demoiselles d'honneur ce soir, et je dois encore aider à préparer le dîner. Merde.

Malgré ses efforts, il ne put réprimer un rire, ce qui lui valut un petit coup sur le bras.

— Désolé, *cara*, rien cette semaine ne se passe comme on l'avait imaginé.

— En effet, acquiesça-t-elle. (Elle marqua une pause avant de reprendre dans un murmure :) Michael, comment ça s'est passé avec tes sœurs ?

— Tu avais raison sur toute la ligne, reconnut-il en plongeant les yeux dans les siens. À force de m'identifier à mon rôle, j'ai multiplié les erreurs. Après notre entrevue, je suis allé les voir pour m'excuser. Je leur ai également montré la photo que tu as prise de *mama* : elles l'adorent. Nous lançons une nouvelle campagne sur la base de ta photo.

Maggie haussa un sourcil.

— Vraiment ? C'est merveilleux !

Michael sourit. Du bout de l'index, il suivit le dessin de ses lèvres. Cette femme était fantastique. Soudain, il éprouva une bouffée de colère en pensant à ses parents qui, par leur égocentrisme, lui avaient fait douter de sa capacité d'aimer. À présent, Maggie et lui avaient atteint un tournant, il le savait. Comme il savait qu'il était temps d'arrêter de se raconter des histoires pour regarder la réalité en face : leur petit stratagème de départ était devenu au fil des jours quelque chose de beaucoup plus réel, plus profond, une chose bien trop précieuse pour continuer à l'ignorer.

— Écoute-moi, Maggie, se lança-t-il, c'est très important. En quelques jours, tu m'as permis de voir des aspects de moi et de ma famille qui m'échappaient totalement, comment je traitais mes sœurs et ce qu'elles attendent véritablement de moi. Tu as donné à quatre petits garçons qui ne t'avaient jamais rencontrée l'impression d'être aimés et pris en compte. Tu exprimes ton respect pour ma mère en faisant la cuisine avec elle, ce qui est le plus beau cadeau que tu puisses lui offrir. Tu as permis à ma petite sœur de se rendre compte qu'elle était belle et de reprendre confiance en elle. Tu es une femme étonnante, Maggie Ryan. (Il verrouilla son regard au sien avant d'ajouter d'une voix emplie d'émotion :) Reste avec moi.

Son cœur cognant douloureusement contre ses côtes, il attendit. Maggie ferma les yeux, puis elle ouvrit la bouche pour répondre.

— Michael ! Tu es là ? Descends vite : *mama* est malade !

Les mots qu'elle s'apprêtait à prononcer ne franchirent pas ses lèvres, et Michael ne put s'empêcher de se demander s'il ne regretterait pas toute sa vie cette interruption. Puis ils bondirent tous deux hors du lit, se rhabillèrent en hâte et s'élancèrent vers le rez-de-chaussée. Carina les attendait devant la chambre de leur mère.

— Où est-elle ? demanda-t-il en dissimulant son inquiétude sous un ton calme.

Sa sœur porta une main à sa bouche, visiblement bouleversée.

— Le Dr Restevo est près d'elle. On s'est promenées un moment en ville et tout allait bien, jusqu'à ce qu'elle me dise qu'elle ne se sentait pas très bien et que la tête lui tournait. Au début, j'ai cru que c'était parce qu'il faisait chaud, mais elle a insisté pour que j'appelle le médecin. J'aurais peut-être dû la conduire à l'hôpital, poursuivit Venezia, les yeux emplis de larmes. Je ne savais pas quoi faire, Michael.

— Tu as fait ce qu'il fallait, la rassura-t-il en la prenant dans ses bras. Dans quelques minutes, le médecin nous dira ce qu'il en est, ce n'est peut-être qu'un malaise sans conséquence. *Va bene ?*

Carina acquiesça ; il la relâcha. Comme si c'était la chose la plus naturelle du monde, Maggie saisit aussitôt la main de la jeune fille dans la sienne. On n'entendait que des murmures incompréhensibles de l'autre côté de la porte. Malgré son impatience, Michael s'empêcha de faire les cent pas pour ne pas accroître l'anxiété de sa sœur en laissant voir la sienne. Enfin, le battant s'ouvrit et le Dr Restevo apparut.

— *Buongiorno*, docteur. Comment va *mama* ?

Une drôle d'expression se peignit sur les traits du vieux médecin de famille. À en juger par son pantalon de toile large, son tee-shirt blanc et ses baskets, celui-ci ne devait pas être de garde quand Venezia l'avait appelé. Il le dévisagea par-dessus ses lunettes, l'air soucieux.

— Disons qu'il n'est pas nécessaire d'aller à l'hôpital pour l'instant.

Michael attendit de plus amples explications, mais le médecin n'ajouta rien, se contentant de se dandiner d'un pied sur l'autre en évitant son regard. Impatient, Michael s'apprêtait à poser d'autres questions quand Venezia le devança :

— Qu'est-ce qu'elle a ? Elle a fait un infarctus ? Pourquoi ne nous dites-vous rien ? C'est très grave ?

— Non, ce n'était pas un infarctus, assura le médecin en se passant une main dans les cheveux. Il faut qu'elle se repose, c'est tout.

— C'est à cause de la chaleur ? Des médicaments qu'elle prend ? Y a-t-il quelque chose de spécial à faire ? insista Michael.

Le Dr Revesto secoua la tête et passa devant lui pour sortir.

— Veillez à ce qu'elle reste au lit aujourd'hui et à ce qu'elle boive beaucoup d'eau. Ce genre de malaise arrive quelquefois, ne vous inquiétez pas. (Soudain, il s'arrêta et lui saisit l'épaule pour ajouter :) Et surtout, n'oubliez pas : pas de stress, Michael. Quoi que vous demande votre mère, dites oui. *Capisce ?*

— Mais…

Le vieil homme le lâcha, embrassa rapidement Carina et dévisagea Maggie. Les yeux plissés, il l'examina un long moment, puis lui tapota la joue.

— Félicitations pour votre mariage, *bella signora*. Bienvenue dans la famille.

Sur ces mots, il lui adressa un bref sourire et se dirigea vers la porte.

— Oh, Dieu merci, ce n'est rien ! Juste la marche et la chaleur, soupira Carina. Je vais lui chercher de l'eau.

Michael regarda sa sœur s'éloigner, les jambes en coton. Sans un mot, Maggie s'approcha pour le prendre dans ses bras.

Un profond sentiment de paix l'enveloppa. Tout en inspirant le délicat parfum de ses cheveux, il s'autorisa à se laisser réconforter. Pour lui qui était habitué à toujours soutenir les autres et ne compter que sur lui-même, ce plaisir était un luxe inestimable. Bouleversant. Sa vie ressemblerait-elle à cela si Maggie y entrait définitivement ? Elle était assez forte pour faire face aux problèmes et il n'aurait jamais à faire semblant ou à lui cacher ses propres soucis ? Il aurait une vraie partenaire, au sens littéral. Michael la tint serrée contre lui jusqu'à ce qu'il retrouve sa respiration normale, puis s'écarta doucement.

— Merci, murmura-t-il d'une voix enrouée.

Elle haussa un sourcil.

— De quoi, comte ? Ne pas jouer les emmerdeuses pendant une minute ou deux ?

En riant, il lui caressa la joue.

— D'être là.

Selon son habitude, elle se réfugia derrière une attitude détachée, sauf qu'à présent il la connaissait suffisamment bien pour ne pas s'y laisser prendre. Malgré tout, il décida, pour cette fois, de jouer le jeu.

— Je vais voir comment elle va. Je reviens tout de suite.

Il pénétra dans la chambre et s'assit au chevet de sa mère. Aussitôt, l'odeur familière de la pièce l'enveloppa, lui rappelant son enfance. C'était toujours le même grand lit en bois sculpté, les mêmes murs jaunes, les mêmes plantes vertes. Sur le balcon, de l'autre côté de la porte-fenêtre, il aperçut entre les bacs de géraniums le rocking-chair sur lequel sa mère aimait se balancer le soir. Enfant, il avait passé des heures lové sur ses genoux à compter les étoiles. Aujourd'hui, cette femme qu'il avait toujours considérée comme indestructible était allongée dans son lit au beau milieu de l'après-midi, les yeux mi-clos.

Il lui prit la main et la porta à ses lèvres.

— Mama, comment te sens-tu ?

Elle lui adressa un petit sourire.

— C'est ce stupide cœur qui fait des siennes. Quand je pense qu'autrefois ton père et moi marchions durant des heures en montagne. Il ne faut pas vieillir.

— Carina est allée te chercher de l'eau. Tu ne dois pas te lever de la journée. Pas de cuisine ni de stress. Ordres du médecin.

Elle poussa un soupir.

— Cuisiner me détend. Mais je resterai couchée, Michael, promit-elle, les yeux pétillants d'humour. Du moins aujourd'hui.

— Mama...

Un petit coup frappé à la porte l'interrompit. Carina entra, précédée d'un grand homme mince entièrement vêtu de noir avec un col blanc. Il tenait une Bible dans la main droite.

— Père Richard ! s'exclama Michael en se levant pour le saluer.

Il connaissait bien le prêtre, qui avait fait le catéchisme à tous les enfants de la famille pendant des années, et avait même espéré un temps le voir se destiner à une carrière ecclésiastique. Mais si Michael avait été tenté par l'appel de Dieu dans sa prime jeunesse, il en avait été très rapidement détourné par la première vue d'un corps de femme nue.

— Que faites-vous ici ? interrogea-t-il, soudain inquiet. Attendez... *Dio*, vous n'êtes tout de même pas venu pour les derniers sacrements !?

Le père Richard lâcha un grand rire qui résonna dans toute la chambre. Il déposa un baiser sur la tempe de mama.

— Bien sûr que non, Michael. C'est ta mère qui nous enterrera tous, crois-moi. Mais, elle ne t'a pas prévenu ?

Michael regarda tour à tour sa mère et le prêtre sans comprendre.

— Non, désolé, mon père. C'est au sujet du mariage de Venezia ? Elle n'est pas là pour le moment et ne devrait pas rentrer avant la fin de l'après-midi.

— Attendez ! intervint Carina. Je vais chercher Maggie, ça la concerne aussi.

L'instant d'après, elle tirait Maggie à l'intérieur de la pièce et faisait les présentations.

Maggie salua le prêtre, les sourcils froncés, se demandant visiblement ce qu'elle faisait là. À côté d'elle, Carina sautillait d'excitation.

— Mama, je peux leur dire ? S'il te plaît ?

L'interpellée hocha la tête.

— Maman et moi avons une grosse surprise pour vous.

Un affreux sentiment de fatalité s'abattit sur Michael. Il eut soudain l'impression de se retrouver au beau milieu d'un film d'horreur quand la musique s'intensifie jusqu'à devenir assourdissante, annonçant le crime final.

— Quelle surprise ? demanda-t-il d'une voix blanche.

Carina marqua une pause pour accroître l'effet dramatique.

— Le père Richard peut vous marier en Italie ! Maintenant ! Venezia et Julietta sont en chemin. Michael, on a obtenu l'autorisation pour que tu épouses Maggie. On va avoir un mariage !

Les mots explosèrent douloureusement dans sa tête. À côté de lui, Maggie semblait paralysée, ses grands yeux de chat écarquillés sous le choc.

Porca vacca ! Il était fichu.

11

Maggie fixa le prêtre comme s'il s'apprêtait à procéder à un exorcisme. Un silence lourd tomba sur la pièce. Carina les observa, manifestement inquiète de leur manque total d'enthousiasme. Dans des conditions différentes, la situation aurait presque été hilarante, si elle l'avait regardée à la télévision, confortablement installée dans son canapé, par exemple.

Impossible. Il était hors de question qu'elle épouse Michael Conti.

Un rire dément s'échappa de sa gorge. Trop c'était trop. Elle attendit que Michael avoue la vérité, il n'avait pas d'autre choix. N'était-elle pas son pire cauchemar, même s'ils faisaient l'amour comme des dieux et qu'il lui avait murmuré des choses tendres ? Dans la lumière froide du matin, il perdrait tout intérêt pour elle et reprendrait sa quête d'une épouse susceptible de répondre à ses attentes et celles de sa famille. Une épouse convenable. Une épouse comme Alexa.

— Hé ho ! les interpella finalement Carina. Vous n'êtes pas contents ? On va avoir un mariage.

Puisque son prétendu mari semblait avoir perdu sa langue, Maggie décida de prendre les choses en main. Elle inspira profondément.

— Écoutez, tous. Nous avons quelque chose d'important à vous dire. Voyez-vous, Michael et moi...

— Attends !

Le cri guttural de Michael l'interrompit. Elle n'en crut pas ses yeux quand il s'avança calmement vers elle et lui prit la main pour faire face aux siens.

— Ce que Maggie voulait vous expliquer, c'est que nous n'avions pas prévu que les choses se passent aussi rapidement. Maggie pensait inviter ses cousins et ses oncles, précisa-t-il avec un rire qui sonnait faux. Comment avez-vous pu obtenir l'autorisation en si peu de temps ? Je veux dire, père Richard, ne comptiez-vous pas nous voir plusieurs fois, Maggie et moi, avant de bénir notre union ?

Le père Richard lui adressa un sourire chaleureux, comme s'il croyait sincèrement à ses explications.

— Oui, bien sûr, c'est ainsi que les choses se passent généralement, Michael. Comme tu le sais, l'Église exige un délai minimum avant de bénir une union. Mais je te connais depuis que tu es tout petit. Dès que ta mère a appris votre visite, elle m'a prévenu et nous avons mis le processus en route. Le fait que tu sois comte a aidé à accélérer les choses.

Mama Conti se redressa sur ses oreillers. Elle but un peu d'eau avant de tendre le verre au père Richard. Quand elle prit la parole, sa voix était faible, enrouée.

— Je comprends, mon fils, et je respecte vos souhaits. Malheureusement, je crains de ne pas être suffisamment en forme pour une grande fête. Je me sens si fatiguée. Le docteur doit revenir demain. Il m'a dit que si je n'allais pas mieux, il faudrait m'hospitaliser pour passer des examens. Je vous demande de faire ça pour moi, poursuivit-elle, le regard brillant de détermination. Échangez vos serments sur la terrasse, que je puisse avoir la certitude que vous êtes bien unis l'un à l'autre.

— Vous voyez, il n'y a pas de problème, intervint Carina, visiblement soulagée. C'est vrai, nous aurions tous aimé avoir le temps d'organiser une grande fête, mais comme vous devez rentrer la semaine prochaine, *mama* a pensé que le plus important était de célébrer la cérémonie religieuse maintenant. (Claquant ses mains l'une contre l'autre, elle enchaîna :) Maggie, j'ai une robe qui t'ira parfaitement ! J'espère qu'elle te plaira et je suis sûre que c'est ta taille. Viens dans ma chambre, je vais t'aider à te préparer. Les filles vont arriver d'un moment à l'autre. Michael, tu devrais mettre ce magnifique smoking que tu as laissé ici lors de ta dernière visite. *La Dolce Famiglia* va nous livrer un tiramisu et j'ai mis du champagne au frais. Ça va être top !

Maggie eut l'impression qu'une épaisse nappe de brouillard l'enveloppait. Son cœur se mit à battre la chamade, son front devint moite et une boule se forma dans sa gorge, menaçant de l'étouffer. Elle fit appel à ses techniques antistress habituelles, mais une part d'elle-même savait qu'il était déjà trop tard. Non contente de surgir dans l'un des moments les plus embarrassants de sa vie, cette crise s'annonçait incontrôlable.

Soudain, elle vit Michael la dévisager d'un air inquiet. Comme s'il avait perçu la menace, il demanda aux autres de les excuser et l'entraîna rapidement hors de la pièce. Maggie frissonnait sous le brusque afflux d'adrénaline dans son sang. Une fois dans la chambre, Michael la fit asseoir sur le lit, le buste penché en avant, la tête sur ses genoux. Instinctivement, elle chercha à repousser sa peur, ce qui ne fit qu'accroître ses symptômes. Les poings serrés, elle tenta en vain d'aspirer une longue goulée d'air. Un cri de détresse montait dans sa gorge quand la voix et la prise énergique de Michael sur ses bras parvinrent à fendre le brouillard qui l'enserrait pour capter son attention.

— Écoute-moi, Maggie. Inspire et expire lentement. Tout va bien se passer. Je suis près de toi, je ne laisserai rien de mal t'arriver. Arrête de vouloir contrôler quoi que ce soit et laisse-toi aller.

Il lui caressa doucement les bras, avant d'entrecroiser ses doigts avec les siens. Elle se concentra sur sa voix, s'agrippant à ses paroles comme à un parapet jusqu'à ce qu'elle se sente suffisamment rassurée pour s'abandonner aux émotions qui l'agitaient. L'air pénétra enfin dans ses poumons, puis, lentement, son cœur ralentit, laissant le souffle se répandre dans tout son corps. À côté d'elle, Michael parlait toujours, lui murmurant des mots apaisants qui l'éloignèrent peu à peu du gouffre. Finalement, elle redressa la tête.

Il posa son front contre le sien et prit son visage entre ses mains.

— Ça va mieux, *cara* ?

Son regard d'onyx plongea dans le sien, empreint de sollicitude et d'un sentiment plus profond qu'elle ne parvint pas à identifier.

Maggie hocha la tête, submergée par une bouffée d'émotion où la tendresse se disputait au désir, un désir plus fort que tout ce qu'elle avait pu expérimenter dans sa vie. Trop effrayée pour parler, elle s'abandonna à la merveilleuse sensation des doigts de Michael sur sa joue et de son souffle sur ses lèvres.

— Je vais te chercher de l'eau. Reste là et détends-toi. Nous trouverons une solution.

Il revint bientôt, un verre à la main, et l'aida à boire par toutes petites gorgées. À mesure que l'eau fraîche coulait dans sa gorge, Maggie sentit la paix l'envahir.

Elle était en sécurité. Sans comprendre vraiment pourquoi, elle faisait confiance à Michael. Son corps lui faisait confiance.

Son cœur aussi.

— C'est la perspective de devoir m'épouser qui t'a fait cet effet, j'imagine, commenta-t-il sèchement.

Elle lâcha un petit rire.

— Désolée si j'ai blessé ton ego, comte. C'est vrai que l'idée de m'unir légalement à mon faux mari devant sa famille m'a coupé la respiration un moment.

Il se passa les mains dans les cheveux en soupirant.

— Cette histoire est très ennuyeuse.

— Tu crois ? Ta mère me fait penser au gangster de *La Chanteuse et le Milliardaire*. Tu sais, quand il oblige Charles à épouser Vicki après les avoir surpris en train de s'embrasser. Nous n'aurions jamais dû coucher ensemble. D'une certaine manière, nous sommes punis. Il faut tout avouer à ta mère.

Elle attendit qu'il approuve, mais il se contenta de lui jeter un drôle de regard avant de répondre :

— Je n'ai pas vu le film et ma famille n'est pas la Mafia.

Elle leva les yeux au ciel.

— Eh, que se passe-t-il ? Pourquoi ai-je l'impression que nous ne sommes pas sur la même longueur d'onde ? Pourquoi n'as-tu pas l'air horrifié ?

— Je le suis ! Simplement, je tiens compte de tous les éléments. Écoute, *cara*, ma mère est malade. Le médecin a conseillé de ne pas la stresser ni la contrarier. Si je lui dis la vérité maintenant, elle risque un infarctus.

Maggie sentit sa gorge se nouer ; elle n'avait aucune envie d'être responsable des problèmes de santé de Mama Conti. Elle se mordit la lèvre.

— Michael, qu'attends-tu de moi exactement ?

Il verrouilla son regard au sien. Chaque mot qu'il prononça lui fit l'effet d'un clou enfoncé dans son cercueil.

— Que tu m'épouses. Pour de vrai.

— Quoi ? Tu as perdu l'esprit ! s'indigna-t-elle en bondissant sur ses pieds. On ne peut pas faire une chose pareille ! Nous serons mariés *devant la loi*. Ce qui signifie que, de retour aux États-Unis, nous devrons obtenir une annulation ou le divorce. Oh, mon Dieu, tout ça est complètement dingue. Comment a-t-on pu en arriver là ? Je nage en plein roman à l'eau de rose !

— Calme-toi, l'exhorta-t-il en traversant la pièce pour lui prendre les mains. Écoute-moi, Maggie, je te promets de me charger de tout. Nous échangerons nos consentements, ferons une petite fête et rentrerons tranquillement chez nous. Je m'occuperai de toutes les formalités et je paierai l'avocat. Personne ne sera jamais au courant. Je te le demande pour ma mère, pour ma famille. Je sais que c'est énorme, mais je te le demande quand même.

Le monde bascula. Michael attendait son verdict, l'air parfaitement calme, comme s'il venait de lui proposer un simple dîner en amoureux. Refusant d'écouter la voix paniquée qui hurlait à l'intérieur de sa tête, elle plongea plus profondément en elle à la recherche d'une réponse.

Mama Conti était malade. D'accord, elle avait conclu un marché pour un *faux* mariage, sauf qu'avouer la vérité à ce stade serait un désastre. Les sœurs de Michael se sentiraient trahies et tristes. Venezia devrait renoncer à son propre mariage, et qui savait à quel drame cela risquait d'aboutir ? Qu'y avait-il de si grave à prononcer des vœux et légaliser leur union ? Après tout, il ne s'agissait que d'un morceau de papier. Sa vie resterait la même et personne ne serait jamais au courant. Elle n'avait à se soucier de personne aux États-Unis, ni petit copain ni famille. Finalement, ça pourrait peut-être marcher. Si elle épousait Michael ce jour, elle pourrait prendre un avion pour New York le lendemain et faire comme si rien ne s'était passé.

En plus, Michael lui serait sacrément redevable. Sûr qu'après ça il ne s'approcherait plus jamais d'Alexa. Un tout petit sacrifice pour un grand bienfait. Ce n'étaient que des mots stupides dans un registre. Un registre sacré, d'accord, mais plus humain que divin, non ? Un simple livre qui ne signifiait rien.

Amore mio.

L'écho de ces mots se répercuta dans tout son corps, la faisant frissonner. Qui essayait-elle de tromper ? Michael lui avait demandé de rester, agissant comme si elle comptait pour lui. Accepter de l'épouser dans la réalité reviendrait d'une certaine façon à se donner l'autorisation de craquer complètement au risque de ne jamais s'en relever. Il s'était déjà beaucoup trop approché de son passé. Or, elle s'était juré de ne jamais laisser personne découvrir la vérité ni s'apitoyer sur son sort.

Néanmoins, il existait un moyen d'être certaine de ne pas être blessée.

— J'accepte, annonça-t-elle.

Il approcha son visage du sien, mais elle l'arrêta en secouant la tête.

— À une condition, comte : tu gardes tes distances. Nous jouerons notre petite comédie jusqu'à la fin de la semaine, puis chacun reprendra son chemin sans s'occuper de l'autre. Plus de sexe ni de faux-semblants. Inutile de prétendre qu'il y a plus entre nous que ce qui est.

Michael la dévisagea longuement.

— C'est vraiment ce que tu veux ?

Elle sentit sa vue se brouiller, se hâta de ravaler ces larmes ridicules.

— Oui, mentit-elle en redressant le menton.

— Je le regrette profondément, *cara*.

Elle lut du chagrin sur ses traits, mais aussi une autre émotion, plus dangereuse.

— *Va bene*, soupira-t-il finalement.

Maggie ôta ses mains des siennes, traversa la pièce et ouvrit la porte.

— Carina, tu me la montres, cette robe ? cria-t-elle. Et débouche le champagne !

En guise de réponse, un cri enthousiaste s'éleva du rez-de-chaussée. Michael hocha la tête, puis passa devant elle sans un mot.

La gorge serrée, elle se prépara pour le plus grand show de sa vie en essayant d'oublier la sensation de vide au creux de son estomac.

Un soleil rouge orangé projetait ses derniers rayons sur la terrasse. En quelques heures, les sœurs de Michael avaient métamorphosé les lieux à l'aide de paniers de roses multicolores et de lanternes en papier qui créaient une atmosphère élégante et intimiste. Mama Conti avait été installée dans son fauteuil, le dos maintenu par de gros coussins et un joli plaid fait main sur les genoux. Debout devant le prêtre, Maggie regarda les sœurs de Michael vêtues de robes aux couleurs vives s'avancer vers elle, un délicat bouquet de lys blancs à la main. Mais ce ne fut qu'au moment où elle posa les yeux sur son futur vrai mari qu'elle prit conscience que son existence était sur le point de basculer.

Vêtu d'un smoking noir qui soulignait ses épaules larges et son torse puissant, il avait attaché ses cheveux en catogan et la fixait avec une expression où la tendresse le disputait à l'admiration. Il la détailla, comme s'il cherchait à imprimer dans son esprit l'image de son corps moulé dans la robe blanche de Carina. Son regard glissa sur le décolleté profond, les manches longues s'évasant au poignet, la petite traîne, puis il lui prit la main et la porta à ses lèvres. Elle frissonna malgré elle et vit apparaître un léger sourire sur la bouche de Michael. Il garda sa main coincée sous son bras comme s'il craignait qu'elle ne s'échappe. Le prêtre se gratta la gorge et débuta la cérémonie. Les mots se succédèrent dans une sorte de brouillard, puis ce fut le moment de l'échange des consentements.

Pour le meilleur et pour le pire...

Dans la santé et la maladie...

Honorer et respecter...

Jusqu'à ce que la mort nous sépare...

Les oiseaux chantaient dans les ramures. Dante vint se placer sur la table non loin d'elle, lui jeta un regard méprisant et entreprit de faire sa toilette en attendant la fin de cette scène gênante. La brise tiède qui soufflait du sud semblait se moquer des paroles du prêtre, les emportant au loin en direction des collines. Un silence complet tomba sur la terrasse quand tous les Conti se turent pour l'écouter.

— Oui.

Ce fut un baiser léger, presque un effleurement, mais au moment où Michael se redressa, elle retint son souffle devant la satisfaction qui faisait briller son regard noir. Puis il la serra contre lui, des exclamations explosèrent autour d'eux, et elle se retrouva avec une coupe de champagne à la main, encerclée par la famille enthousiaste de son mari. Pendant ce temps, tout au fond de sa tête, tournait une seule et même pensée. Une pensée dont l'écho se répercutait dans chaque nerf de son corps.

Elle l'aimait.

Elle était amoureuse de Michael Conti. Réellement.

Sa main dans celle de Domenico, Venezia criait d'une voix suraiguë à côté d'elle :

— Je suis tellement heureuse ! Et maintenant, nous avons une autre surprise pour vous. Voici les clés de notre maison de vacances sur le lac de Côme pour votre nuit de noces. Vous y serez plus tranquilles qu'ici avec nous tous sur place.

Les yeux brillants, elle tendit un jeu de clés à Michael.

— Vous pouvez partir maintenant, et on ne veut pas vous revoir avant demain soir, précisa-t-elle.

En guise de réponse, Michael fronça les sourcils et jeta un coup d'œil en direction de sa mère.

— Je croyais qu'elle était louée tout l'été ? s'étonna-t-il. En outre, je ne suis pas sûr d'avoir envie de m'éloigner sans être certain que *mama* va bien.

Malgré la distance, Mama Conti devina le sens de ses paroles et lui lança un regard capable de le pétrifier sur place.

— Oh, vous irez, Michael et Margherita. La maison est vide tout le mois, ce serait dommage que vous n'en profitiez pas. Les filles vont s'occuper de moi. Elles vous appelleront immédiatement si jamais quelque chose n'allait pas. Je ne vous laisserai pas me priver du plaisir de vous offrir une nuit de noces.

À sa propre stupéfaction, Maggie sentit ses joues s'enflammer. Comment elle qui se baignait nue, photographiait à longueur de temps des hommes en string et avait assisté à l'accouchement d'Alexa sans la moindre gêne, pouvait-elle rougir à la simple idée de coucher avec son mari avec la bénédiction de la mère de celui-ci ? Où était le problème ?

Venezia chuchota quelque chose à l'oreille de Domenico, puis la tira par la manche. À l'instar de ceux de son frère, ses yeux étincelaient, comme éclairés par une lumière intérieure. Elle entrecroisa ses doigts avec les siens et lui embrassa la main.

— Merci, Maggie.

— Pour quoi ?

— Pour ce que tu as fait, répondit-elle, le visage soudain grave. J'imagine que tu rêvais d'un mariage différent un peu plus tard, et je soupçonne aussi Michael d'avoir précipité les choses à cause de moi. Tu l'as transformé. Quand il est venu s'excuser tout à l'heure, il m'a avoué qu'il n'avait jamais pris conscience de son attitude avant que tu ne lui en parles. J'espère que tu te rends compte combien tu comptes pour nous tous. En me donnant la possibilité d'épouser Domenico cet été, tu m'as offert le plus beau des cadeaux. Je ne l'oublierai jamais. Je suis tellement heureuse que tu fasses partie de la famille.

Quand Venezia la serra contre son cœur, Maggie sentit une douleur atroce la déchirer. Seule une maîtrise d'elle-même longuement pratiquée lui permit de dissimuler le chagrin que lui inspiraient son mensonge et son regret que tout cela ne soit qu'un simulacre.

Moins d'une heure plus tard, elle parcourait les routes étroites et sinueuses de la région des lacs, confortablement installée dans l'Alfa Romeo de Michael. Il avait troqué son smoking contre un jean et une chemise noire et détaché ses cheveux, ce qui lui donnait cet air de pirate qui la faisait fondre. Consciente de la tiédeur moite entre ses cuisses, elle détourna son attention vers la vitre en essayant de penser à autre chose.

— Comment va-t-on faire ? s'enquit-elle subitement. Tu as pensé à ce qui se passera ensuite ? Est-ce que tu comptes en parler à Alexa et à mon frère ? Imagine que ta famille veuille venir aux États-Unis ? Et le mariage de Venezia ?

Il poussa un soupir contrarié comme si elle se tracassait pour des détails sans intérêt.

— Ne t'inquiète pas de ça maintenant, *cara*. Je crois que nous avons besoin d'une nuit tranquille tous les deux pour mettre les choses au clair, répondit-il en lui jetant un coup d'œil suggestif.

Elle réprima un frisson. Bon sang, depuis quand se laissait-elle dominer par ses hormones ? Normalement, c'était elle qui menait la danse, et ça lui allait très bien ainsi. Peut-être était-il temps de remettre les pendules à l'heure.

— Excuse-moi, tu as raison, je suis vraiment une pauvre fille stupide. Pourquoi se soucier de détails aussi mineurs qu'un engagement devant Dieu et un divorce ? Amusons-nous plutôt. Tiens, j'ai un super sujet de conversation : ta mère m'a dit que tu avais fait de la course automobile.

Michael crispa les doigts sur le volant. Touché ! Elle ressentit une pointe de culpabilité en l'entendant bredouiller :

— Elle... t'a parlé de ça ? C'est un sujet que nous n'abordons jamais. J'ai effectivement couru dans ma jeunesse. Puis papa est tombé malade et j'ai compris qu'il était temps de passer aux choses sérieuses, assumer mes responsabilités vis-à-vis de la famille. Fin de l'histoire.

Malgré le calme dont il faisait preuve, une certaine froideur dans son attitude trahissait son trouble.

— Tu étais bon. Tu aurais pu devenir pilote professionnel, fit-elle remarquer avec douceur.

— Sans doute. On ne le saura jamais.

— Tu regrettes d'avoir dû abandonner ? Tu n'avais jamais eu l'intention de reprendre *La Dolce Famiglia*, pas vrai ?

Son profil semblait de marbre. Un muscle tressaillit sur sa joue.

— Quelle importance ? répliqua-t-il. J'ai fait ce que j'avais à faire. Pour les miens. Je ne regrette rien.

Le cœur soudain serré, elle lui prit la main sans réfléchir. Il lui jeta un regard surpris.

— Si, c'est important. Es-tu certain d'avoir fait le deuil de ce que tu as perdu et qui t'était cher ? Pas ton père, mais ton rêve. Tu étais sur le point d'obtenir ce que tu avais toujours voulu et, d'un seul coup, on te l'a retiré. Personnellement, j'aurais été folle de rage.

Pour toute réponse, il lâcha un petit rire, les yeux fixés sur la route devant lui.

— Les relations entre mon père et moi n'étaient pas faciles, admit-il. Il considérait la course comme un hobby dangereux. Un jour, il m'a demandé de choisir : ma carrière de pilote ou l'entreprise familiale. J'ai choisi la course, et il m'a sommé de partir. Alors j'ai plié bagage, pris la route et essayé de me faire un nom dans le monde de la Formule 1. Mais quand j'ai reçu cet appel m'annonçant qu'il avait eu un infarctus et que je l'ai vu si faible et malade à l'hôpital, j'ai pris conscience que mon désir n'était pas aussi important que je le croyais. (Il haussa les épaules avant de poursuivre :) J'ai compris que, parfois, il faut faire passer les autres avant soi. Comme mon père me l'avait dit, un homme digne de ce nom prend ses décisions en fonction de tous les siens, pas seulement de lui. Mon devoir envers tous était de reprendre l'affaire familiale, et c'est ce que j'ai fait. D'une certaine manière, je n'ai aucun regret.

Elle le dévisagea un long moment avant de s'enquérir :

— Est-ce que ça te manque ?

Il inclina la tête comme s'il réfléchissait à la question, puis sourit :

— Tu parles ! Bien sûr. J'y pense tous les jours.

Seigneur Dieu, cet homme allait briser toutes ses protections avec sa sincérité et la manière dont il considérait son sacrifice. Quelle différence avec tous ceux qui se plaignaient et gémissaient dès que quelque chose clochait ou contrariait leurs désirs ou leurs projets ! Michael avait des valeurs qu'elle n'avait jamais constatées chez aucun de ses amants avant lui.

— Ta famille a de la chance de t'avoir, murmura-t-elle.

Il ne répondit pas, mais serra sa main dans la sienne avec force.

Ils atteignirent la maison du lac quelques heures plus tard. Maggie sourit intérieurement en découvrant ce que signifiait le terme « maison de vacances » pour les Conti. Nichée au cœur d'un grand parc, l'imposante demeure possédait son propre héliport, un lagon et plusieurs piscines et jacuzzis. La vigne vierge qui courait sur la façade et le clocher de briques intégrait parfaitement la bâtisse à la végétation environnante où arbres centenaires et buissons touffus succédaient à de charmants jardins paysagers. Le sentier pavé menait à un escalier monumental débouchant sur une large terrasse en mosaïque chocolat et or au fond de laquelle se dressait un long bar en marbre brun. Une brise tiède chargée de délicats effluves de lilas et de citron embaumait l'air.

Les talons hauts de Maggie claquèrent sur la pierre quand elle suivit Michael jusqu'au bar. Le temps de prendre une bouteille de vin et deux verres, et il l'entraînait à l'étage, vers une chambre immense au centre de laquelle trônait un grand lit. Les portes-fenêtres étaient ouvertes, le couvre-lit rabattu, et un gros bouquet de roses avait été placé sur la table ronde, prouvant que quelqu'un était venu tout installer en prévision de leur venue. Maggie embrassa du regard les magnifiques tapis d'Orient, les meubles anciens et les tentures en dentelle blanche, touchée par tant de goût et de beauté. Et tout à coup, elle se rendit compte de la présence de son mari juste à côté d'elle, qui la contemplait, une fesse perchée sur le petit bureau de chêne.

Elle avala sa salive avec difficulté, brusquement terrifiée. Ce lit, ce mariage, cette révélation inattendue de ses sentiments pour Michael, ç'en était trop. Elle sentit le sol se dérober sous son poids et enfonça ses ongles dans ses paumes pour ne pas perdre pied. Non, elle ne laisserait pas sa voix trembler d'émotion comme une jeune vierge effarouchée avant sa nuit de noces. Maudissant intérieurement sa faiblesse, elle se redressa.

— Tu veux aller dîner ? proposa-t-elle.

— Non.

Son sang se mit à bouillonner dans ses veines. Michael eut un léger sourire, comme s'il avait perçu sa gêne.

Relevant le menton, elle s'obligea à soutenir son regard.

— Tu préfères te promener dans le parc ?

— Non.

— Te baigner ?

— Non.

Elle croisa les bras pour dissimuler les pointes dressées de ses seins.

— Que veux-tu faire, à la fin ? Rester des heures ici à m'examiner comme une bête curieuse ?

— Non. Je veux faire l'amour avec ma femme.

Sa femme. Une douloureuse sensation de regret s'empara d'elle. Elle aurait tellement voulu que tout cela soit vrai.

— Arrête ça ! tempêta-t-elle en s'accrochant de toutes ses forces à la colère qui montait en elle. Tu sais aussi bien que moi que je ne suis pas ta femme. D'ailleurs, je te rappelle que tu as promis de me laisser tranquille. Pas de sexe entre nous.

Franchissant d'un pas la distance qui les séparait, il la prit dans ses bras. La sollicitude et la tendresse qu'elle lut sur ses traits firent fondre ses remparts.

— Que se passe-t-il, *tigrotta mia* ? Tu sais bien que je ne ferais jamais rien que tu ne veuilles pas.

Il repoussa les mèches qui tombaient sur son visage et lui releva le menton.

Agacée par sa faiblesse dès qu'elle se retrouvait face à lui, Maggie cilla pour chasser les larmes qui lui montaient aux yeux.

— Toute cette histoire est un mensonge, rappela-t-elle. *Nous sommes* un mensonge.

Le souffle de Michael caressa ses lèvres ; il l'embrassa doucement, mêlant tendrement sa langue à la sienne. Elle aurait voulu le repousser, mais son corps la trahit, s'alanguissant un peu plus à mesure qu'elle s'immergeait dans son goût et son parfum. Elle s'ouvrit à lui et lui répondit bientôt avec fougue, les doigts enfoncés dans la chair de ses épaules, ses seins pressés contre son torse dur et musclé.

Sans hâte, il se redressa. La flamme qui brillait dans son regard noir la pénétra, consumant toutes ses résistances sur son passage.

— Non, Maggie, affirma-t-il avec force, il ne s'agit plus d'un mensonge. Nous ne sommes pas un mensonge. Je veux te faire l'amour à toi, ma femme, maintenant. Es-tu d'accord ?

Maggie connaissait ses valeurs, elle savait qu'un simple hochement de tête suffirait à le convaincre de reculer. Bon sang, qu'est-ce qui clochait chez elle ? Pourquoi désirait-elle encore cet homme quelques heures à peine après avoir quitté ses bras ? Il allait la détruire.

Silencieux, il attendait sa décision.

Ignorant la lutte entre son esprit et son corps, sa petite voix intérieure triompha : *prends ce que tu peux prendre maintenant ; il te restera les souvenirs*. Après tout, elle avait survécu à bien pire. Or, elle ne survivrait pas au fait de le repousser ce soir.

Elle attira son visage vers le sien. Il prit possession de sa bouche et la souleva pour la porter sur le lit. En un clin d'œil, elle se retrouva nue, chaque parcelle de son corps célébrée par ses mains, ses lèvres, sa langue. Elle gémit de plaisir sous ses caresses, de frustration quand il s'arrêtait, la laissant juste à la limite de l'orgasme, puis recommençait. Elle pria, supplia jusqu'à ce que, enfin, il lui écarte les cuisses et se place tout au bord de son sexe.

Comme s'il avait perçu sa peur profonde, il la fit rouler sans un mot au-dessus de lui, la saisit par les hanches et la fit descendre sur son pénis.

En proie à une enivrante sensation de plénitude, elle se mit à crier et à aller et venir frénétiquement dans l'attente de la délivrance. Michael était partout, en elle, autour d'elle, jouant, caressant, pinçant la pointe de ses seins, titillant son clitoris, jusqu'à ce qu'elle explose littéralement sous la force de l'orgasme.

Il hurla son nom avant de la rejoindre dans l'extase. Quand elle retomba sur son torse, il la serra contre lui et murmura à son oreille :

— Tout est réel.

Maggie ne répondit rien. Son cœur pleurait et ses lèvres tremblaient, mourant d'envie de prononcer les mots qu'elle s'interdisait de prononcer. Mais comment dire « je t'aime » quand, au fond de soi, on sait que personne ne pourra jamais nous aimer toute une vie ?

Alors, elle se tut, ferma les paupières et se laissa sombrer dans le sommeil.

Deux flûtes de champagne dans les mains, Michael s'installa au bord du lit et regarda Maggie dormir, encore surpris par la force de son désir. Généralement lorsqu'il faisait l'amour avec une femme qui lui plaisait, son désir s'amoindrissait un peu plus à chaque nouvelle étreinte, jusqu'à ce qu'il ne reste plus entre eux qu'une sorte d'amitié fade et sans avenir. Or, aujourd'hui, alors qu'il contemplait son épouse, il sentait l'excitation et un sentiment de justesse courir dans ses veines. Exactement la même sensation que lorsqu'il pilotait : l'appel de l'inconnu et la certitude d'être là où il devait être.

Maggie était son âme sœur.

Il le savait désormais. L'avait accepté. Et avait conscience qu'il lui faudrait manœuvrer avec doigté s'il voulait un jour la convaincre de devenir sa femme pour de bon. Étonnant, tout ce qu'on peut se raconter au sujet de l'amour quand il ne s'agit que d'une vision lointaine, quelque chose de magique que l'on désire ardemment au point de se faire croire à des sentiments qui n'existent pas.

Désormais, il comprenait. Depuis le début, il attendait Maggie Ryan.

Il avait perçu cette connexion dès leur premier rendez-vous. Sa vivacité d'esprit et sa sexualité explosive l'avaient mis K-O aussi sûrement qu'un coup de poing en plein plexus. Tout en elle le fascinait, mais en sentant naître en lui l'envie de quelque chose de plus profond et durable, il avait été terrorisé. Il avait deviné que s'il faisait une fois l'amour avec elle, il ne voudrait plus la laisser partir. Pourtant, elle possédait tout ce qu'il avait toujours jugé rédhibitoire chez une épouse, en particulier le pouvoir de lui briser le cœur.

Bien qu'il eût souvent pensé à elle au cours de l'année écoulée, il avait toujours refoulé son image au fond de son esprit, se répétant à lui-même qu'ils formeraient un couple désastreux. Sauf qu'aujourd'hui il constatait que tous les chemins mènent à Rome.

Maggie était son âme sœur.

Il devait juste l'en convaincre.

Sauf que, pour cela, il fallait abattre des murailles. Il prit une profonde inspiration en songeant à l'ampleur de la tâche à accomplir et aux risques qu'elle comportait. Car s'il sentait la nécessité de toucher Maggie à un niveau plus profond, le malaise dont elle faisait preuve dès qu'il tentait de prendre les choses en main au lit lui laissait soupçonner un secret enfoui – un secret qu'elle n'était manifestement pas prête à partager aujourd'hui. Mais le serait-elle un jour ? Accepterait-elle de se livrer totalement à lui ?

Il le saurait bientôt.

Elle ouvrit les yeux.

Il sourit devant son visage ensommeillé et satisfait quand elle s'étira, faisant descendre le drap sous ses seins magnifiques.

— Le spectacle te plaît ? plaisanta-t-elle.

Cette fille le ferait sûrement mourir avant l'âge, mais c'est avec ravissement qu'il entrerait au paradis. Il lui tendit une flûte de champagne.

— Tout ce qui donne son sel à la vie commence par la lettre C, commenta-t-elle. Café, chocolat et champagne.

Michael s'adossa à son fauteuil, l'air goguenard.

— Tu n'oublierais pas la lettre la plus importante ?

— Laquelle ?

— S. Pour sexe.

Son sourire s'élargit. Il changea de position en sentant son pénis durcir.

— Erreur, comte, la plus importante est le O.

— O ?

— Pour orgasme, bien sûr. Un C à l'endroit contre un à l'envers, ce qui prouve que j'avais raison, conclut-elle avec une expression suffisante.

Michael éclata de rire.

— *Cara*, tu es incroyable ! s'exclama-t-il en secouant la tête. Au lit comme ailleurs.

— J'essaie, rétorqua-t-elle.

Elle but une nouvelle gorgée et Michael sentit qu'elle relevait de nouveau sa garde. S'il voulait la déstabiliser, il ne devait pas relâcher la pression.

— Maggie, tu aimes te sentir maîtresse de la situation, pas vrai ?

— Pourquoi, c'est mal ?

Il la regarda fixement, mais elle conserva la tête baissée.

— Pas du tout. Tu es forte et tu ne serais pas là où tu en es sans cette qualité. Je me demandais juste comment ce serait pour toi d'être dominée au lit.

Cette fois, elle redressa la tête.

— Pourquoi ? Tu aimes les jeux de domination ? interrogea-t-elle avec un petit frisson. Si c'est le cas, ne compte pas sur moi, comte. J'ai lu ce genre de romans sadomasos et, franchement, la douleur, ce n'est pas mon truc.

Dio, il était fou d'elle.

— Le mien non plus, *cara,* je t'assure. Mais je ne te parlais pas de douleur. Simplement, j'ai remarqué que tu préférais garder le contrôle pendant l'amour – ce qui est très bien –, et je me demandais s'il t'était déjà arrivé de t'abandonner totalement.

Elle fronça les sourcils.

— Je m'abandonne chaque fois que j'ai un orgasme. Où veux-tu en venir ?

Il gagna la salle de bains, prit les ceintures des peignoirs blancs et la rejoignit sur le lit.

— Que prépares-tu, s'inquiéta-t-elle. Un truc bizarre ?

— Tu me fais confiance ? demanda-t-il en s'asseyant près d'elle.

Une expression méfiante glissa sur les traits de Maggie.

— Qu'est-ce que tu comptes faire ?

— As-tu confiance en moi, oui ou non ?

Elle eut une hésitation.

— Oui, acquiesça-t-elle finalement.

Soulagé par la sincérité qu'il perçut dans sa voix, il déclara :

— Merci. Je te demande de te laisser faire.

— Que comptes-tu faire ?

— T'attacher.

Elle lâcha un petit rire étranglé et totalement dépourvu d'humour.

— Tu plaisantes, pas vrai ? On ne peut pas juste baiser normalement ?

— Si. Mais j'ai envie de plus avec toi. Je veux te donner du plaisir jusqu'à ce que tu exploses, que tu lâches toute retenue. Je te demande d'avoir suffisamment confiance en moi pour accepter de ne plus rien maîtriser. Si tu te sens mal, il te suffira de dire « stop » et je m'arrêterai. Tu veux bien essayer pour moi ?

Elle s'assit et contempla les ceintures en se mordillant la lèvre.

— Je ne suis pas sûre de pouvoir arrêter de contrôler, avoua-t-elle.

— Je pense que si. J'ai toujours rêvé d'attacher ma femme, ajouta-t-il avec un sourire en jouant avec les ceintures. Grâce à toi, mon fantasme pourrait devenir réel.

Il demeura silencieux pendant qu'elle réfléchissait, visiblement en proie à des émotions contradictoires. Finalement, elle hocha la tête.

— Je vais essayer, concéda-t-elle avec un sourire résigné. N'empêche, tu devrais te poser des questions sur ton obsession du bondage.

Pour toute réponse, il lui sourit et commença à lui lier les poignets au-dessus de la tête. Avec la seconde ceinture, il les attacha à l'un des montants du lit. Elle tira légèrement, et il vérifia qu'il y avait suffisamment de jeu pour qu'elle ne se sente pas piégée. Juste assez pour lui donner la liberté de lâcher prise.

— Et maintenant ? interrogea-t-elle en soufflant pour chasser une mèche de cheveux sur son visage.

À la fois excité par la vision de son corps nu et amusé par son air renfrogné, Michael se plaça à califourchon au-dessus d'elle et la contempla.

Son amusement se dissipa d'un coup, laissant toute la place à l'excitation. Elle était sublime, tout en muscles et courbes délicates. Sans hâte, il se pencha sur sa bouche pour un baiser profond empreint de fièvre, simple avant-goût de ce qu'il lui réservait. Quand il détacha ses lèvres des siennes, elle respirait avec difficulté, les yeux brillants de désir.

Il prit tout son temps, titillant la pointe de ses seins, laissant courir ses mains sur son ventre, ses hanches, ses fesses, avant de lui écarter plus largement les cuisses. Ses doigts s'immobilisèrent sur son clitoris mouillé, si gonflé qu'il semblait le supplier de reprendre ses caresses puis plongèrent en elle.

Elle cria et tira sur ses liens. Il la conduisit plus loin dans l'extase, introduisant son majeur et son index dans la moiteur de son sexe tandis que du pouce, il agaçait son clitoris. Parcourue de frissons, elle s'agitait sous lui.

— Détache-moi, ordonna-t-elle. Je veux te toucher, moi aussi.

— Pas encore, *cara*. Mon fantasme est trop délicieux.

Dans un cri guttural, elle se tendit de tout son être, secouée par l'orgasme. Il prolongea son plaisir au maximum, jusqu'à ce qu'elle retombe, tremblante, au-dessous de lui. Alors, il la pénétra d'un coup de reins.

Les dents serrées pour garder son sang-froid, il sentit le sexe de Maggie étreindre le sien, puis une série de spasmes la secouèrent telles des minitempêtes. Alors, incapable de résister plus longtemps, il laissa le plaisir exploser en lui, la plaquant contre le matelas.

— Michael. Non !

Ses iris brillants soudain empreints de panique, elle se débattit sous lui, tirant frénétiquement sur ses liens.

Stoppé net par la peur brute qu'il lut sur ses traits, il s'immobilisa.

— Regarde-moi, *amore mio*. Regarde-moi vraiment et vois qui je suis.

Elle obtempéra, plongeant ses yeux dans les siens. Alors, son regard s'écarquilla, comme sous l'effet d'une brusque révélation et, peu à peu, elle se détendit, s'ouvrant à lui. Des larmes coulèrent sur ses joues. Il les essuya délicatement et l'embrassa avec tendresse.

— Je t'aime, Maggie. Je n'ai jamais aimé Alexa, mais toi et toi seule. Je suis amoureux de toi.

Il bougea en elle, exprimant à chaque mouvement ses émotions, son besoin qu'elle lui appartienne. Toute trace de résistance se dissipa peu à peu et elle se joignit à la danse, ses talons enfoncés dans ses reins tandis qu'ils montaient toujours plus haut vers l'extase. Puis, elle jouit au-dessous de lui et il lâcha prise. Le plaisir, indicible, presque insupportable à force d'intensité, déferla en lui, tel un torrent l'emportant dans un océan de volupté. Quand la vague retomba, il comprit que sa vie ne serait plus jamais la même.

Et c'était parfait ainsi.

Michael l'aimait.

Ces mots tournaient dans sa tête, parfois beaux et chantants comme un opéra, parfois teintés de raillerie. Elle devrait les affronter, elle le savait, mais, bon sang, elle était bien trop effrayée pour s'en occuper maintenant.

Elle fit jouer ses poignets à présent libérés. Michael la tenait plus tendrement qu'aucun homme ne l'avait jamais fait. Il n'y avait rien de bizarre ni de malsain dans la manière dont il l'avait aimée, juste le désir de tout lui donner et d'en recevoir autant.

Elle étouffa les mots qui lui brûlaient les lèvres. Juste trois mots tout simples, mais les plus difficiles qu'elle puisse envisager de prononcer. Michael lui avait offert un cadeau qui n'avait pas de prix : la confiance. Paradoxalement, en l'attachant et en l'obligeant à capituler, il lui avait appris à avoir confiance en un autre être humain.

Il déposa un baiser dans ses cheveux emmêlés.

— Merci de m'avoir fait confiance. Je veux tout savoir de toi, *cara*, mais je peux attendre.

Sa patience lui fit monter les larmes aux yeux. Désirait-il vraiment plus que son corps ? Elle n'avait pas eu de doute quand il lui avait affirmé n'avoir jamais été amoureux d'Alexa. À bien y réfléchir, elle l'avait peut-être toujours senti, mais refusait de l'admettre par crainte de voir s'effondrer le dernier obstacle entre elle et lui. Désormais, il n'y avait plus personne entre eux, et pourtant elle n'arrivait pas à prononcer les trois mots qu'il attendait.

Alors, fermant les yeux, elle lui donna la seule chose qui lui restait : le crédit qu'elle lui accordait.

— J'avais seize ans. J'étais complètement dingue du cliché des clichés : le capitaine de l'équipe de football américain. Évidemment, lui m'avait à peine remarquée. Du coup, j'ai fait tous ces trucs que font les filles pour attirer l'attention, et il a fini par me parler. Quelques jours plus tard, il me proposait de sortir avec lui. Évidemment, j'étais euphorique, persuadée que j'allais être sa petite amie.

Michael cessa de lui caresser les cheveux. Lentement, il se tourna vers Maggie. Elle sentit son regard sur elle, mais continua à contempler le plafond sur lequel défilaient les images du passé.

— Maquillée comme un camion volé, une jupe ras la touffe et un décolleté plongeant, histoire d'exposer le peu que j'avais, je l'ai retrouvé au cinéma. Mes parents ne se préoccupant pas de moi, je n'avais de permission à demander à personne. Après le film, on est allés sur le terrain de foot pour regarder la lune. J'étais tellement heureuse. Jusqu'à ce qu'il me renverse sur l'herbe et glisse sa main sous ma jupe. Même si je parlais beaucoup, je n'avais aucune expérience à l'époque. En fait, c'était la première fois que je sortais avec un garçon. Je l'ai laissé faire certaines choses en pensant que c'était normal. Puis il a déboutonné ma jupe.

Elle avala sa salive. Michael prit ses mains dans les siennes, attendant en silence qu'elle poursuive. Encouragée par sa sollicitude, elle reprit :

— Il m'a violée. Après ça, il s'est relevé et m'a dit qu'il était déçu, qu'on voyait bien à la façon dont je m'habillais et me conduisais que je n'attendais que ça, et que si j'en parlais à qui que ce soit, je serais la risée du lycée. J'ai ramassé mes vêtements et il m'a raccompagnée. Devant chez moi, il m'a dit merci pour le bon moment et a proposé qu'on recommence. Quand je suis rentrée, ma mère regardait la télé dans le salon. Je suis directement allée la voir pour tout lui raconter.

Les souvenirs de cette atroce nuit s'imposaient de nouveau à elle, sauf que cette fois quelqu'un était près d'elle, quelqu'un qui l'aimait suffisamment pour l'écouter.

— Ma mère s'est moquée de moi en déclarant que j'avais eu ce que je méritais. Elle m'a conseillé de prendre la pilule, d'être moins bête la prochaine fois et d'oublier cette histoire. Puis elle est sortie.

Maggie détacha les yeux du plafond et se tourna vers Michael pour poursuivre :

— Je ne savais pas quoi faire. J'avais l'impression de devenir folle. Je ne suis pas allée au lycée pendant plusieurs jours, et quand j'y suis retournée, je l'ai croisé dans les couloirs. Je l'ai salué d'un petit signe de tête en continuant mon chemin. Le test de grossesse était négatif, j'ai pris la pilule, et soudain, j'ai réalisé que j'avais le choix entre deux attitudes : soit m'habiller avec des sacs, cacher ma féminité et ne jamais être à l'aise avec les garçons, soit prendre les choses en main. Je sentais que le sexe pouvait être agréable, à condition que ça se passe comme je le voulais. Je devais m'assurer que cet épisode ne se reproduirait jamais.

Son cœur battait à toute allure ; elle sentait la crise de panique proche.

— J'ai décidé de ne pas laisser ce salaud gâcher ma vie, de m'habiller comme ça me plaisait et de choisir quand, où, et avec qui j'aurais des rapports. Mais parfois, quand un homme est au-dessus de moi, des flashs de cette nuit-là me reviennent et je me mets à paniquer. J'ai horreur de ça, mais je n'y peux rien : apparemment, cette partie de ma mémoire échappe à mon contrôle. Du moins, échappait...

Michael lui saisit la nuque et attira son visage contre son torse. Elle sentit sa chaleur, sa force et un merveilleux sentiment de sécurité l'envahir.

— Je suis désolé, *cara*. Si j'avais su, je ne t'aurais pas poussée ainsi.

Elle secoua la tête.

— Au contraire, je suis contente que tu l'aies fait. Maintenant, je n'ai plus peur.

Il retint son souffle, et elle se rendit compte qu'il tremblait. Doucement, elle se redressa pour le regarder. Un mélange de fierté et de rage brillait dans ses yeux noirs. Aussi légers qu'un papillon, ses doigts repoussèrent une mèche sur son front.

— Qu'un homme ait pu se conduire ainsi avec toi me fait douter de tout le genre humain. Mais toi, *amore mio*, loin de te laisser écraser par cette épreuve, tu as su la transformer en force. Tu as construit ta vie comme tu l'entendais sans l'aide de personne. Tu m'impressionnes.

Elle se mordit la lèvre et reposa la tête sur son torse. Les paroles de Michael résonnaient dans le silence de la chambre, détruisant les derniers vestiges de la muraille qui cernait son cœur. Il ne fit aucun commentaire sur les larmes qui roulèrent sur son poitrail.

Maggie ne l'en aima que davantage.

12

Deux jours plus tard, confortablement installée sur la terrasse à l'arrière de la maison, Maggie sirotait un verre de vin en caressant Dante. Allongé sur la table en plein soleil, le chat ronronnait en exposant son énorme ventre et crachait chaque fois que, fatiguée, elle osait retirer sa main. Maggie ne s'en formalisait pas, consciente qu'il s'agissait d'un simple bluff, que jamais Dante ne la grifferait.

— Quel tyran emphatique tu fais ! le réprimanda-t-elle.

Il la fixa de son regard vert implacable et réprobateur. Avec un soupir agacé, elle posa son verre et se remit à lui grattouiller le ventre. Le ronronnement reprit, aussi bruyant qu'une tronçonneuse.

— C'est bon ? Tu es content maintenant ?

Seigneur, elle avait une sainte horreur des chats !

D'accord, elle bluffait au moins autant que Dante : en réalité, ce fichu animal la faisait craquer. Un frisson la parcourut à l'idée qu'elle était la seule à pouvoir le toucher. Elle avait l'impression dingue qu'ils s'appartenaient l'un à l'autre : deux errants solitaires et hargneux incapables d'avoir des contacts normaux avec les gens.

Qu'allait-elle faire ?

Michael l'aimait. Depuis son aveu bouleversant et sa confidence tout aussi bouleversante en retour, ils étaient tacitement convenus d'éviter le sujet. Maggie avait envie de le croire et plus encore de lui exprimer à son tour ses sentiments, mais quelque chose l'en empêchait.

Son passé.

Un rayon de soleil se diffracta dans le diamant de deux carats qui étincelait à son majeur tel un clin d'œil moqueur.

Elle devait prendre une décision rapidement. Elle avait accepté de prolonger son séjour de quelques jours, histoire de s'assurer que Mama Conti allait mieux et que le mariage de Venezia aurait bien lieu prochainement.

Elle n'avait jamais parlé du viol à qui que ce soit hormis sa mère. Le détachement froid avec lequel celle-ci avait réagi avait détruit toute la confiance qu'elle pouvait avoir en autrui, et Michael avait été le premier à ranimer ce sentiment en elle. Elle frissonna au souvenir de ses mains, sa bouche, sa langue explorant chaque parcelle de son corps, ne lui laissant d'autre choix que de se rendre. Bon sang, à présent elle comprenait mieux l'engouement général pour toutes ces histoires de bondage.

Comme s'il avait lu dans ses pensées, Dante lui jeta un regard mauvais, chassa sa main d'un coup de patte et changea de position.

— Toi, tu dois être le genre de mâle irrésistible qui met toutes les femelles du quartier en cloque, railla-t-elle. Assume la responsabilité de tes actes, mon pote. Je crois que je devrais t'emmener chez le véto pour régler ça définitivement.

— Tu parles au chat ?

Maggie tourna la tête. Ses joues s'enflammèrent en découvrant Carina juste derrière elle, un sourire moqueur aux lèvres.

— Absolument pas, se défendit-elle.

— Alors, j'ai dû entendre des voix, répliqua la jeune femme, l'air sceptique. Salut, Dante.

Elle avança lentement et tendit sa main vers le chat en murmurant des paroles apaisantes. Il la regarda approcher. Maggie et Carina retinrent leur souffle.

Dante cracha avec mépris, agita la queue et disparut dans les buissons. Carina en resta bouche bée. Dissimulant sa satisfaction, Maggie but une gorgée de vin.

— Pourquoi il ne m'aime pas ? se plaignit Carina. J'adore les animaux, je lui donne à manger. Toi, tu l'insultes, et il t'adore.

Maggie haussa les épaules.

— Les hommes sont imprévisibles. Que se passe-t-il ?

— On descend en ville commander les fleurs. Tu veux venir ?

— Non, merci, répondit Maggie avec une moue peu enthousiaste.

Carina émit un ricanement.

— Je comprends, je ne suis pas très « fleurs », moi non plus. La différence, c'est que toi, tu es entrée assez récemment dans la famille pour pouvoir échapper à ce genre de corvées. Très bien, joue la sale gosse ! poursuivit-elle avec un soupir. À tout à l'heure. Au fait, *mama* se repose, mais elle va bien. C'est assez bizarre, d'ailleurs : dès que Michael et toi êtes partis, elle a retrouvé toute son énergie. Le médecin est revenu et a dit qu'il devait s'agir d'une fausse alerte.

— Bizarre, en effet. Enfin, l'important, c'est qu'elle aille mieux.

— Tu as raison. À plus.

Carina éclipsée, Maggie demeura un moment sur la terrasse à profiter de la chaleur bienfaisante du soleil et du silence. Puis, terminant son verre de vin pour se donner du courage, elle décida de partir à la recherche de Michael. Il était temps qu'ils parlent.

Elle jeta un coup d'œil dans plusieurs pièces avant d'entendre sa voix en provenance du bureau. Apparemment, il était au téléphone. Elle devrait peut-être l'attendre un peu plus long...

— Non, Max, elle ne m'a pas épousé pour mon argent. Elle en gagne suffisamment elle-même. Tu te conduis comme une mère surprotectrice, *mio amico*.

Il y eut une pause, puis il reprit d'une voix devenue glaciale :

— Tu as fait quoi ?! De quel droit as-tu demandé à un détective d'enquêter sur elle ? C'est inacceptable ! Oui, je suis au courant pour son passé. Et, crois-moi, elle ne ressemble en rien à ses parents. *Mierda*, ne me provoque pas, Max. N'oublie pas qu'elle est ma femme à présent.

Nouveau silence.

— Non, je ne pense pas que nous aurons des enfants tout de suite, elle a besoin de temps. Elle est différente de l'épouse typique que je m'étais imaginée, mais les choses évoluent. Je peux attendre.

Maggie entendit Michael marcher de long en large dans la pièce.

— C'est mon choix et je n'ai pas envie d'en discuter plus longtemps avec toi. Je ferai ce qu'il faut pour que notre mariage marche.

La conversation se poursuivit encore un moment tandis qu'elle restait cachée dans le couloir, le visage brûlant de honte. Max ne l'estimait pas assez bien pour son ami. Que lui avait raconté le détective ? Que ses parents avaient toujours fait n'importe quoi et étaient incapables d'avoir des relations saines ? Quelques minutes d'échange avec elle avaient suffi à Max pour deviner ce qu'elle essayait désespérément de dissimuler.

Elle n'était qu'une coquille vide. Michael méritait tellement mieux que ça. Il lui fallait une femme sans complications au cœur grand ouvert. Une épouse qui aimerait les chats, les enfants, faire la cuisine et n'aurait pas besoin d'être formée par sa famille. Tout sauf elle avec son passé de merde, son cœur en miettes et son incapacité à aimer.

Sentant la crise de panique approcher, elle pivota pour rebrousser chemin. Et entendit Michael derrière elle.

— Ah, *tigrotta mia*, que dirais-tu d'un petit tour dans le parc ? C'est un soir magnifique.

Caressée par le son profond et chaleureux de sa voix, elle fut tentée d'oublier.

Puis la vérité s'imposa à elle. Elle ne pouvait plus faire semblant. Ni avec lui ni avec elle-même.

Plongeant les yeux dans ceux de son mari, elle prit la seule décision possible.

— Michael, je rentre aux États-Unis.

Il cilla, tendit le bras dans sa direction. Elle recula.

— Qu'y a-t-il, Maggie ? s'étonna-t-il en fronçant les sourcils. Il s'est passé quelque chose ?

— Je veux rentrer seule.

— C'est à cause de nous ? s'enquit-il en lui saisissant le bras. Mes sentiments te font peur ? Nous aurions dû en parler tout de suite, je sais, mais j'ai pensé que tu voudrais un peu de temps pour réfléchir.

Se libérant d'un geste brusque, elle lança :

— Arrête de jouer au psy, comte. La vérité, c'est que j'en ai assez de mentir et que je veux retrouver ma vie d'avant. Mettre un terme à cette comédie. À ce mariage illusoire. (Elle ouvrit les bras en grand pour désigner ce qui les entourait.) Tout ça, c'est n'importe quoi ! Non contents de faire semblant d'être mariés, nous n'avons rien trouvé de mieux au moment où nous risquions d'être découverts que de nous laisser prendre à notre propre piège. Comme si un mariage entre nous avait une chance de fonctionner ! Nous sommes tellement différents. Je n'ai aucune envie de tout ça ! ajouta-t-elle en hurlant. Je ne veux pas de sœurs autoritaires, pas de chats errants ni de leçons de cuisine obligatoires ! Je refuse de me sentir constamment écrasée sous le poids des responsabilités. J'aime être libre et faire mes choix sans demander l'avis de personne. C'est pourquoi il est temps pour toi et moi de nous réveiller et de sortir de nos rôles ridicules.

Un muscle tressaillit sur la joue de Michael. La colère mêlée de douleur qu'elle lut sur ses traits augmenta encore sa fureur.

— Mes mots ne signifient donc rien pour toi ? rétorqua-t-il avec rage. Je t'ai dit que je t'aimais. Tu t'en moques ?

Relevant le menton, elle le regarda droit dans les yeux.

— Oui.

Sur quoi, elle pivota. Il voulut la retenir, mais elle fit volte-face et, montrant les dents comme Dante, elle cracha :

— Fiche-moi la paix. Tu ne vois pas que j'en ai marre de tout ça ? Je ne veux pas de toi, et encore moins du genre de vie dont héritera ton épouse ! Aie un peu de dignité, bon sang !

Cette fois, il la lâcha.

Elle courut le long du couloir, pressée de trouver un endroit tranquille où panser ses blessures. Elle allait laisser ses affaires ici et resterait en ville en attendant le premier avion en partance pour les États-Unis. Elle récupérerait ce qui lui appartenait plus tard. De toute façon, à part son appareil photo, tout était remplaçable. L'essentiel était de quitter les lieux avant le retour des sœurs de Michael. Il trouverait bien quelque chose à inventer pour justifier son départ précipité.

À son corps défendant, elle ramassa son appareil photo, son sac et son portable, et le temps de passer quelques coups de fil, quitta le seul foyer auquel elle s'était jamais sentie appartenir. Le seul foyer où elle s'était sentie aimée.

Elle partit sans se retourner.

— Comment ça va ?

Maggie s'installa dans le salon et dévisagea sa meilleure amie. Son désormais immanquable torchon sur l'épaule, Alexa avait perché Lily sur sa hanche et la berçait doucement. La petite gazouillait et poussait des cris perçants en regardant la boule de fourrure dorée qui allait et venait sur ses petites pattes à travers la pièce, ne quittant pas sa maîtresse d'une semelle.

Avachi dans une flaque de soleil devant la fenêtre, Râleur, l'horrible cabot qu'Alexa avait convaincu Nick d'adopter plus d'un an auparavant, lorgnait le chiot d'un air désapprobateur. Le foulard aux couleurs des Mets autour de son cou lui conférait une distinction assez rare pour un ancien vagabond.

Ignorant la question d'Alexa, Maggie lança :

— Je n'arrive pas à croire que vous avez pris un chiot. Nick a horreur du bazar.

Avec un soupir agacé, Alexa sauta sur le côté pour éviter la boule de fourrure à ses pieds.

— Oh, cette fois, je n'y suis pour rien. Nick a trouvé Simba dans les bois en rentrant du front de mer. Le pauvre petit gémissait et était blessé. Quelqu'un avait dû le jeter d'une voiture.

Maggie grimaça.

— Il a préféré le ramener chez vous plutôt que le conduire à la fourrière ? Qu'est-ce que tu as fait à mon frère ?

Alexa s'esclaffa et se mit à danser au rythme de la musique hip-hop qui s'échappait des baffles. Simba essaya de suivre le mouvement en jappant de plaisir. Lily rit aux éclats.

— Il a commencé par le conduire chez le véto, puis il est arrivé ici en m'annonçant qu'il allait passer une annonce dans le journal pour lui trouver une famille et qu'il ne fallait pas que je m'attache. Moi, je l'ai laissé faire, précisa-t-elle avec un haussement d'épaules. Une semaine plus tard, l'annonce a cessé de paraître et nous n'avons plus abordé le sujet. Quand il rentre, il embrasse le chien avant moi.

Une bouffée d'envie submergea Maggie. Ce stupide chat et sa façon de se mettre sur le dos pour exiger qu'elle lui caresse le ventre lui manquaient. Comme lui manquaient l'enthousiasme débordant de Carina, le tempérament sec et pétant de Julietta et le goût de Venezia pour le drame, sans parler de la détermination tranquille de la mère de Michael à lui apprendre à cuisiner, du fumet des plats italiens et des petits cafés sur la terrasse.

Son mari lui manquait.

Luttant contre la douleur qui lui comprimait la poitrine, elle se concentra sur sa respiration. Un jour après l'autre. Elle s'en sortirait, elle était une survivante. Même si survivre n'avait rien à voir avec vivre.

— Eh bien, tu pourras le remercier comme il faut grâce au cadeau que je t'ai rapporté, déclara-t-elle en tendant à son amie le déshabillé de soie rouge qu'elle avait acheté à son intention. Surtout, pas de détails. T'imaginer en train de t'envoyer en l'air avec mon frangin est toujours trop bizarre pour moi.

Alexa lâcha un rire et contempla le délicat vêtement tout en dentelle et en soie.

— Merci, ma belle, c'est exactement ce qu'il nous fallait pour ce soir. En plus d'une baby-sitter.

— Je prendrai Lily une nuit cette semaine, histoire que vous ayez un peu de temps tous les deux. Je n'ai pas de déplacement prévu dans les jours à venir.

Maggie croisa les doigts. Son annulaire nu semblait se moquer d'elle ; elle cacha promptement ses mains entre ses genoux.

Alexa l'étudia un long moment en silence. Finalement, elle déclara d'une voix chargée de sollicitude :

— Maggie, si tu me disais la vérité... Que se passe-t-il ?

L'interpellée haussa les épaules.

— Rien. Je suis allé en Italie. J'ai croisé Michael. Je suis de retour. Que veux-tu de plus ?

— Michael est passé me voir.

— Quoi !? s'exclama-t-elle en redressant vivement la tête. Que t'a-t-il dit ?

Alexa marcha jusqu'au tapis d'éveil pour y déposer Lily, repoussa doucement Simba du pied et la rejoignit sur le canapé. Elle la fixa de son regard bleu empreint de bienveillance.

— Il m'a tout raconté, Maggie. Comment il t'a demandé de l'accompagner en Italie en te faisant passer pour sa femme, comment vous vous êtes retrouvés vraiment mariés, et comment tu t'es enfuie quand il t'a avoué ses sentiments.

Une colère brûlante l'envahit devant ce tissu de mensonges. Tremblante, elle s'efforça de garder suffisamment de contrôle pour parler de manière raisonnable.

— Il a oublié de te préciser quelques détails importants, Alexa.

— Dans ce cas, pourquoi ne le fais-tu pas ? Tu es ma meilleure amie, non ?

Consciente d'avoir blessé Alexa en gardant le silence, Maggie prit ses mains dans les siennes.

— Je suis désolée, s'excusa-t-elle en ravalant ses larmes. J'avais pensé agir pour le mieux, mais tout est parti en vrille, et maintenant, la situation est pire que jamais. Michael et moi avions conclu un marché : je me faisais passer pour sa femme à condition qu'il accepte de ne plus te revoir. Je connaissais ses sentiments pour toi et j'avais peur qu'il profite de la première difficulté entre Nick et toi pour fragiliser votre couple. Il était d'accord, mais une fois arrivés en Italie, les choses se sont compliquées.

— Je n'arrive pas à croire que tu continues à penser ça. Il n'y a jamais rien eu d'autre que de l'amitié entre Michael et moi.

— Je le sais. Je m'en suis rendu compte.

— Que s'est-il passé ? Tu es tombée amoureuse de lui ?

Maggie hocha la tête.

— Au début, j'ai cru qu'il ne s'agissait que de sexe. Puis il y a eu sa famille. Et ce chat stupide. Quand on a de nouveau couché ensemble, je me suis mise à avoir ces idées ridicules, à imaginer que quelque chose de différent était possible entre nous. Pour finir, il m'a dit qu'il m'aimait.

Alexa lui pressa les doigts.

— Qu'as-tu répondu ?

— Rien. Qu'aurais-je pu lui répondre vu que je ne le croyais pas vraiment. J'avais prévu d'en reparler avec lui quand j'ai surpris par hasard sa conversation au téléphone avec son ami Max. (Elle prit une inspiration avant de préciser :) Il estime que je ne suis pas assez bien pour Michael, que nous ferions un couple désastreux. Et il a raison.

— Depuis quand t'intéresses-tu à l'opinion des autres ? s'indigna Alexa.

— J'ai entendu ses arguments, s'entêta Maggie, et ils sont convaincants : je ne suis pas du tout le genre de femme qu'il faut à Michael. Il veut une grande famille avec des chiens, des chats et des voyages constants en Italie. Il a besoin d'une épouse gentille, solide, avec un travail respectable et des manières agréables. Tout ce que je ne suis pas.

— Oh, Maggie ! s'écria Alexa, les yeux brillants. Tu ne te rends vraiment pas compte que tu es tout cela, au contraire ? Quand vas-tu te décider à te voir telle que tu es ? Penses-tu vraiment que si tu n'étais pas prête à avoir toi-même une famille, tu t'inquiéterais autant de Nick et moi ? Michael est un homme complexe, ce qui échappe à la majorité des femmes qu'il rencontre. Tu le pousses dans ses retranchements, tu l'obliges à se dépasser et apportes à sa vie l'intensité dont il a besoin. Quand je l'ai vu, il était accablé. Il croit que tu ne l'aimes pas et que tu ne l'aimeras jamais, et ça lui brise le cœur.

Maggie refoula ses larmes. Seigneur, elle ne supportait pas l'idée que Michael aille mal. Elle l'aimait tellement ! Hélas, au fond d'elle-même, elle savait qu'Alexa se trompait.

Michael se remettrait. Il souffrait peut-être aujourd'hui, mais demain ou après-demain, il aurait oublié. Alors qu'elle... Elle avait besoin de tellement plus. Étrange, qu'elle ne s'en soit pas rendu compte plus tôt. Michael l'avait changée. En acceptant de tomber amoureuse de lui, elle avait découvert ce qu'elle avait toujours désiré : un homme qui l'aimerait autant qu'elle l'aimait. Tout le reste la détruirait.

— Je regrette, Al. Je souhaite reprendre le cours de ma vie et ne plus jamais entendre parler de Michael Conti. Si tu es vraiment mon amie, fais ça pour moi. S'il te plaît, ajouta-t-elle d'une voix brisée.

Sa confidente poussa un soupir contrarié.

— Mais...

— S'il te plaît.

Alexa pinça les lèvres.

— D'accord, concéda-t-elle en hochant la tête. J'aimerais tellement te voir heureuse, Maggie.

À ces mots, Maggie se sentit écrasée par la perspective de l'avenir morne et insipide qui l'attendait. Elle se força à sourire.

— Ne t'en fais pas pour moi, tout ira bien. Maintenant, changeons de sujet, tu veux bien ?

Alexa acquiesça à contrecœur, et pendant les heures suivantes, Maggie se comporta comme si tout était redevenu normal.

Assis à son bureau, Michael contemplait ses notes sur l'inauguration de la première succursale américaine de *La Dolce Famiglia*. Dans deux jours, tout ce dont il avait rêvé pour les siens et l'entreprise familiale deviendrait réalité.

La météo annonçait une belle journée ensoleillée de printemps et la cérémonie promettait d'être aussi grandiose qu'inoubliable, avec desserts, viennoiseries et grands crus de cafés offerts aux passants du front de mer. Merveilleusement situé, cet emplacement était un véritable cadeau pour les investisseurs.

Il aurait dû s'agir du plus beau jour de sa vie.

Or, il se sentait brisé, physiquement et sentimentalement.

Finalement, il avait tout raconté à Alexa dans l'espoir qu'elle lui indiquerait une piste pour récupérer Maggie. Il ne lui avait rien caché, ni la manière dont elle l'avait repoussé, avec des mots durs, tranchants, ni son départ précipité. Elle ne l'aimait pas et ne voulait ni de lui ni de la vie qu'il lui offrait.

Le soir qui avait suivi avait été l'un des plus chaotiques de sa vie. Il avait inventé une histoire pour sa mère et ses sœurs à propos d'un oncle malade, puis avait pris l'avion pour les États-Unis le lendemain, chargé des bagages de Maggie, qu'il lui avait fait livrer par son chauffeur. Michael massa ses tempes douloureuses. *Dio*, quel foutoir ! Après tout ce temps, il avait fini par tomber amoureux, mais celle qu'il aimait ne voulait même pas entendre parler de lui. Parviendrait-il à l'oublier un jour ?

Son image le hantait constamment : la façon dont elle s'était abandonnée dans ses bras en tremblant de plaisir ; la manière dont elle le rabrouait, riait avec lui et le mettait sans cesse au défi. La tendresse dont elle avait fait preuve avec sa famille, avec Dante également, bien qu'elle jurât ses grands dieux qu'elle le détestait. Paradoxale et débordante d'amour, elle était faite pour lui. Jamais il n'avait parlé de son passé à une autre. Aucune femme jusqu'alors ne s'était donné la peine de creuser assez profondément pour révéler ses rêves. Maggie, elle, l'avait compris, reconnu et soutenu.

Une douleur insupportable lui écrasait le cœur ; il saisit la bouteille de cognac pour se servir un verre comme s'il espérait y noyer sa peine. Le liquide coula dans sa gorge, brûlant, avant d'exploser dans son ventre. Peut-être que s'il se saoulait, il arriverait à se débarrasser de la vision du corps nu et offert de Maggie sous le sien et à s'endormir.

La sonnerie de son portable retentit. Étouffant un juron, il regarda le nom de son interlocuteur et s'empressa de décrocher.

— Alexa ? Tout va bien ?

Il l'écouta en silence un long moment. Soudain, les pièces du puzzle s'assemblèrent. Parfaitement. Son pouls battant à toute allure, il se leva sans rompre son attention à l'égard de son amie. Un plan commençait à se former dans son esprit ; il savait ce qu'il devait faire.

Ce serait son dernier essai, mais cela valait la peine.

En espérant que ce serait suffisant.

Perdue dans la foule avec Alexa, Maggie attendait la cérémonie d'inauguration du nouveau quartier du front de mer. La veille, elle avait trouvé sa valise sur le seuil de sa porte avec une simple note attachée à la poignée portant ces mots :

Je respecterai notre accord et m'occupe des formalités pour l'annulation du mariage.

Ignorant sa déception, elle s'était concentrée sur sa satisfaction de savoir qu'aucune menace ne pesait plus sur le bonheur des siens, même si le vide qui l'habitait l'avait poussée à prendre son téléphone pour programmer des déplacements à l'étranger. Elle avait besoin de s'éloigner de New York, de s'occuper. Une prise de vue à Londres en fin de semaine l'aiderait peut-être à cicatriser.

Elle s'efforça de se concentrer sur l'instant présent. Les élégants voiliers et les ferries qui traversaient la baie offraient un arrière-plan idéal à l'événement du jour. Les lignes souples et effilées des bâtiments bas s'intégraient parfaitement au paysage, offrant un contrepoint à la majesté des montagnes et à la fluidité de l'eau. Des allées bordées de jardins luxuriants les reliaient les uns aux autres. Des bancs invitaient les passants à s'asseoir un instant pour profiter ici de la beauté du panorama, là, d'une sculpture, ou encore de la fraîcheur d'une fontaine. Non loin du spa, le restaurant de sushis avec son salon de thé traditionnel lambrissé de bambou et ses sublimes tentures de soie rouge constituait une véritable fête pour les sens. Une peinture murale décorait l'ancienne gare en brique autrefois à l'abandon. Totalement rénové, le front de mer était une parfaite illustration de ce qu'il était possible d'obtenir avec de la créativité, de la passion et un peu d'argent.

La Dolce Famiglia était la dernière boutique à ouvrir ses portes. Une grande bannière était enroulée au-dessus de la vitrine, n'attendant qu'un signal de Michael pour se déployer.

La foule trépignait d'excitation et d'impatience au son de la musique du groupe engagé pour l'occasion.

Alexa poussa des exclamations enthousiastes au moment où Nick coupa le traditionnel ruban, et Maggie se joignit à elle, la poitrine gonflée de fierté. Nick s'était battu comme un lion pour imposer sa vision du nouveau front de mer et avait travaillé d'arrache-pied pour lui donner vie. Malgré les obstacles, il n'avait jamais renoncé à son rêve. Peut-être le moment était-il venu pour elle d'en faire autant. D'accord, elle ne pouvait pas avoir l'homme qu'elle aimait, mais cela ne devait pas lui interdire de rechercher une existence plus épanouissante. C'est pourquoi, entre ses prises de vue en Angleterre, elle avait programmé plusieurs rendez-vous avec des directeurs de magazines susceptibles d'être intéressés par son style.

Son cœur manqua un battement lorsqu'elle vit Michael s'avancer sur le podium. Chaque cellule de son corps se mit à hurler en silence, se languissant de le toucher, caresser ses cheveux noirs, sa joue ferme, et partager cet instant avec lui. Vêtu d'un costume sombre et d'une cravate violette, il avait une présence incroyable qui fit immédiatement taire la foule... avant de provoquer des gloussements et des messes basses parmi la gent féminine conquise par son regard ténébreux et son élégante nonchalance. Maggie prit sur elle pour ne pas ordonner à ses voisines de s'abstenir.

— Mesdames, messieurs, commença-t-il dans le micro. J'ai le grand plaisir d'être aujourd'hui parmi vous pour vous présenter l'aboutissement d'un grand rêve familial. Mes parents ont ouvert leur première boulangerie-pâtisserie à Bergame, en Italie, en proposant des gâteaux et des viennoiseries préparés par ma mère dans sa cuisine. Puis, à force de travail, ils ont développé l'entreprise et créé plusieurs succursales à Milan. Mais leur rêve était de faire voyager les recettes de nos ancêtres jusqu'en Amérique. Aujourd'hui ce rêve se réalise enfin, et je vous remercie de le partager avec nous.

Des cris et des acclamations accueillirent ses paroles, après lesquels il enchaîna en remerciant Nick et Dreamscape Entreprises, ses différents partenaires et tous ceux qui avaient soutenu le projet à un moment ou un autre. Puis il se tut. Balaya la foule du regard. Et s'arrêta sur Maggie.

Maggie retint son souffle.

Les yeux de Michael brillaient d'émotion. Il parla comme s'ils étaient seuls, avec une intimité délibérée qui la fit frissonner de la tête aux pieds.

— La famille est une chose très importante pour moi, une valeur en laquelle je crois profondément. Le nom de *La Dolce Famiglia* symbolise pour moi cette valeur, ce dont je suis le plus fier et ce que j'aime par-dessus tout.

Comme clouée au sol, les mains moites, Maggie était hypnotisée par sa voix, son regard, sa présence.

— J'ai récemment découvert une autre forme de famille. Je suis tombé amoureux d'une femme incroyable, une femme qui a su me faire croire aux fins heureuses, qui a repoussé les limites de mon univers et m'a donné le sentiment d'être complet. Cela accroît encore ma joie d'ouvrir notre nouvelle boulangerie-pâtisserie dans la ville où j'ai rencontré cette femme que je veux pour épouse.

Il fit un signe de la tête : les cordes retenant la bannière glissèrent, le grand rectangle de tissu blanc se déploya, laissant apparaître le logo en grosses lettres.

La Dolce Famiglia.

La gorge sèche, le cœur affolé, Maggie avait l'impression que le monde basculait autour d'elle. Elle cilla et se tourna vers Alexa, qui la prit aussitôt dans ses bras.

— Tu ne comprends pas, Maggie ? demanda-t-elle, ses beaux yeux bleus embués de larmes. Il t'aime. Il t'a toujours aimée, toi, mais il fallait que tu trouves le courage de t'en rendre compte. Tu dois croire en toi, croire que tu mérites cet amour. N'est-ce pas ce que tu m'as dit le jour où Nick a avoué qu'il m'aimait ? Quand on aime quelqu'un, on doit se battre encore et encore pour lui. Ma meilleure amie n'est pas une froussarde. Tu mérites d'être heureuse. Tu mérites d'aimer et d'être aimée.

Tel un vampire qui reviendrait à la vie après un long sommeil, Maggie perçut soudain chaque couleur et chaque forme avec une acuité incroyable. Tous ses sens exacerbés, elle se fraya un passage dans la foule vers le podium, là où se tenait Michael.

Il la rencontra à mi-chemin. Elle contempla son beau visage, ses lèvres pleines, son nez busqué, ses yeux noirs étincelants de passion. Refermant les mains autour de ses joues, il pressa son front contre le sien. Son souffle tiède caressait sa bouche.

— Ma Maggie, *amore mio*, je t'aime. Je veux vivre avec toi, vieillir auprès de toi et avoir des enfants avec toi. Je suis à toi, entièrement. Ne comprends-tu pas que, même si je le désirais, je ne pourrais jamais épouser une autre femme sous peine de mourir d'ennui ? Je ne veux pas de la parfaite épouse qui, selon toi, me rendrait heureux pour la bonne raison que tu es celle qu'il me faut, à tous points de vue. J'aime ton humour, ton esprit sarcastique, ton sex-appeal et ta sincérité. Tu es mon âme sœur et je ne renoncerai pas avant de t'en avoir convaincue. *Capisce ?*

Réprimant les sanglots qui montaient dans sa gorge, elle l'enlaça.

Ils échangèrent un long baiser fiévreux sous les acclamations et les applaudissements enthousiastes de la foule. Maggie sentit son cœur se dilater puis trouver sa place dans sa poitrine. Un sentiment de paix et d'appartenance s'installa alors en elle, et enfin, elle accepta la vérité.

— Je t'aime, Michael Conti, murmura-t-elle avec force quand leurs lèvres se séparèrent. Et je veux tout : toi, ta famille, tes chaînes de pâtisseries, tout.

Je t'ai toujours aimé, mais j'avais trop peur pour le reconnaître.

Il l'embrassa de nouveau, puis la souleva et la fit tournoyer en riant de bonheur. Enserrée dans ses bras, elle se sentit enfin complète.

Avec son propre foyer et une fin heureuse.

Épilogue

— Maggie, dépêche-toi ! Les déménageurs sont là !

Marmonnant dans sa barbe, elle jeta un coup d'œil dans toutes les pièces de son ancien appartement pour vérifier qu'elle n'oubliait rien. Emménager dans une maison n'était pas simple. Michael et elle s'étaient déjà disputés à propos de l'organisation de l'espace et la disposition des meubles. Elle se passa la langue sur les lèvres au rappel de la façon dont ils s'étaient réconciliés. Plusieurs pièces avaient été baptisées.

Heureusement, il en restait encore beaucoup.

— J'arrive ! cria-t-elle.

En lançant un dernier regard vers le matelas nu, un souvenir lui revint. Elle marcha jusqu'au lit et glissa la main entre le matelas et le sommier.

La liste.

Le sortilège d'amour.

Elle déplia la feuille pour relire ce qu'elle avait écrit à l'époque. Dieu merci, Michael n'était pas tombé dessus, elle en serait morte de honte. Tout en secouant la tête face à tant d'inepties, elle parcourut les caractéristiques souhaitées :

Un homme qui a le sens de la loyauté.
Un homme qui a le sens de la famille.

Un homme qui fait bien l'amour.
Un homme capable d'être mon ami.
Un homme qui me tire vers le haut.
Un homme à qui je peux me confier.
Un homme en qui je peux avoir confiance.
Un homme qui a confiance en lui.
Un homme au cœur grand ouvert.
Un homme qui se battra pour moi.
Un homme capable de m'aimer comme je suis.

Maggie retint son souffle. Elle relut la liste, en proie à un sentiment déstabilisant. Au pire de sa forme, passablement éméchée et torturée par la solitude, elle n'avait pas toute sa raison la nuit où elle avait rédigé cette liste. Pourtant, à chaque phrase, elle reconnaissait l'âme sœur.

Michael. La Terre Mère lui avait envoyé Michael Conti.

Le diamant de sa bague scintilla quand elle replia avec soin la feuille avant de la froisser dans sa main. Ridicule. Elle se fichait la trouille toute seule. La Terre Mère n'existait pas. Pas plus que l'homme idéal et les sortilèges d'amour.

Pas vrai ?

Pour plus de prudence, elle décida de se débarrasser du livre des sortilèges. Où avait-elle mis ce bouquin déjà ?

Carina !

En rentrant avec Michael après la soirée d'inauguration du quartier du front de mer, elle avait eu la surprise de découvrir la jeune fille assise sur les marches de l'immeuble de son frère, une grosse boule de fourrure noire serrée contre elle. Selon ses dires, il avait suffi qu'elle l'informe de son intention de l'emmener voir Maggie pour que Dante entre sans rechigner dans le sac de transport, comme s'il l'avait comprise. Ce qui était bien possible.

Une fois sa famille réunie au complet, Maggie avait pleinement senti ce que signifiait « être ensemble, soudés les uns aux autres » et s'était juré de ne jamais l'oublier. Quoi qu'il en soit, savoir sa jeune et chère belle-sœur en possession d'un livre contenant des sortilèges d'amour qui, si ça se trouve, fonctionnaient, la mettait mal à l'aise.

Devait-elle ou non en parler ? tergiversa-t-elle en se mordillant la lèvre.

Non, il n'y avait aucun risque, décréta-t-elle finalement. Tout ça, c'étaient des bêtises, et même si elle parcourait le bouquin, Carina se contenterait sûrement d'en rire avant de l'oublier dans un coin.

Rassurée, Maggie quitta la pièce, abandonnant derrière elle son ancienne vie.

Composition
NORD COMPO

Achevé d'imprimer en Espagne
par CPI IBERICA
le 27 avril 2015.

Dépôt légal avril 2015.
EAN 9782290074398
OTP L21EDDN000488N001

ÉDITIONS J'AI LU
87, quai Panhard-et-Levassor, 75013 Paris

Diffusion France et étranger : Flammarion